KB267971

이 별의 계절

이별의 계절

초판 1쇄 찍은 날 ｜ 2011년 8월 4일
초판 1쇄 펴낸 날 ｜ 2011년 8월 13일

지은이 ｜ 김양희
펴낸이 ｜ 서경석

편집부장 ｜ 권태완
편집책임 ｜ 유경화
편집 ｜ 이수민

펴낸곳 ｜ 도서출판 청어람
등록번호 ｜ 제1081-1-89호
등록일자 ｜ 1999. 5. 31
어람번호 ｜ 제5-0288호

주소 ｜ 경기도 부천시 원미구 심곡2동 163-2 서경B/D 3F (우) 420-822
전화 ｜ 032-656-4452 팩스 ｜ 032-656-4453
http://www.chungeoram.com
E-mail ｜ chungeoram@chungeoram.com

ⓒ 김양희, 2011

ISBN 978-89-251-2589-3 03810

Chungeoram romance novel

이별의 계절

김양희 장편 소설

청어람

Contents

Prologue

"아!"

날카로운 과도에 손끝을 베었다. 쟁반 위로 선홍빛 핏방울이 뚝뚝 떨어졌다.

"괜찮아?"

맞은편에 앉아 있던 하진이 재빨리 연우의 곁으로 다가와 손가락을 살펴보았다.

"어머! 깊게 베었잖아. 그러게 내가 깎는다고 했잖아. 아프겠다."

하진은 걱정스러운 얼굴로 우선 급한 대로 휴지로 지혈을 해주었다. 하지만 정작 칼에 베인 당사자인 연우는 아무렇지 않은 듯 무덤덤한 반응이었다.

"기다려. 약상자 가지고 올게. 어쩐지 불안불안했다. 꼭 반쯤 정신이 나가 있는 것 같더라니."

하진이 자리를 뜨자 연우는 그제야 베인 손가락을 내려다봤다. 붉은 피가 손가락을 감싸고 있는 새하얀 휴지를 물들이고 있었다.

생각보다 깊게 베었나 보다. 그런데 이상하다. 전혀 아프지가 않았다. 아무런…… 통증이 없다.

"하……."

연우의 잇새로 긴 한숨이 터져 나왔다. 지금 그녀에게 이런 상처 따윈 아무것도 아니었다. 이 정도의 통증이라면 얼마든지 더, 열 손가락을 다 베었다고 해도 참을 수 있었다. 하지만 그가 준 상처의 통증은…… 너무나도 아프다.

참을 수가 없을 만큼 괴롭다.

아직도 그가 건넨 이별의 말이 귓가에서 메아리친다.

"그만…… 하자, 우리."

처음에는 그 말의 의미를 알아듣지 못했다. 그래서 연우는 '뭐라고?' 하며 되물었다.

"헤어지자."

그 순간 숨이 멎는 것만 같았다. 세상에서 그녀를 제일 사랑한다고 생각했던 그가, 또 그녀가 세상에서 가장 사랑하고 의지하고 믿었던 그가 이별에 대한 말을 언급했다는 것이 믿어지지 않았다.

"……이유가 뭔데."

그녀는 떨리는 목소리로 물었다.

"이유 같은 거 있어야 하나? 단지…… 너와의 관계가 지겨워졌을 뿐이야."

그리고 열흘째다. 그 후로 그는 집에 들어오지도 않고, 전화도 받지 않는다. 애가 타서 미칠 것만 같다. 하루에도 몇 번씩 바로 앞집에 살고 있는 그의 집을 가보고 또 가보았지만, 그를 만날 수는 없었다.

서태준. 너 나한테 이러면 안 되는 거잖아. 이 세상 끝날 때까지 나, 사랑한다고 했잖아. 그런데 지겨워졌다고? 고작 3년 만에?

연우는 차오르는 눈물을 참아보려 아랫입술을 꾹 깨물었다.

설마, 청혼을 거절했기 때문에…….

　문득 생각이 들었지만 그녀는 이내 고개를 저었다. 말도 안 된다. 고작 그러한 이유로 끝을 내버릴 그가 아니었다.
　"야, 어떻게 약상자에 비상약이 하나도 없냐? 겨우 대일밴드 하나 들어 있더라. 이거라도 붙이고 있어. 내가 지금 나가서……."
　연우에게 가까이 다가온 하진이 말을 멈추었다. 끝내 참지 못한 눈물이 그녀의 볼을 타고 흘러내리는 걸 본 것이다.
　"연우야."
　자못 심각해진 하진이 연우를 불렀다.
　"너 왜 울어? 무슨 일 있는 거야? 어?"
　하진이 다그치듯 물었다. 그러나 연우는 눈물만 닦아낼 뿐 아무런 말도 하지 않았다.
　"이연우."
　"나중에. 나중에 말할게, 하진아. 지금은……."
　그때였다. 말을 멈춘 연우가 갑자기 벌떡 일어났다.
　"왜 그래?"
　"좀 전에 앞집에서 무슨 소리 못 들었어?"
　"무슨? 아무 소리 못…… 야, 어디 가?"
　하진의 말이 끝나기도 전에 연우가 움직였다. 하진은 못 들었다고 하는데 그녀는 분명 들었다. 그의 집 현관문이 열고 닫히는 소리를.
　드디어 그가 돌아온 것이다.
　마음이 다급해진 연우의 걸음이 빨라졌다. 현관문을 열고 복도로 나온 연우가 그의 집 앞에 섰다. 초인종을 누르고 문이 열리기를 기다리는 시간도 아까웠다. 그녀는 빠르게 현관 비밀번호를 누르고 집 안으로 들어갔다.

일주일 내내 꺼져 있던 거실의 불이 환하게 켜져 있었다. 그제야 연우는 안심이 되었다. 정말로 그의 마음이 변한 것인지는 다시 대화를 나눠보면 된다. 지금은 그가 돌아왔다는 것, 그걸로 충분했다.

거실과 주방을 둘러보니 그의 모습이 보이지 않았다. 아마 방으로 들어간 모양이다.

"후우."

그의 방문 앞에 선 연우가 긴장된 한숨을 내쉬었다. 그동안 수없이 드나들던 방인데, 새삼스레 왜 가슴이 떨리는 건지 모르겠다.

연우는 크게 심호흡을 한 다음 문고리를 잡아 돌렸다.

"오빠……."

그러나 방문을 연 연우의 표정이 눈에 띄게 굳어졌다. 안에 있는 사람은 그녀가 애타게 기다리고 기다리던 그가 아니었던 것이다. 그의 고등학교 여자 동창생인 유정이었다.

"어? 연우 씨……."

"언니가 왜……. 태준 오빠는요?"

"연우 씨, 모르고 있었어?"

유정이 그를 찾는 연우를 의아한 눈빛으로 바라보며 물었다.

“뭘요?”

유정에게 되묻는 연우의 목소리가 흔들렸다.

“태준이, 미국으로 떠났어.”

“……!”

유정의 말을 듣는 순간 연우의 얼굴이 새하얗게 질려 버렸다. 그녀는 지금 자신이 제대로 들은 건지 의심스러웠다.

“뭐, 뭐라고요?”

“정말 연우 씨한테 말 안 하고 간 거야, 태준이가?”

“그럴 리가 없어요. 언니, 장난하지 말고요. 오빠, 지금 어디 있어요?”

“정말 태준이가 말 안 했나 보구나? 어쩐지 이상하다 했어. 왜 집 안 정리를 연우 씨 두고 나한테 해달라고 부탁하고 떠났는지.”

유정은 자꾸 그가 떠났다는 말만 되풀이하고 있다. 연우는 믿을 수가 없었다. 아니, 믿고 싶지 않았다. 유정은 지금 거짓말을 하고 있는 것이다.

그가 떠나다니.

있어서도 안 되고 있을 수도 없는 일이다. 그럴 리가 없다. 그가 떠났을 리 없다.

“정말이에요?”

“응, 어제 12시 비행기로 떠났어. 내가 배웅해 줬는데. 난 또 연우 씨가 안 나왔기에 바쁜가 보다 했지.”

“말도 안 돼.”

하지만 유정이 그녀에게 거짓말을 할 이유가 없었다. 다만, 믿고 싶지 않았을 뿐이지.

서태준. 정말 떠난 거야?

연우는 가슴이 무너져 내렸다. 난도질당한 것처럼 심장이 아파왔다.

그가 떠났다.

떠난다는 말 한마디 없이 그가…… 떠나 버렸다.

또다시 세상에 혼자가 되어버린 그녀는, 숨을 쉴 수가 없었다.

1

아침 내내 유리창을 두드리던 굵은 빗줄기는 오후가 되어도 그칠 기색을 보이지 않았다.

연우는 모락모락 김이 올라오는 커피 한 잔을 들고 창가로 다가갔다. 그저 하염없이 내리고 있는 비를 내다보는 그녀의 표정에 짙은 그림자가 드리워졌다.

역시 습관은 버릴 수가 없나 보다. 3년이라는 시간이 흘렀음에도 불구하고 연우는 비만 보면 어김없이 그날의 기억을 떠올렸다.

6년 전 태준을 처음 만난 날, 그때도 오늘처럼 장대 같은 비가 쏟아지고 있었다.

그날 오후, 연우는 졸업을 하고도 가깝게 지내던 대학 농아리 선배 성호와 약속이 있었다. 할 말이 있다며 전날 연락을 해왔고, 별다른 일이 없었기에 흔쾌히 받아들였다.

지하철에서 내린 연우는 익숙한 출구를 따라 지상으로 걸어 올라갔다. 집에서 나올 땐 분명 내리지 않던 비가 하늘에서 퍼붓고 있었다. 전혀 예상치 못한 비였다. 우산이 있을 리가 없었다.
"어떡하지?"
약속 장소까지는 빨리 걸어야 10분 거리였다. 연우는 쏟아지는 비를 보며 발을 동동 굴렀다.
"근처에 편의점도 없는데."
그 흔하디흔한 편의점도 역 근처에서는 찾아볼 수 없었다.
일기예보를 꼼꼼히 확인하지 못한 탓이었다. 우산 하나 때문에 이러지도 저러지도 못한 상황에 처한 연우의 입에서 흘러나오는 건 한숨뿐이었다.
"우산이 없습니까?"
그때였다. 다들 하나씩 손에 든 우산을 펴고 거리로 나가는 사람들을 부럽게 바라보던 연우의 곁으로 한 남자가 다가왔다.
낯선 남자의 음성에 놀란 연우는 저도 모르게 한 발 뒤로 물러섰다.
"우산이 없으신 것 같은데, 방향이 같다면……."
"아뇨. 괜찮아요."

그의 말이 채 끝나기도 전에 연우는 딱 잘라 거절을 했다. 이 순간, 그의 제의가 반가운 건 사실이지만 생판 모르는 낯선 남자와 비좁은 우산 속에서 나란히 걸을 정도로 그녀의 심장은 대담하지가 못했다. 차라리 여자였으면 좋았을걸, 하는 아쉬움은 있었다.

"제가 수작 거는 걸로 보입니까?"

"네?"

"제가 그쪽한테 수작 거는 걸로 보이는 건지, 그래서 다 끝나지도 않은 말에 거절을 하는 건가 싶어서요."

얼핏 올려다보니 그의 얼굴에는 약간 언짢은 듯한 기색이 묻어 있었다.

"그게 아니라……."

"아니면 다행이고요. 나는 그쪽이 가는 목적지까지 데려다 준다는 것도 아니었고, 단지 그쪽이 우산이 없는 것 같아서 방향이 같다면 어차피 가는 길이니 함께 쓰고 가자는 뜻이었는데, 댁이 차갑게 거절하니까 혹시 내가 여자한테 수작이나 거는 놈으로 보이는 건가 싶었거든요."

"아……."

그의 말을 듣고 있으니 연우는 괜스레 미안한 마음이 들었다. 그런데 이 남자, 처음 보는 여자한테 참 말도 잘한다. 다른 사람 같았으면 호의를 딱 잘라 거절한 그녀를 뒤로하고 벌써 이 자리를 뜨고도 남았을 텐데 말이다.

연우는 처음으로 그를 똑바로 바라보았다. 블랙진에 짙은 살색의 재킷을 입은 그는 우선 훤칠하게 키가 컸고, 남자답게 딱 벌어진 어깨에 얼굴도 잘생긴 호남형이었다. 무엇보다 반짝반짝 빛나는 검은 눈동자가 무척이나 매력적이었다.

여자한테 수작이나 거는 남자라기보다는, 반대로 오히려 여자들이 잘 따를 것 같은 분위기였다.

“좋아요. 그럼 마지막으로 한 번만 더 물읍시다. 난 여기서 조금만 걸어가면 있는 ‘스틸’이라는 카페에 가는데, 어디까지 가세요?”

연우의 얼굴에 놀란 빛이 스쳐 갔다. 그가 말한 카페 이름이 그녀의 약속 장소와 동일한 곳이었기 때문이다.

“웬만하면 같이 쓰고 가지 그래요? 물론 방향이 같다면. 보아하니 쉽게 그칠 비는 아닌 것 같은데.”

그의 말에 연우는 거리로 시선을 돌렸다. 여전히 내리고 있는 굵은 빗줄기는 쉽사리 그칠 것 같지 않아 보였다.

“저도 그곳에 가긴 하는데…….”

연우는 잠시 고민했다. 어차피 목적지가 같으니 못 이기는 척 함께 쓰고 갈까, 아니면 번거롭겠지만 성호에게 데리러 나오라고 부탁을 해볼까. 그러나 그 잠시의 고민도 허락하지 않겠다는 듯 그의 행동이 더 빨랐다.

“그럼 뭘 고민합니까, 같이 쓰고 가면 되지.”

강인한 손에 이끌린 연우는 어느새 그와 함께 우산 속으로 들어가 있었다. 역시나 예상대로 편하지 않았다. 좁은 공간 속에서, 그것도 불과 몇 분 전에 처음 본 낯선 남자와 몸을 찰싹 붙여 걷는다는 건 여간 불편한 게 아니었다. 그 불편함을 참지 못한 연우가 살짝 옆으로 움직이며 그의 팔에 닿아 있는 어깨를 떨어뜨렸다. 그런 그녀의 행동에 그가 피식 웃으며 한마디 툭 던졌다.

"왜, 불편해요?"

연우의 속을 꿰뚫어 보고 한 말이 틀림없었다. 이 남자, 어쩐지 좀 얄미웠다. 왠지 놀리는 듯한 기분이랄까? 그래서인지 대답하는 그녀의 목소리가 약간 쌀쌀맞았다.

"그럴 리가요."

"아님 말고."

그가 어깨를 으쓱거렸다. 그리고서 하는 말이.

"난 또, 너무 근사한 남자랑 같은 우산을 쓰게 돼서 그쪽이 불편해하는 줄 알았죠. 그런 거 아니면 좀 붙어서 걸어요. 떨어져서 걷다간 비 다 맞아요. 그럼, 우산 씌워준 내 입장이 좀 억울하지 않겠어요?"

연우는 기가 막혔지만 틀린 말 또한 아니었기에 코웃음만 칠 뿐 아무런 반박도 하지 못했다. 그러는 동안 연우의 팔을 잡아당긴 그가 다시금 몸을 밀착시켰다.

놀란 연우가 눈을 동그랗게 뜨고 올려다보니, 한쪽 입꼬리를 말아 올린 그가 그녀를 보고 씨익 웃고 있었다. 그 미소에 연우는 갑자기 숨이 탁 막혔다. 급기야 심장이 강하게 고동을 쳐대기 시작했다.

내가 드디어 미쳤나 봐.

연우는 성급히 시선을 거두었다. 그럼에도 자꾸만 그가 의식되었다. 여러 가지로 정말, 마음에 들지 않는 남자다.

카페가 이렇게 멀었었나?

10분이 10시간처럼 길게 느껴질 때였다. 마침내 카페 '스틸(Still)'의 간판이 시야에 들어왔다. 그제야 숨통이 좀 트이는 기분이 들었다.

"고마워요."

카페 입구에 도착하자마자 연우가 그에게 말했다. 그는 젖은 우산을 털며 어깨를 으쓱해 보였다. 그리고 손으로 문을 가리키며 먼저 들어가라는 제스처를 취했다.

"별말씀을. 들어가세요."

그에게 다시 한 번 고개를 가볍게 숙이고 돌아선 연우는 카페 문을 열고 안으로 들어갔다. 주위를 둘러보니 성호의 모습은 보이지 않았다. 약속 시간이 조금 지났는데 아직 도착하지 않은 모양이다.

"하여튼, 약속 시간에 제대로 나오는 걸 못 봤어."

늘 5분에서 10분 정도 늦는 것을 우습게 여기는 성호였기에, 오늘도 당연히 그럴 것이라 믿은 연우는 창가 쪽의 빈자리로 가서 앉았다. 무심코 고개를 돌리니 그도 빈자리를 찾아 앉는 것이 보였다.

좀 떨어진 곳에 앉기를 바라고 있었지만, 야속하게도 그는 바로 옆 테이블, 그것도 연우가 고개만 돌리면 눈이 마주칠 수 있는 곳에 자리를 잡고 앉았다.

하필 왜 저기 앉는담.

이상했다. 우산을 씌워준 호의에 대해 고마움도 전했고 그가 어디에 앉든 말든 무시를 하면 그뿐인데, 왜 저 남자에게 신경이 쏠리는 것인지 모르겠다.

연우의 시선을 눈치챈 듯 그가 돌아봤다. 눈이 마주치자 당황한 그녀는 급히 고개를 돌렸다.

선배는 왜 이렇게 안 오는 거야.

무안함에 괜한 탓을 성호에게로 돌리며 연우는 툴툴거렸다. 아직까지 그가 자신을 바라보고 있다는 것이 직감적으로 느껴졌지만 애써 무시했다. 그때 메뉴판을 들고 온 카페 직원이 그를 안 보이게 가려주었다. 그제야 그의 시선에서 벗어난 연우는 길게 숨을 내쉬었다.

"주문하시겠어요?"

"커피 한 잔 주세요."

"같은 걸로 한 잔 더, 그 자리로 갖다주세요."

빌지에 그녀가 주문한 것을 적고 있던 직원은 갑자기 끼어든 남자의 목소리에 고개를 갸웃했다.

"이 자리로요?"

“네, 일행이거든요.”

“아, 그러세요. 알겠습니다.”

그의 말을 곧이곧대로 믿은 직원은 주문을 받자마자 돌아갔다. 그사이 그는 연우의 맞은편으로 자리를 옮겼다.

그 모습에 기가 찬 연우는 그를 노려보며 입을 열었다.

“우리가 일행은 아니지 않나요?”

“우리, 일행 맞아요.”

그는 아주 당당하게 대답했다.

“이것 봐요. 저는 따로 일행이⋯⋯.”

“박성호가 제 친굽니다.”

“네?”

그의 입에서 나온 박성호란 이름에 연우의 고운 눈썹이 휘어졌다.

이 남자가 성호 선배의 친구라고? 그건 그렇다 치고, 왜 이 자리에⋯⋯.

“박성호, 그 친구 연락받고 나온 거 맞죠, 이연우 씨?”

“⋯⋯!”

연우는 그만 말문이 막혀 버렸다. 성호의 친구라는 것도 놀라운데 그는 그녀의 이름까지 알고 있었다. 그녀는 대체 이 상황이 무엇을 의미하는지 짐작할 수조차 없었다.

본의 아니게 도움을 받았지만, 태어나서 오늘 처음 만난 낯선 남자였다. 그런데 그 남자가 이미 벌써부터 자신을 알고 있었다는 뉘앙스에 연우는 몹시 불쾌했다.

"예기치 못한 우연에 소개가 늦었네요. 서태준입니다."

"우연이요? 그거, 우연인 거 확실해요?"

연우가 날카롭게 받아쳤다.

"우연 맞습니다."

"아, 그래요? 보아하니 나를 이미 알고 있었던 것 같은데, 그럼 아깐 왜 모른 척했죠?"

"사실대로 말하면, 연우 씨가 이곳에 같이 안 올 것 같았거든요. 불쾌하게 해드렸다면 미안합니다."

방금 전까지의 당당함과는 다른 진지한 표정으로 그가 깍듯하게 사과를 했다. 그래도 연우는 쉽사리 마음이 풀리지 않았다. 왠지 그의 손에 놀아난 기분이 들었다.

"하아……."

화를 가라앉히기 위해 길게 한숨을 토해낸 연우는 휴대폰을 꺼내 들었다. 그리고 애초에 이 상황을 만든 장본인인 성호의 번호를 찾아 통화버튼을 눌렀다. 신호음이 두어 번 울렸을까? 성호가 전화를 받았다.

—어, 연우야.

"선배, 이게 지금 무슨 상황인지 설명 좀 해줄래? 난 분명 선배를 만나러 나왔는데, 선배 대신 내 앞에 앉아 있는 남자는 대체 누구야? 이 사람 말로는 선배 친구라는데."

—응, 내 고등학교 동창이야. 베스트 프렌드지.

"그런데?"

성호에게 묻는 연우의 눈이 그에게로 향했다. 그는 너무나도 태연한 모습으로 방금 나온 커피를 마시고 있었다.

─왜, 2주 전에 너 나랑 우연히 강남역에서 마주쳤었잖아. 그날 그 친구 만나러 간 거거든. 나한테 다가오다가 널 봤나 봐. 그때부터 널 소개시켜 달라는 말을 귀에 딱지가 앉도록 하더라고. 넌 분명 소개 같은 거 안 받을 거라고 했는데도 말을 들어먹어야지.

"그럼 나한테 미리 말을 했어야지. 이게 뭐야?"

─내가 널 모르냐? 사실대로 말했으면 네가 그 자리에 나갔겠어? 연우야, 태준이 그놈, 정말 괜찮은 놈이다. 다른 여자한테 주기 진짜 아까운 놈이라고. 생긴 거와 다르게 순정파야. 내가 너니까 소개시켜 주는 거지, 딴 여자 같았으면 어림도 없었어.

"아, 그래? 그런데 선배, 차라리 아깝더라도 그냥 다른 여자한테 줘. 난 사양할 테니까."

─야, 연우야, 연우…….

휴대전화 건너편에서 성호가 자신의 이름을 부르고 있었지만 연우는 차갑게 전화를 끊어버렸다.

"어쩌죠? 다른 여자한테는 내가 가기 싫은데."

"뭐라고요?"

가뜩이나 불난 집에 휘발유 제대로 끼얹고 있는 이 남자, 점점 더 마음에 안 든다. 인정하고 싶진 않지만, 연우는 아주 잠시나마 그를 의식하고 있었던 자신이 원망스러웠다.

“방금 성호한테 그랬잖아요, 아깝더라도 다른 여자한테 주라고. 그거, 나 얘기한 거 아니었어요?”

“맞아요. 성호 선배가 또 그러던데요? 보기와 다르게 순정파다. 나니까 소개시켜 주지 다른 여자는 어림도 없었다. 그에 대한 내 대답은, 이미 들어서 알고 계시죠?”

“물론.”

그가 고개를 까딱거리며 대답했다. 알고 있다니 연우는 더 이상 이 자리에 앉아 있을 필요가 없다는 생각이 들었다.

“그럼 전 이만 일어서도 되겠네요?”

“아뇨.”

“네?”

“커피요. 입도 안 대고 가면 아깝잖아.”

턱으로 커피잔을 가리키며 그가 말했다. 이유 같지 않은 이유에 연우는 헛웃음이 나왔다. 고작 커피 한 잔이 아깝다고 못 일어날 그녀가 아니었다. 막 가방을 챙겨 일어서려는데 그의 나지막한 음성이 그녀의 발목을 잡았다.

“내가 별로예요? 마음에 안 들어요?”

“네.”

“이유는?”

“이유가 있어야 하나요?”

“당연하죠. 좋으면 왜 좋은지, 싫으면 왜 싫은지 다 이유가 있게 마련인데.”

“이유 같은 거 없어요. 그냥…… 싫어요.”

“거짓말.”

그가 입가에 묘한 미소를 지으며 커피를 한 모금 들이켰다.

“뭐라고요?”

“연우 씨 지금 거짓말하고 있다고요. 연우 씨는 아까 역에서 나를 처음 봤는데, 그런 내가 이미 연우 씨를 알고 있으면서도 모른 척한 거, 그거 때문에 마음 상해서 그래요?”

“이봐요.”

“아니라고? 그럼, 왜 나를 자꾸 힐끔힐끔 쳐다봤는데? 조금이라도 관심이 있었으니까 본 거 아니었나?”

정곡을 콕 찌르는 그의 물음에 연우는 입술만 달싹거릴 뿐 아무런 말도 하지 못했다. 그때 그가 다시 입을 열었다.

“좋아요. 그럼 앞으로 딱 열 번만 만납시다.”

“……왜죠?”

“열 번 찍어서 안 넘어가는 나무 없다잖아요. 열 번 모두 만난 후에도 연우 씨가 날 안 받아준다면 그땐 내가 물러서죠.”

“왠지 자신있다는 소리로 들리네요?”

“그거야 두고 보면 알겠죠.”

어이없어하는 그녀를 바라보며 그는 만면에 자신만만한 웃음을 띠어 보였다.

Rrrrr, Rrrrr.

휴대폰 벨소리가 요란하게 울렸다. 덕분에 연우는 지나간 과거의 기억에서 벗어날 수 있었다. 커피잔을 내려놓고 휴대전화가 있는 곳으로 걸어갔다.

“여보세요?”

—어디야?

하진이었다.

“집이야, 왜?”

—뭐하며 쉬고 있는지 궁금해서 해봤다, 왜?

“후후.”

무뚝뚝한 음성에 연우는 나직하게 웃었다. 분명 내리는 비를 보며 또 혼자 청승을 떨고 있지는 않을까 걱정이 되어 전화했을 것이다. 그 어떤 내색도 비추지 않았지만 그녀는 하진의 마음을 충분히 알고 있었다. 더불어 어김없이 찾아온 이 계절에는 그 걱정이 두 배가 된다는 것도 너무나 잘 알고 있다.

—웃기는.

“가게는 어때? 손님은 좀 있어?”

—비가 와서 그런지 한가해. 뭐, 집에 있기 심심하면 나오든가.

“싫다. 쉬는 날 내가 왜?”

—그럼 뭐할 건데?

“오랜만에 영화나 한 편 볼까 생각 중이야.”

―야, 혼자서 무슨 영화야. 자고로 영화는 둘이 봐야 제맛이
랬어.

"누가?"

―여기 유하진님이. 하하하.

장난 섞인 하진의 웃음소리에 그녀의 입가에도 덩달아 미소
가 걸렸다.

―그러지 말고 우선 나와. 내가 심심해 죽겠어서 그래. 영화
는 이따 저녁 먹고 나랑 같이 보자. 간만에 이 언니가 풀코스로
쏜다!

"진심이야?"

―당근이지!

"그럼 뭐, 총알같이 달려갈게."

―암튼 있는 게 더하다니까. 얼른 와! 빗길 조심하고.

끝까지 잊지 않은 하진의 걱정에 연우의 가슴속이 따뜻하게
데워졌다. 그녀의 유일한 여자친구이자 가족 같은 하진이 늘 고
마웠다.

간단히 옷만 갈아입고 나갈 채비를 마친 연우는 집을 나섰다.
그런데 현관문이 잠기는 소리까지 확인한 그녀의 발걸음이 엘
리베이터로 향하려다 말고 불현듯 멈추었다.

맞은편, 즉 앞집에 닿은 그녀의 시선은 오늘따라 유난히 더
슬퍼 보였다.

그가 떠난 후 당연히 곧 다른 누군가가 이사를 오겠지 생각했

지만, 꽁꽁 닫힌 앞집의 현관문은 한 번도 열리지 않았다.

그가 없는 시간은 참 더디게 흘러가는구나 싶었는데 그 세월도 흐르고 흘러 어느덧 3년이 지나 그와 이별한 계절, 겨울이 다시 돌아왔다. 그가 떠나고 힘들어했던 연우는 그래도 지금껏 잘 참고 버텨왔다. 그리고 견뎠다.

그러나 그녀는 여전히…… 아팠다.

챙그랑!

연우의 손에서 미끄러진 유리컵이 바닥으로 떨어져 산산조각이 났다. 이마에 손을 얹은 채 연우는 깨진 유리 조각을 내려다보았다.

"내가 오늘 왜 이러지?"

벌써 두 번째다. 오전에는 카페 문을 열자마자 커피잔을 하나 깨뜨렸는데, 문을 닫기 바로 직전에는 유리컵이다.

기분 탓인가?

오늘따라 이상하게 기분도 마음도 영 엉망이었다. 별로 특별한 일도 없는데 왠지 모르게 가슴 한구석이 먹먹하고 답답하다. 그런 마음이니 일도 손에 제대로 잡힐 리 없고, 불쑥불쑥 짜증도 났다.

"뭐야?"

대걸레로 바닥 청소를 하고 있던 하진이 컵 깨지는 소리를 듣고 한걸음에 달려왔다. 연우와 바닥 곳곳에 흩어져 있는 유리

조각을 번갈아 쳐다보던 하진의 눈이 찌푸려졌다.

"또야?"

"응."

"너 오늘 이상하다? 왜 그래, 대체?"

"미안."

"어디 다치진 않았어?"

하진이 걱정스런 말투로 연우를 살피며 물었다.

"괜찮아."

"너 안 다쳤으면 됐어. 그래도 조심은 좀 해."

"알았어."

"넌 가서 바닥이나 밀어. 여긴 내가 정리할 테니까."

"아니야, 내가 할게."

"너 오늘 상태로 봐선 딱 이 유리 조각에 찔려 피 보는 걸로 대미를 장식할 것 같아서 그래. 그러니까 내 말대로 해."

연우의 등을 홀 쪽으로 밀어낸 하진은 빗자루와 쓰레받기를 가지고 와 그녀가 저질러 놓은 흔적들을 정리하기 시작했다. 그런 하진을 미안한 표정으로 바라보던 연우가 입을 열었다.

"하진아."

"왜?"

"오늘 우리 술 한잔할까?"

"우와~ 어쩐 일이래? 이연우 입에서 먼저 술 마시자는 얘기가 다 나오고. 내일은 해가 서쪽에서 뜨려나?"

“그래서, 예스야 노야?”

놀리는 듯한 하진의 말투에 연우가 눈을 흘기며 재차 물었다.

“얘는 뭘 그런 걸 물어? 당연히 예스지!”

역시나 술자리를 마다할 리 없는 하진이 환하게 웃으며 소리
쳤다.

잠시 후, 술 마실 장소를 물색하던 연우와 하진은 최종적으로
선택한 포장마차에 마주 앉아 있었다.

“자, 받아.”

안주로 주문한 매운 닭발볶음이 테이블 위에 놓이자, 소주병
을 집어 든 하진이 먼저 연우에게 술을 따라주었다. 무색투명한
소주가 연우의 잔에 가득 채워졌다.

“이제 건배하자.”

연우가 잔을 들자 하진도 못 이기는 척 잔을 들었다. 맑은 소
리를 울리며 잔이 부딪쳤고, 두 사람은 단번에 소주를 비워냈다.

“캬아, 좋다.”

연우는 소리를 내며 잔을 내려놓는 하진의 입속에 닭발볶음
을 넣어주었다.

“맛있어?”

“그래, 맛있어 죽겠다!”

하진이 퉁명스런 어투와 달리 부드럽게 웃었다.

“색시가 참 참하고 예쁘게 생겼네. 총각, 복받았어. 이런 여자

친구를 다 두고."

그때 포장마차 주인이 테이블을 지나가다가 한마디 툭 던졌다. 아마 두 사람의 모습이 보통 연인들이 티격태격하는 것으로 보였나 보다.

"네에?"

그 소리를 듣고 가만히 있을 하진이 아니었다. 발끈하며 목소리를 높였다.

"이모! 제가 정녕 남자로 보이신단 말입니까?"

"어머! 남자 아니었어?"

하진을 위아래로 다시 한 번 자세히 훑어보며 포장마차 주인이 놀란 눈을 했다.

"제가 겉은 이래도 아주 순진하고 순수한 처녀거든요?"

"그…… 래? 그럼, 미안하고."

사과를 하면서도 포장마차 주인의 동그랗게 뜨인 눈은 그대로였다. 믿기지 않는다는 얼굴로 마치 여성의 모습이라도 찾고 있는 듯 하진에게서 시선을 떼지 못했다.

하진을 남자로 오해하는 사람은 비단 포장마차 여주인뿐만이 아니었다. 172㎝로 우리나라 여자들의 평균을 훨씬 웃도는 키에 비쩍 마른 몸매, 짧게 커트 친 헤어스타일, 거기에 덧붙여 사내 같은 옷차림은 어딜 봐도 하진을 남자로 보이게 했다. 그래서 하진과 함께 다닐 때면 종종 오늘 같은 오해를 받을 때도 있었다.

"그러고 보니 여자 같기도 하네. 그런데 왜 사내처럼 하고 다녀? 이 아가씨처럼 예쁘게 좀 꾸미고 다니지.”

포장마차 주인이 연우를 가리키며 말했다. 그러자 하진이 득의양양한 표정으로 어깨를 으스댔다.

“이모, 제가 정말 제대로 꾸미면 미스코리아 빰치게 끝내주거든요? 그럼 남자들이 사족을 못 쓰고 달려들어요. 그게 영 귀찮아서 말이에요.”

“풋!”

얼굴색 하나 변하지 않고 뻔뻔하게 말하고 있는 하진을 지켜만 보던 연우가 짧게 웃음을 터뜨렸다.

“이 총각…… 아니, 이 처녀 말도 재밌게 잘하네. 많이들 먹어요. 필요한 거 있음 언제든 얘기하고.”

하진의 말을 단순히 재미거리로만 여긴 포장마차 주인이 제자리로 돌아갔다.

“이야~ 유하진이 제대로 꾸미면 미스코리아 빰치는구나. 어떤 모습인지 너무 궁금한데? 말로만 하지 말고 어디 한번 보여 줘 봐. 응?”

“그냥 술이나 마시지?”

하진이 놀리는 듯한 어조로 웃으면서 말하는 연우를 향해 눈을 흘깃거렸다.

“계집애, 성질은. 따라줘. 잔을 채워줘야 마시지.”

연우가 잔을 내밀기 무섭게 하진이 술을 따랐다. 그렇게 분위기는 점점 무르익어 갔고, 하진은 벌써 세 번째 소주병의 뚜껑을 열고 있었다. 이 정도의 술쯤이야 끄떡없는 하진과 달리 살짝 술기운이 오른 연우의 두 볼은 불그스름했다.

"연우야."

"응?"

어울리지 않게 진지하게 이름을 불러오는 하진을 연우가 약간 의아한 얼굴로 쳐다봤다.

"하나만 묻자."

"뭘?"

"나 그동안 묻고 싶어도 꾹 참았는데, 오늘만큼은 정말 물어보고 싶어서 그래."

"물어봐. 대체 뭐기에 너답지 않게 서두가 길어?"

"너…… 지금도 아프냐?"

"무슨 말이야?"

"여기 말이야, 여기. 아직도 그 사람 때문에 아프냐고."

하진이 자신의 가슴 부근을 손바닥으로 문지르며 말하자, 연우의 낯빛이 어둡게 가라앉았다.

"떠난 지가 3년이야. 내가 한 번도 본 적 없는 네 그 사람 주구장창 미워만 한 것도 3년째고."

그동안 옆에서 지켜보며 조용히 걱정만 할 뿐 그에 관해서는 함구해 왔던 하진이었다. 그런데 오늘은 작정을 한 모양이다.

아무래도 하루에 컵을 두 개나 깬 건 좀 심했지?

고작 생각해 낸 것이라는 게 참 형편없었다. 스스로가 한심스럽다고 느껴진 연우는 쓴웃음이 올라왔다.

하진의 말대로 하진은 그를 한 번도 만난 적이 없다. 연우에게 있는 사진 속의 모습을 본 것이 전부다. 한국을 떠났던 하진이 5년 만에 돌아온 게 3년 전이었다. 그리고 그 무렵, 그가 떠났다. 그로 인해 먼 타지에서도 그렇게나 친구의 연인을 보고 싶어하고 궁금해하던 하진은 그를 만나지 못했다.

"하긴, 빤히 알면서도 묻는 내가 등신이지."

"하진아."

"그렇게…… 못 잊겠어?"

하진이 물었다. 연우는 긴 한숨과 동시에 술 한 잔을 들이켰다. 그리고 묵묵히 침묵을 고수하던 연우의 입술이 마침내 떨어졌다.

"못 잊는 게 아니라 안 잊는 거야."

"안 잊는 거라고?"

하진의 눈썹이 휘어졌다.

"어떻게 잊어. 내…… 유일한 사랑이었는데. 평생 안 잊을 거야."

"혹시 너, 그 사람 기다리고 있니?"

어둑어둑해진 밤하늘.

늦은 시간이라 인적 하나 없는 골목길은 고요했다. 그저 길가에 세워진 가로등만이 환하게 빛을 내고 있었다.

차가운 바람이 코트 안으로 스며들어 오자 연우의 몸이 절로 움츠러들었다. 그래도 기분만큼은 상쾌했다. 하루 종일 뭔지 모를 답답함으로 휩싸였던 마음도 조금은 시원해졌다.

"역시 걸어오길 잘했어."

아파트 앞까지 오지 않고 큰길에서 내린 건 다분히 충동적이었다. 차창 밖을 내다보고 있다가 문득 걷고 싶다는 생각이 드는 순간 바로 택시를 세운 것이다.

"혹시 너, 그 사람 기다리고 있니?"

하진의 음성이 귓가에 맴돌았다. 연우는 끝내 그 질문에 대해서는 대답하지 못했다. 정작 당사자인 본인이 알지 못하는 물음에 대한 답을 어찌 할 수 있겠는가.

"이연우 너, 서태준 기다리고 있는 거니?"

하진이 했던 똑같은 질문, 연우는 스스로에게 물어보았다.

아니.

하진에게는 하지 못했던 대답이 그녀의 머릿속에서 망설임없이 흘러나왔다.

거짓말.

그러나 곧바로 그녀의 마음이 그녀의 생각을 비웃듯 비아냥거렸다.

"후우."

또다시 콱 막힌 듯 답답해진 가슴은 긴 한숨으로 이어졌다.

어느새 아파트 앞에 도착한 연우는 안으로 들어갔다. 그러나 엘리베이터 쪽으로 걸어가던 그녀의 발걸음이 얼마 못 가 우뚝 멈춰졌다. 엘리베이터를 기다리고 있는 한 남자의 뒷모습이 너무 낯이 익었던 것이다.

설마…… 아니야. 아닐 거야.

머리로는 착각이라고, 절대 그일 리가 없다고 외치고 있는데 심장은 다른 반응을 보였다.

뛰고 있었다. 미친 듯이, 격렬하게.

좀 더 나아가 남자의 얼굴을 확인하고 싶었지만 발이 떨어지질 않았다. 뒤를 한 번 돌아봐 주길 바랐지만 남자는 굳건히 앞만 보고 있었다.

절대 서태준일 리가 없어.

연우는 세뇌시키듯 몇 번이고 되뇌었다. 하지만 가슴이 계속 그가 서태준이라고 강하게 주장했다. 그가 돌아왔다며 미친 듯이 뛰고 있었다.

그러는 사이 엘리베이터가 1층에 도착했고 땡 하는 소리와 함께 문이 열렸다. 한 발자국도 못 움직이고 있는 그녀와 달리 남자는 엘리베이터에 성큼 몸을 실었다. 드디어…… 남자가 몸을 돌려세웠다.

마침내 남자의 얼굴이 시야에 들어왔다. 이어 남자와 시선이 마주친 그 순간 연우의 숨이 멎어버렸다. 얼굴도 창백하게 질렸다. 그녀를 본 남자의 어깨도 약간 경직되었다.

역시…… 그다!

뒷모습만으로도 낯이 익다 생각했던 남자는 서태준이 맞았다.

서태준……. 그가, 돌아왔다.

연우는 도무지 이 현실이 믿어지지가 않아 그저 눈앞에 있는 그를 바라만 보았다. 그리고 그의 시선을 고스란히 받아내고 있었다. 그가 똑바로 지켜보고 있었다. 숨조차도 쉬지 못하고 얼어붙은 듯 움직이지 못하고 있는 그녀를.

그리고 그때, 엘리베이터 문이 스르르 닫혀 버렸다.

2

하루 종일 아무런 이유 없이 가슴이 먹먹하고, 알 수 없는 기분에 사로잡혀 있었던 것이 태준을 만나게 될 거라는 암시였을까?

예기치 못한 그와의 만남에 대한 충격으로 한순간 온몸의 힘이 쫙 빠져 버려 움직일 수조차 없었다. 가까스로 발걸음을 떼고 엘리베이터를 탔지만 무슨 정신으로 10층까지 올라왔는지도 모르겠다.

연우는 망연자실한 심정으로 그의 집 앞에 서 있었다.

엘리베이터 문이 완전히 닫히는 순간까지 그는 분명히 연우를 보고 있었다. 그런데도 그는 모른 척했다. 새파랗게 질린 얼굴로 굳은 석상처럼 서 있는 그녀를 보고도 마치 모르는 사람을 대하듯 외면하고 그대로 올라가 버렸다.

아니다. 차라리 모르는 사람이었다면 '안 타실 건가요?' 라고 한 번쯤 물어는 봤겠지. 그렇담 그녀는 모르는 사람보다도 못하단 뜻인가?

그래서 선뜻 초인종으로 손을 가져다 대지 못했다. 망설여졌다. 아니, 두려웠다.

이 문이 열리지 않을까 봐.

그가 또…… 외면해 버릴까 봐.

참 바보 같다, 이연우. 뭐가 무서워?

먼저 이별을 말한 사람은 그다. 사랑하노라 속삭였던 연인에 대한 배려라고는 눈곱만큼도 없이 말 한마디 남기지 않고 떠난 사람도 그였다.

그리고 배신당한 사랑에 아파하고 괴로워하는 것은 오로지 홀로 남겨진 그녀의 몫이었다. 그러니 그녀가 지금 당장 이 문을 부숴 버리고 들어간다 해도 아무도 욕할 사람은 없었다. 어째서 말도 없이 떠난 건지, 그래 놓고 왜 다시 돌아왔는지 따져 물어야 할 자격도 충분했다.

생각을 마친 연우가 팔을 올렸다. 초인종을 누르는 그녀의 손끝이 미세하게 떨렸다. 그러나 굳게 닫힌 문은 열리지 않았다. 재차 시도해 봤지만 마찬가지였다.

이건…… 완벽한 무시였다.

서태준. 대체 이렇게까지 하는 이유가 뭐야? 이럴 거면 왜 돌아온 거야?

비참함과 서러움이 뒤섞인 감정이 북받쳐 올랐다. 그녀를 외면하는 그를 똑같이 외면해 줄까도 싶었지만, 불쑥 오기가 치밀었다. 문을 열어주지 않는다면 직접 열면 된다.

연우는 디지털 도어락으로 손을 뻗었다. 비밀번호는 그녀의 생년월일. 3년 동안 주인이 한 번도 찾지 않은 집이다. 비밀번호가 스스로 바뀌지 않은 이상은 그대로일 것이다.

연우의 손가락이 숫자를 하나씩 눌러 나갔다.

숫자 하나를 남겨두고 그녀가 북받친 감정을 추스르며 작게 숨을 몰아쉬었다. 그리고 마지막 숫자를 누르려는 찰나에 도어락의 잠금장치가 해제되는 소리가 들렸다.

가슴이 철렁 내려앉았다. 연우는 저도 모르게 한 걸음 뒤로 물러섰다.

이윽고 굳게 닫혀 열리지 않았던 현관문이 열렸고, 마침내 그가 모습을 드러냈다. 좀 전과 달리 2미터도 채 안 되는 거리에서 그를 올려다본 그녀의 눈동자가 눈에 띄게 흔들렸다.

3년 전보다 훨씬 야윈 그의 모습이 그녀의 가슴을 아프게 찔러왔다.

"뭐하는 거지?"

태준이 연우를 보고 차갑게 뇌까렸다.

"혹시 내가 없는 동안에도 수시로 들락거렸나?"

“……뭐?”

“지금 네 행동, 너무 자연스러워서 말이야.”

몹시 불쾌하다는 듯, 못마땅한 기색이 역력한 표정이었다. 야윈 모습을 안쓰러워했던 것도 잠시 연우는 그만 말문이 막혀 버렸다.

태준의 차가움이 낯설었다. 그녀에게만큼은 늘 한결같았던 다정함과 따스함은 더 이상 그에게 존재하지 않았다.

“그런데 의외야, 아직도 이곳에 살고 있다니.”

가슴 앞으로 팔짱을 낀 태준이 연우를 내려다보며 조소를 보냈다.

연우의 잇새로 탄식의 한숨이 흘러나왔다.

그가 떠난 후, 한동안 하루하루 고통 속에서 지냈다. 그러는 동안 그에 대한 원망과 미움도 저절로 커져만 갔다. 그러나 연우는 태준을 본 순간 하진이 건넸던 질문에 대한 답을 확실히 깨달을 수 있었다.

첫사랑이고 유일한 사랑이기에 잊지 못하는 게 아니라 안 잊는 거라고, 평생 잊지 않을 거라고 했지만 그것 또한 그 사랑에 대한 미련을 버리지 못해서였다는 것을. 원망과 미움의 감정 역시 사랑의 일종이라는 것을. 그리고 그를…… 기다리고 있었다는 것을.

하지만 그 모든 것이 부질없는 것이었다는 것도 방금에서야 깨달았다. 마지막까지 놓지 못했던 끈 하나가 툭 하고 끊어지는 기분이었다. 찌릿한 통증이 심장을 스쳐 갔다.

"못마땅한가 봐, 내가 이사하지 않은 게. 누구처럼 나도 사라졌어야 했나, 여기서?"

연우가 비꼬듯 말끝을 올렸다. 그 말투에 그의 눈썹이 희미하게 꿈틀거렸지만, 태준은 곧 어깨를 으쓱거리며 비릿한 웃음을 흘렸다.

"아니, 천만에. 상관없어. 네가 어디에 있든지. 그런데 무슨 일이지?"

태준은 짧게 물었다. 별 감정이 실리지 않은 목소리였다. 말로 형용할 수 없는 허탈감이 연우의 전신을 휘감았다.

3년이면 결코 짧은 시간은 아니다. 그 긴 시간이 흐르고 3년 만의 재회인데 그는 아무런 감정 없이 무슨 일이냐고 묻고 있었다.

'잘 지냈어?' 혹은 '오랜만이네' 라는 그 흔한 인사조차도 나누지 못하는 사이가 되었다는 사실이 연우는 참 허탈하고 허무하기만 했다.

"난……."

말을 해야 하는데, 분명 하고픈 말들이 많았는데 마치 접착제를 발라놓기라도 한 듯 입술이 떨어지지 않았다. 무심하면서도 냉랭한 그의 표정이 생각했던 말들을 모두 잊게 만들었다.

"후우. 할 말이 있다고 생각했는데, 이제 와보니 없네. 미안해. 가볼게."

연우는 얼른 돌아서 버렸다. 왠지 모를 설움에 눈물이 나올 것만 같았다. 그 모습을 그에게 보이고 싶지 않았다.

그런 그녀의 등 뒤로 태준의 날카로운 음성이 내리꽂혔다.

"그런데 이연우, 네 마음대로 내 집 비밀번호를 누르고 안으로 들어올 자격이 아직까지 너한테 있다고 생각하는 건가?"

어젯밤 차가운 바람을 맞은 탓인가? 아니, 어쩌면 태준과 재회한 여파 때문일지도 모른다.

아침부터 으슬으슬 몸이 떨리더니 오후가 되자 머리까지 지끈거렸다. 기운이 하나도 없었고, 몸 여기저기가 욱신거렸다. 아무래도 감기몸살이 찾아온 것 같았다.

하진이 사다 준 약을 먹었는데도 별 차도가 없었다.

"그러게 그런 미련한 짓을 왜 해? 날도 추운데 택시에서 내리긴 왜 내려?"

핀잔 섞인 하진의 말에 연우는 힘없이 웃어 보였다. 아직 하진에겐 태준이 돌아왔다는 것을 털어놓지 않았다. 아마 그 사실을 안다면 하진의 성격에 가만있지 않을 것이다. 당장 그에게 달려가 멱살잡이라도 할 테지.

"참내, 웃음이 잘도 나오겠다."

밉지 않은 눈으로 흘겨보며 연우의 이마를 짚어보던 하진의 이마가 찌푸려졌다.

"야, 완전 불덩이잖아? 병원 가봐야 하는 거 아냐?"

"아니야. 약 먹었으니까 괜찮아질 거야."

"그럼 집에라도 들어가서 좀 누워라. 괜히 병 더 키우지 말고."

"미안해서 그러지."

"미안하긴 뭐가? 난 아예 삼 일 동안 출근도 못했었거든? 잊었어?"

하진은 일부러 지난달 자신이 몸살 났을 때의 일을 끄집어내었다. 그렇지 않으면 저 미련한 것이 미안한 마음에 끝까지 버티고 있을 것이다.

"알았어. 그럼 차 한 잔만 마시고 들어갈게."

"기다려. 유자차 한 잔 만들어줄게. 이건 죽 대신이다."

연우는 피식 웃고 말았다. 하진이 아팠을 때 그녀가 직접 죽을 쑤어다 주었는데, 본인은 유자차로 대신 때운다는 뜻이다. 하긴, 김치찌개도 제대로 끓이지 못하는 하진에게 죽을 바라는 건 무리였다.

"자, 따뜻할 때 얼른 마셔. 이 언니가 널 위해서 아주 정성껏 준비한 거니까."

"고마워."

하진에게 건네받은 잔을 들고 연우는 가장 조용한 곳으로 걸어가 앉았다. 그녀의 흐릿한 시선이 창가의 한 자리로 향했다. 그와의 추억이 고스란히 남아 있는 바로 그 자리였다. 그곳을 보고 있으니 머릿속 한 귀퉁이로 밀어두었던 아련한 기억 하나가 불쑥 튀어나와 그녀의 심장을 아프게 파고들었다.

열 번의 만남을 다 채우고도 연우가 마음을 받아주지 않으면 깨끗이 물러나겠다던 태준과 딱 한 번 남은 마지막 데이트를 하는 날이었다. 그날 헤어질 무렵까지 그녀의 마음이 처음과 변함이 없다면 그걸로 태준과의 만남 또한 끝난다는 것을 의미하는 날이기도 했다.

데이트답게 영화도 보고, 인사동 거리도 거닐고, 근사한 레스토랑으로 가서 저녁도 먹고 마지막 코스로 처음 만났던 카페를 찾았다.

열 번의 만남 동안 특별한 것은 없었다. 보통의 연인들처럼 평범한 데이트를 즐길 뿐이었다. 으레 마음에 드는 여성이 있고, 그 여성을 자신의 여자로 만들기 위해서라면 남자들은 머리를 쥐어짜며 갖은 이벤트를 고민하고 또 고민했을 것이다. 하지만 그는 그런 노력과 고민을 하지 않았다. 그저 있는 그대로의 모습만으로 최선을 다했다. 그럼에도 이상한 건 연우는 전혀 지루하지 않았다는 거다. 그와 함께 보내는 일분일초가 지루할 틈도 없이 빠르게 지나갔다. 헤어짐의 순간이 아쉬울 만큼.

태준은 처음 봤을 때와 마찬가지로 말을 참 잘했다. 진지한 것도, 유머러스한 것도 맛깔스럽게 잘 살려내는 그의 이야기 속으로 쏙 빠져든 적이 한두 번이 아니었다. 태어나서 처음으로 거짓 웃음이 아닌 진심에서 우러나오는 웃음을 속 시원하게 터뜨릴 수 있었던 날들이었다.

또 하나, 그는 참 따뜻하고 정이 많은 남자였다. 열흘 내내 늘 한결같은 모습이 굳게 닫혀 있던 그녀의 마음을 마구 흔들어댔다.

"아, 드디어 결단의 순간이 온 건가? 이거, 생각보다 많이 떨리는데요?"

긴장한 기색이 역력한 표정으로 태준이 말했다. 그러더니 크게 심호흡까지 마친 후 진지하게 그녀를 바라봤다.

"자, 말해요. 연우 씨가 무슨 결정을 내리든 받아들일 마음의 준비 다 끝났으니까. 연우 씨와 열한 번째 데이트를 할 수 있는 기회가 내게 있는 건가요?"

연우는 선뜻 대답을 내놓지 못했다. 흔들리는 마음 하나로 그를 받아들여도 되는 것인지, 그를 만난 건 오늘로 고작 열 번뿐인데, 그 열 번의 만남으로 과연 이 남자를 믿고 사랑을 시작할 수 있을지 확신이 서지 않았다.

그러나…… 한편으론 그의 손을 놓고 싶지 않다는 것이 솔직한 심정이었다.

"흐음, 아무래도 내가 연우 씨 마음을 얻지 못한 모양이네요."

망설이는 그녀의 모습을 거절로 받아들였는지 태준의 음성으로 씁쓸함이 묻어 나왔다.

"그게……."

"괜찮아요. 열 번 만나고도 연우 씨가 날 안 받아주면 물러선다고 했잖아요."

태준은 그녀에게 왜 받아주지 않냐, 하는 이유 같은 것도 묻지 않았다. 한 번만 더 다시 생각해 보라는 말도 하지 않았다. 스스로 내뱉은 말을 지키겠다는 뜻일 것이다.

연우는 문득 자신만만해 보였던 그와의 첫 만남을 떠올렸다. 그런데 지금의 모습이 어쩐지 그때와 묘하게 닮아 있었다. 그는 마지막까지 당당함을 잃지 않았다. 그 모습을 보니 왠지 또 그가 얄미워졌다.

"아쉽지만 인연이 여기까지인가 보네요. 그래도 오늘이 다 지나지 않았으니, 집까지 바래다줄게요. 그것까지 거절하는 건 아니겠죠?"

순간 연우는 맥이 탁 풀렸다. 차라리 한 번만 더 생각해 봐달라고 했다면 못 이기는 척 받아들였을지도 모르는데. 지금 상황에서 그를 받아들인다면 그 등등한 기세가 하늘을 찌르겠지?

하지만 지금은 그런 걸 따질 겨를이 없었다. 그는 주섬주섬 옷을 챙겨 들고 있었다. 말 그대로 오늘이 마지막이라는 듯이. 그러자 연우는 갑자기 마음이 조급해졌다. 그와의 만남을 오늘로 끝내고 싶지 않았다.

가장 중요한 건, 남자의 사랑 따윈 믿지 않았던 그녀가 그에게 마음이 흔들렸다는 것이다. 그 말인즉, 거의 80% 그를 가슴속으로 받아들였다는 의미나 마찬가지였다.

성호의 말대로 태준은 다른 여자에게로 보내기엔 정말 아까운 남자임이 틀림없으니까.

"그럼 일어나죠."

"잠깐만요."

마침내 결정을 내린 연우가 막 자리에서 일어나려는 그를 멈추게 했다.

"나요, 솔직히 말하면 남자의 사랑 같은 거 믿지 않았어요. 그리고 그 마음, 지금도 변함없고요."

연우 잠시 말을 멈추고 숨을 골랐다. 그의 눈이 가늘게 좁혀졌지만 그것뿐, 그는 채근하지 않고 그저 조용히 그녀의 말을 기다렸다.

"그런 내가…… 그쪽은 믿어보고 싶은 마음이 생겼어요. 그래서 나…… 서태준 씨 마음을 한번 믿어보려고요."

연우는 오늘 처음으로 6년 전 그때 태준의 마음을 믿어보기로 했던 자신의 결정을 후회했다. 결국 태준도 다른 남자들과 다를 게 없었다.

고작 3년 만에 사랑을 지겨워할 수 있는 남자를 믿고 사랑한 것이다, 그녀는.

멍청하게.

그런데 사랑이 지겨워졌다는 남자의 그 말을 믿지 못하고 기다렸던 것이다.

바보같이.

남자의 사랑은 이미 3년 전 이별을 고한 그때 끝난 건 줄도 모르고.

미련스럽게.

누구처럼 절대 사랑 같은 건 하지 않을 거라고 큰소리쳐 놓고 그 사랑에 보기 좋게 당해 버렸다.

역시 사랑에는 영원이란 건 없다.

"하아."

고통스러운 한숨이 연우의 입술을 가르고 흘러나왔다. 점점 더 두통이 심해지는 것이 그만 집으로 가야 할 것만 같았다.

여기에 더 앉아 있다간 하진의 걱정만 두 배로 늘어날 것이고, 무엇보다 모두 잊어버리고 숙면을 취하고 싶었다.

그런데 그 순간, 테이블을 짚고 힘겹게 일어서려는 연우의 휴대폰이 울려댔다. 다시 그대로 자리에 앉은 연우는 주머니에서 휴대폰을 꺼내 들어 액정을 보았다.

흐릿했던 연우의 두 눈이 차갑게 가라앉았다.

집으로 돌아오는 동안 연우의 몸 상태는 더욱더 심각해졌다. 간신히 택시비까지 지불하고 택시에서 내린 연우는 힘겨운 걸음으로 아파트 안으로 들어갔다.

엘리베이터가 1층으로 내려오길 기다리고 있는 그녀의 얼굴은 곧 쓰러질 것처럼 창백했다. 식은땀이 흐르고 팔다리가 후들후들 떨려왔다. 갑갑함에 제대로 숨조차 쉬지 못할 정도였다.

땡!

잠시 후 1층에 도착한 엘리베이터의 문이 열렸고, 연우는 그 안으로 들어섰다. 기운 하나 없는 손가락이 10층을 누르고 닫힘 버튼을 눌렀다.

"어, 잠시만요."

그러나 엘리베이터의 문은 누군가의 손이 불쑥 끼어든 바람에 닫히다 말고 다시 열리고 있었다. 그리고 문이 완전히 열렸을 때, 엘리베이터를 타려는 사람의 움직임이 멈칫거렸다. 또 안에 있던 연우 역시 그 사람을 보고 두 눈을 감아버렸다. 바로 태준이었기 때문이다.

지금 연우에게 가장 보기 싫은 두 얼굴이 있는데, 그중 한 명이 태준이었다.

"……안 타?"

감았던 눈을 뜬 연우는 안으로 들어서지 않는 태준을 보며 물었다.

"안 탈 거면 그 손 좀…… 치워줄래?"

연우가 그를 노려보며 낮게 읊조렸다. 차라리 타지 않았으면 좋겠다는 바람이 들었다.

그러나 역시 태준이 그녀의 바람을 들어줄 리 없었다. 그녀의 말대로 손을 치워주는 대신 그는 성큼 엘리베이터 안으로 몸을 들였다.

엘리베이터가 천천히 위로 올라가기 시작했다. 문득 태준이 돌아보는 것이 느껴졌다. 그 시선 때문인지 아니면 좁은 공간에 그와 단둘이 갇혀 있다는 생각 때문인지 연우의 가슴이 더욱 옥죄어들었다.

"어디 아픈 건가? 얼굴이 왜 그래?"

그래도 차마 아픈 모습은 외면을 못하겠는지 태준이 먼저 아는 체를 해왔다. 하지만 그의 음성 어디에도 걱정 따위는 담겨 있지 않았다.

"이연우."

연우에게서 아무런 말이 나오지 않자 태준이 다시 한 번 그녀의 이름을 불렀다.

"……상관하지 마."

연우는 겨우 쥐어 짜내듯 끄집어낸 목소리로 차갑게 뱉어냈다. 그러자 그도 더 이상 아무 말도 하지 않았다.

조금만, 조금만 견디면 돼.

오늘따라 유난히 엘리베이터의 속도가 더디단 느낌이 들었다. 연우는 혼미해지려는 정신의 끈을 부여잡고 버텨냈다. 그에게 쓰러지는 최악의 모습까지 보여주기 싫었다. 그래서 그녀는 마지막 인내심까지 모두 끌어안으며 최대한 정신을 놓지 않으려 기를 썼다.

땡!

마침내 10층에 다다른 엘리베이터가 문이 닫힐 때와 마찬가지로 같은 소리를 울리며 스르르 열렸다.

“앗!”

연우가 힘겹게 발을 내딛었다. 하지만 모든 기력이 빠져나간 그녀의 몸이 휘청거렸다.

본능적으로 뻗어온 그의 손이 팔을 잡아주었지만, 그녀는 뿌리쳤다.

간신히 벽을 짚으며 현관 앞에 선 연우는 떨리는 손길로 비밀번호를 눌러 나갔다. 이 문만 열리면 그녀만의 공간이 나온다. 힘들더라도 아주 조금만 참으면 된다. 그런데 자꾸만 눈앞이 흐려지면서 정신이 아득해져만 갔다.

띠리릭.

드디어 도어락의 잠금장치가 풀렸다. 거친 숨과 동시에 현관문을 열어젖혔다. 연우는 이를 악물고 한 걸음, 두 걸음 집 안으로 들어갔다. 문이 닫히는 소리. 이어 ‘띠리릭’ 하는 잠김 소리가 그녀의 마지막 긴장을 풀게 만들었다.

그리고 그 순간, 연우는 마지막까지 붙잡고 있던 의식의 끈을 놓고 말았다.

태준은 현관 비밀번호를 누르고 있는 연우의 등을 바라보았다. 금방이라도 쓰러질 것만 같은 위태위태한 모습이었다. 휘청거리는 그녀의 팔을 잡은 건 무심결이었다. 저도 모르게 손이 뻗어나갔다. 그런데 그 손을 그녀가 뿌리쳤다. 제대로 걸음조차 걷지도 못하는 상태임에도 대체 그런 힘이 어디서 나올까 싶을 정도로 세차게.

"후."

태준은 그녀가 뿌리친 손을 바지 주머니에 집어넣으며 쓰게 웃었다.

호의를 거절하는 건 여전하군.

뭐, 그렇다고 그가 아쉬울 건 없었다. 그대로 돌아서면 그뿐이다. 그러나 그는 그러지 못했다. 그녀의 창백한 안색이 자꾸만 마음에 거슬렸던 것이다.

결국 태준은 집으로 들어가는 대신 그녀가 먼저 안으로 들어가는 모습까지만 지켜보는 것으로 생각을 바꾸었다. 옛정을 봐서라도 그 정도쯤은 얼마든지…….

옛정이라……. 우습다, 서태준. 아직도 저 여자한테 정이란 게 남아 있다는 거냐?

태준은 스스로에게 야유를 보내며 속으로 실소를 머금었다. 그러면서도 그녀에게 닿은 시선은 거두지 못했다. 그리고 문을 열고 안으로 들어간 그녀를 보고 나서야 비로소 등을 돌릴 수 있었다.

그것도 잠시, 곧이어 쿵, 하고 뭔가가 넘어가는 듯한 소리가 태준의 움직임을 멈추게 만들었다.

설마…….

이번에도 생각보다 몸이 먼저 뛰쳐나갔다. 황급히 그녀의 집 앞으로 달려가 현관 문고리를 잡아당겨 보았지만 이미 잠긴 상태였다. 무의식적으로 비밀번호를 누르려던 그의 손가락이 다시 한 번 멈칫거렸다.

"하아, 젠장!"

태준은 거칠게 머리를 쓸어 넘겼다. 벌써 3년이나 흘렀다. 그가 기억하고 있는 그녀의 집 비밀번호는 3년 전의 것뿐이라는 뜻이다. 여태까지 그녀가 그 번호를 그대로 사용하고 있지는 않을 것이다. 하지만 지금의 상황에서 단지 짐작만으로 시도조차 해보지 않는다면 그것 또한 어리석은 짓이었다.

생각을 마친 태준의 손놀림엔 망설임 따윈 없었다. 빠르게 비밀번호를 눌러 나갔다. 숫자를 모두 누르자 현관문의 잠금장치가 아주 당연하다는 듯 시원스럽게 풀렸다.

어째서…….

태준의 얼굴에 의구심이 떠올랐지만, 곧 현재 중요한 건 그녀의 상태라는 것에 생각이 미치자 거칠게 현관문을 열었다.

예상대로였다. 문을 열자마자 현관 앞에 쓰러져 있는 연우가 시야에 가득 들어왔다. 가슴이 철렁 내려앉았다.

"이연우!"

바닥에 무릎을 꿇은 태준이 연우를 가슴에 안았다.

"연우, 이연우!"

어깨를 흔들어봤지만 의식을 잃고 쓰러진 그녀가 대답할 리 만무했다. 태준의 손이 그녀의 얼굴을 가리고 있는 머리카락을 넘겼다. 머리칼은 식은땀으로 흠뻑 젖어 있었다. 얼굴이고 몸이고 모두 불덩이였다.

"야, 이 미련한 여자야! 이 정도면 병원으로 가야 했을 거 아냐!"

괜한 분통이 터져 나와 이글거리는 눈으로 반응없는 그녀를 쏘아보며 소리쳤다.

태준은 연우를 품에 안고 일어섰다. 우선 병원으로 데리고 가는 것이 급선무였다. 엘리베이터를 타고 지하 주차장으로 내려와 자신의 차 뒷좌석에 그녀를 눕혔다. 이어 운전석에 앉은 태준은 집에서 가장 가까운 병원 응급실로 차를 몰기 시작했다.

그리고 얼마 후, 태준은 응급실 침대 위에 누워 있는 연우를 복잡한 심경으로 내려다보고 있었다.

"후우."

머릿속이 어지러웠다. 정신을 잃고 누워 있는 그녀를 지켜보고 있으니 묵직한 돌멩이 하나가 가슴을 짓누르고 있는 기분이었다.

응급실로 들어온 지 세 시간째. 해열제를 투여한 링거주사를 다 맞았음에도 그녀는 아직까지 깨어나지 않고 있었다.

열은 많이 내렸다고 했는데.

그가 직접 확인한 것이 아니라 그녀의 손등에서 주사바늘을 빼며 간호사가 해주고 간 말이었다. 그러면서 간호사는 그에게 깨어날 때까지 자리를 지키고 앉아 있어주라는 말도 잊지 않았다.

"으음."

그때, 신음 소리를 내며 연우가 몸을 뒤척거렸다. 드디어 그녀가 정신을 차리는 건가 싶어 태준의 등이 꼿꼿이 세워졌다. 그러나 한 번의 뒤척임만 보여줬을 뿐, 그녀의 감긴 두 눈은 그대로였다. 대신 천장을 보고 누워 있던 얼굴이 그가 앉아 있는 쪽으로 돌려졌다. 저절로 흘러내려 그녀의 얼굴 전체를 덮어버린 머리카락이 답답해 보였다.

태준은 손을 뻗어 연우의 얼굴에서 머리카락을 뒤로 걷어냈다. 그 과정에서 볼의 보드라운 살결이 손끝에 닿자 그의 어깨가 흠칫 떨렸다. 손끝으로 전해진 알 수 없는 전율이 가슴속까지 스며들어 왔던 것이다.

"미쳤군."

나직하게 욕설을 내뱉으며 태준은 재빨리 그녀에게서 손을 거두었다. 이런 식으로 또다시 그녀에게 반응을 보이는 자신의 심장을 용납할 수 없었다.

"하아……."

태준의 잇새로 한숨이 거칠게 뿜어져 나왔다. 스스로에게 화가 나서인지 아니면…… 그녀 때문인지 잘 모르겠지만 거친 숨은 쉬이 가라앉지 않았다. 그러다 무심코 고개를 돌린 그의 시선이 그녀의 목에서 고정되었다.

새끼손톱만 한 크기의 점. 그대로 있었다.

하긴, 빼지 않은 이상 그 점이 어디 사라지는 것도 아닌데. 너 참 바보 같다.

한심함에 스스로를 나무랐지만, 태준은 그 점에서 눈을 떼지 못했다.

저 점에다가 얼마나 많은 입맞춤을 했었던가.

맨 처음 그녀의 목에서 결코 작지 않은 점을 발견했을 때 태준은 눈을 동그랗게 뜨고 그 점에 대해 물었었다.

"어라? 목에 새끼손톱만 한 점이 있네?"

그의 물음에 그녀가 담담하게 웃으며 대답했다.

"좀 크지? 그런데 어렸을 땐 그거보다 더 컸어. 아마, 이만했지?"

그녀가 엄지와 중지로 원을 만들며 대강 크기를 알려주었다.

"그럼 크면서 점점 작아진 거라는 거네?"

"그렇지."

"그런데 왜 안 뺐어? 여자들 대부분 예쁘게 보이기 위해서 빼려고 하지 않나?"

"중학교 때는 창피해서 빼고 싶은 마음도 있었는데, 지금은 빼고 싶은 마음 전혀 없어. 오히려 자랑스러워."

"왜?"

"내가…… 우리 엄마 딸이라는 증거거든, 이 점이."

"어머님이 이 점을 좋아하셨나?"

태준이 엄지손가락으로 점을 살살 문지르면서 질문을 이어나갔다.

“응. 왜냐하면…… 우리 엄마도 이거랑 똑같은 점이 목에 있었거든. 위치도 같고.”

돌아가신 엄마를 떠올리는 연우의 눈에 눈물이 차오르고 있었다. 태준은 그런 연우의 볼을 어루만져 주며 그 점에 입을 맞추었다. 그리고 가슴속으로 하늘에 계신 연우의 어머님께 이렇게 사랑스러운 연우를 낳아주셔서 고맙다고, 나에게 보내주셔서 감사하다고 인사했다. 더불어 이 점과 함께 연우를 평생 책임지고 지키겠다고 맹세했다.

하지만…….

과거의 기억에서 돌아온 태준은 거칠게 손바닥으로 얼굴을 문질렀다. 다 잊은 줄 알았다. 그녀와의 추억 따위…… 모두 잊혀졌을 거라 생각했다. 그러나 하나도 잊혀진 게 없다. 그것이 당연하다는 듯 떠오른 그때의 장면이 눈앞으로 스쳐 지나갔다. 아주 생생하게.

지이이잉. 지이이잉.

거친 감정을 채 추스르지도 못한 그때, 태준의 주머니에서 휴대폰 진동이 울려댔다. 그는 누구인지 확인하지도 않고 전화를 받았다.

“네.”

―태준아, 나 한 이십 분 정도 늦을 것 같다. 택시 타고 가고 있는데 젠장, 차가 무척 밀리네.

순간, 태준은 아차 하며 눈을 감았다 떴다. 성호와 술 약속이 있었다는 걸 그만 깜빡 잊고 있었던 것이다.

―야, 듣고 있어? 왜 대답이 없어?

"저기, 그게……."

태준은 하던 말을 멈추고 아직 잠들어 있는 연우를 보았다. 성호가 이십 분 늦는다면 그 역시 지금 출발한다 해도 거의 비슷한 시간에 약속 장소에 도착할 수 있었다.

이 빌어먹을 감정 같아서는 돌아서야 마땅했다. 이 정도 했으면 그가 할 일은 다 한 것이라 생각했다. 그래, 이 정도면 충분히 그녀에게 성의를 보인 것이다.

그러나 태준의 입은 머리와는 다른 말을 하고 있었다.

"미안한데 성호야, 오늘 약속 다음으로 미루자."

―뭐? 이제 와서 그런 말을 하면 어떻게? 나 지금 가고 있다니까?

"그래서 미안하다고 하잖아. 오늘만 봐줘라."

―와, 이 자식 웃긴 놈이네. 갑자기 나타나 일거리만 던져 주고 얼굴 한 번 안 비치더니. 오늘에야 제대로 회포 한번 푸나 싶었는데, 뭐가 어째? 대체 무슨 일인데 그래?

"연우가…… 쓰러졌다."

태준은 조용히 자리에서 일어나 응급실 밖으로 나왔다. 그리고 담배 하나를 꺼내 입에 물며 사실대로 털어놓았다. 그렇지 않으면 이유를 말할 때까지 성호가 끈질기게 물고 늘어질 거라는 걸 잘 알고 있으니까. 이것만큼 좋은 방법은 없었다.

　—…….

　그러나 태준의 말을 듣고 쉼없이 떠들어대던 성호가 일순간 침묵을 보였다. 그러다 입을 연 성호의 음성은 낮게 착 가라앉아 있었다.

　—너…… 연우 만났냐?

　"만난 게 아니라 마주쳤다."

　—어디서?

　"지금 병원이야. 나중에 얘기하자."

　—병원 어딘데?

　"왜? 오려고? 차 밀린다며?"

　—후우.

　"주사도 다 맞았고, 깨어날 시간도 거의 다 됐어. 걱정하지 않아도 돼."

　성호의 걱정을 덜어주며 태준은 다 타들어간 담배를 재떨이에 비벼 껐다. 그리고 다시 응급실 안으로 들어가려는데, 방금 전까지 깨어나지 못했던 연우가 그 안에서 천천히 걸어나오는 모습이 보였다.

　"그만 끊어야겠다."

　—알았다. 집에 가서 전화해라.

　휴대폰을 주머니에 집어넣으며 태준은 빠른 보폭으로 연우의 곁에 다가갔다.

“언제 일어난 거야?”

연우는 옆에 다가선 태준을 물끄러미 올려다볼 뿐 아무런 대꾸도 하지 않았다.

정신을 차리고 눈을 떴을 땐 집이 아니었다. 당연히 집이었어야 하는데 그녀가 누워 있는 곳은 낯선 병원이었다. 그녀는 한동안 왜 자신이 병원에 누워 있는 것일까, 대체 누가 병원으로 옮긴 것인가 생각해 보았지만 답이 나오지 않았다. 그래서 마침 깨어난 그녀를 보고 다가온 간호사에게 넌지시 물었다. 그 간호사의 말로는 남자가 데려왔다고 했다. 그것도 품에 꼭 안고서.

그녀는 잠시 하진인가 했었다. 간혹 사람들이 하진을 남자로 오해하기도 하니까. 그러나 곧 고개를 흔들었다. 하진은 그녀의 집 비밀번호를 모를뿐더러, 아무리 생김새가 남자 같다고는 하나 하진도 여자였다. 그녀를 안고서 병원으로 옮길 정도로 힘이 넘쳐 나지는 않는단 뜻이다.

그럼 설마…….

정황상 따져 봤을 때, 딱 한 사람밖에 없었다.

그 남자, 서태준.

고마운 마음이 들기보다 분하고 자존심이 상했다. 그의 앞에서 쓰러지지 않기 위해 그렇게 버텨냈건만, 결국 그의 손에 병원으로 옮겨진 것이 되어버렸다.

그래도 그나마 다행이라고 해야 하나? 눈을 뜬 시점에 그는 보이지 않았다. 당연히 벌써 돌아갔을 것이라 여겼다. 끝까지 그녀의 옆을 지키고 있을 이유가 없으니까. 보고 싶지 않은 얼굴이었기에 가버린 것이 고맙기까지 했다.

하지만 뒤에 들려온 간호사의 말은 의외였다. 간호사는 '어? 방금 전까지 보호자분 계셨는데……' 라고 말하며, 몇 가지 체크를 한 뒤 집으로 돌아가도 괜찮다고 했다. 병원비까지 이미 지불한 상태라고 했다.

침대에서 내려온 연우는 옷걸이에 걸려 있는 코트를 걸쳐 입었다. 주위를 둘러봤지만 그 이상 그녀의 물건은 눈에 들어오지 않았다. 가방도 지갑도 없는 처지가 되어버렸다. 그러나 그때 무심결에 코트 주머니에 넣은 손으로 한줄기의 빛처럼 휴대폰이 쏙 감겨들어 왔다.

절로 안도의 한숨이 흘러나왔다. 연우는 바로 하진에게 전화를 걸었다. 그녀의 전화를 받고 놀란 하진이 금방 달려올 테니 조금만 기다리고 있으라고 했다. 하진이 빨리 온다고 해도 15분은 족히 걸릴 터.

연우는 망설임없이 병원 밖으로 나왔다. 몸은 많이 좋아졌지만, 답답한 가슴만큼은 전혀 나아지지 않았다. 찬 공기를 맞으면 그나마 풀릴 것 같았다. 그러나 그가 밖에 있었다는 걸 미리 알았다면 절대 나오지 않았을 것이다.

"괜찮아진 거야?"

그녀가 대답이 없자 태준이 재차 물었다. 그러자 연우가 비아냥거리며 입을 열었다.

"어쩐지 걱정했다는 말투네?"

"무슨 말이 그래?"

"왜? 설마…… 진심으로 걱정이라도 한 거야, 날?"

"이연우."

"고맙다고 해야 해?"

태준의 눈썹이 활처럼 휘어졌다. 치미는 화를 꾹 참고 태준이 그녀의 손목을 잡았다.

"밖으로 나온 거 보니 집으로 가도 괜찮은 것 같은데, 가. 데려다 줄게."

"됐어. 내가 알아서 가."

연우가 그에게 잡힌 손을 매몰차게 떨쳐 냈다.

"왜? 내 앞에서 또 쓰러지고 싶어서 그래?"

"뭐라고?"

"그거 아니면 뭐야? 시위 그만하고, 와."

"시위?"

"집에 어떻게 갈 거야? 택시비는 있나? 아님 걸어서라도 갈 생각이야, 그 몸으로? 그것도 아님 내가 억지로라도 차에 태워 주길 바라는 건가?"

태준의 말에 연우는 기가 막히다는 듯 코웃음을 쳤다.

"와~ 이것 봐요, 서태준 씨."

"서태준 씨?"

태준이 그녀의 말을 그대로 따라 하며 말끝을 올렸다. 매우 못마땅하다는 표정으로.

"뭐야, 그 얼굴은? 설마하니 내가 여전히 오빠라는 호칭을 써 주길 바랐던 거야?"

"너……."

"어쨌든, 그래. 오늘 일은 고마워. 근데 먼저 가. 내가 당신 차에 타는 일은 없을 테니까."

"연우야!"

때마침 그때 생각보다 빨리 도착한 하진이 몇 발자국 떨어진 곳에서 그녀의 이름을 크게 외쳤다.

연우는 기막히게 타이밍을 잘 맞춰 나타나 준 하진이 참 고마웠다.

"내가 그랬지? 당신 차를 타는 일은 없을 거라고."

연우가 보란 듯이 하진을 가리키며 말했다. 그리고 하진에게 가려고 몸을 돌리려던 찰나 연우가 깜빡 잊었다는 듯 냉랭한 말투로 덧붙였다.

"그런데 서태준 씨, 당신 마음대로 내 집 비밀번호를 누르고 안으로 들어올 자격이 아직까지 당신에게 있다고 생각해? 그럴 리는 없겠지만, 혹여 다음에 또 오늘 같은 일이 생기더라도 그 땐…… 신경 꺼. 앞으로 내 일에 그 어떤 것도 상관하지 말란 뜻이야."

연우가 차갑게 돌아섰고, 홀로 남겨진 태준의 얼굴은 점차 일그러졌다.

하진의 차에 오른 연우의 얼굴에 그늘이 서려 있었다. 속이 후련할 거라 생각했다. 가슴에 상처로 남았던 말을 똑같이 되돌려줌으로써 맺힌 응어리가 시원하게 뚫릴 줄 알았는데, 아니었다. 오히려 그녀의 심장만 따끔거리고 저려왔다.

그도…… 아팠을까?

연우는 고개를 저었다. 아팠을 리 없다. 조금이라도 아팠다면 그렇게 말 한마디 없이 떠난 지 3년 만에 돌아와 가슴에 비수가 되는 말 따윈 하지 않았을 것이다.

"연우야."

하진이 천천히 차를 출발시키며 그녀의 이름을 불렀다.

"어?"

"그 남자 누구야?"

"응?"

"왜, 너랑 같이 있던 남자 말이야."

"아…….."

"분명 처음 보는 사람인데, 어딘가 모르게 낯이 익단 말이야."

하진이 고개를 갸웃거리자, 연우가 쓴 미소를 지었다. 사진으로만 몇 번 봤으니 하진이 태준을 못 알아보는 것은 당연했다.

"아는 사람이야?"

"……어."

연우는 무거운 한숨을 토해냈다. 이제 하진에게 태준이 돌아
왔다는 것을 털어놓아야 할 것 같았다.

"누군데?"

"그…… 사람이야."

"그 사람?"

"서태준."

얼굴은 바로 알아보지 못하더니 '서태준'이란 이름 세 글자
는 단번에 기억해 낸 모양이다. 그녀의 입에서 그의 이름이 나
오자마자 급하게 핸들을 꺾은 하진이 도로변에 차를 세웠다.

"누구? 서태준?"

"어."

"네 그 사람?"

"……그래."

믿어지지 않는다는 듯 몇 번이나 확인을 하던 하진의 이마가
확 구겨졌다.

"미국에 있는 사람이 어떻게?"

"돌아왔어."

"언제?"

"어제."

"하! 어쩐지 두 사람 분위기가 심상찮다 했어. 그런데 돌아왔
으면 온 거지, 그 작자가 왜 병원 앞에 있어?"

하진이 탄식을 터뜨리며 계속해서 태준에 대해 물었다. 서서

히 머리가 지끈거리기 시작한 연우는 두 눈을 감으며 대답했다.

"나, 응급실로 데리고 온 사람이 그 사람이야."

"뭐? 하~ 내가 바보같이 왜 그 생각을 못했지? 네가 네 발로 혼자 응급실에 올 수가 없었을 텐데. 그나저나 그 남자 설마…… 다시 그 집으로 돌아……."

흥분에 못 이겨 떠들던 하진은 일순 말을 멈추었다. 감은 연우의 두 눈이 희미하게 떨리고 있는 것을 본 것이다.

"휴우. 내가 지금 뭐하는 거야. 아픈 앨 붙잡고."

스스로를 타박하며 하진은 다시 차를 몰기 시작했다. 궁금한 건 많았지만, 모두 목구멍으로 삼켜 버렸다. 이 순간 제일 아프고 힘든 건 연우일 테니까. 자신이 보태지 않아도 충분히 고통스러울 것이다. 그러니 아무리 궁금하더라도 참을 수밖에. 하지만 얼마 지나지 않아 하진은 불쑥 또 묻고 말았다.

"너, 괜찮아?"

감았던 두 눈을 뜨고 차창 밖을 응시하는 연우의 눈가에 서글픈 미소가 어렸다. 그리고 묵묵히 대답을 기다리고 있는 하진을 돌아보지 않은 채 말문을 열었다.

"아니…… 안 괜찮아."

연우의 음성엔 아픔이 고스란히 배어 있었다.

"그런데 이제부터 괜찮으려고. 평생 잊지 않으려고 했는데 다 잊어줄 거야, 보란 듯이. 아무 미련 없이, 깨끗하게."

그런 연우를 하진이 안쓰러운 눈빛으로 바라보았다. 그러고 보면 연우가 병이 괜히 난 게 아니었다. 어쩌면 그 남자로 인해 생긴 마음의 병일 것이다.

하진은 거세게 숨을 몰아쉬었다. 말도 없이 떠난 주제에 이제 와 연우 앞에 나타난 저의가 궁금했다.

차라리 영영 나타나지나 말지.

하진은 다시 연우의 가슴을 찢어놓은 그가 원망스러울 뿐이었다.

잔잔한 재즈 음악이 흐르는 바(Bar) 안.

홀로 술잔을 기울이고 있는 태준의 맞은편 자리에 성호가 와 앉았다.

"혼자 뭔 청승이냐."

"왔냐?"

태준이 오랜만에 만난 성호를 보며 반가움이 담긴 미소로 슬쩍 웃어 보였다.

연우가 다른 이의 차를 타고 유유히 떠나는 것을 바라보며 한동안 그 자리를 뜨지 못했던 태준은 성호에게 전화를 걸었다. 번복한 약속을 다시 번복해 나오겠냐고 물으니 성호는 순순히 그러겠노라 했다.

"한 잔 받아라."

"숨부터 좀 돌리자, 인마."

그러면서도 성호는 태준이 술병을 들자 자연스럽게 바로 잔을 들었다.

"연우는?"

"……."

성호의 걱정이 담긴 물음에 태준은 대답 대신 술을 들이켰다. 외투를 벗어 의자에 걸어놓던 성호의 이마가 살짝 찌푸려졌다.

"왜 대답이 없어? 연우는 왜 쓰러진 거야?"

"몸살."

"후우. 그런데 대체 어디서 마주쳤기에 네가 쓰러진 연우를 병원으로 데리고 간 거냐?"

"집 앞."

"집 앞?"

"그래."

"너…… 혹시, 그 집으로 들어간 거냐?"

설마하며 묻기는 했지만, 성호는 태준의 표정만으로도 알아차릴 수 있었다.

"난 도무지 이해가 안 간다. 너 왜 여태 그 집 그대로 둔 거냐? 처분해도 벌써 했어야 하는 거 아닌가?"

성호가 물었지만 역시 태준은 대답을 하지 않았다.

아파트를 정리해 버릴까 하는 생각을 해보지 않은 건 아니었다. 부동산으로 향한 발걸음이 되돌아온 것도 수차례였다. 하지만 선뜻 처분해 버릴 수가 없었다. 자신의 손으로 직접 그녀와의 추억이 묻어 있는 그 집을 정리해 버릴 수가 없었다.

바보같이. 무슨 미련이 남아 있다고.

무엇보다 사실 아직까지 그녀가 그 아파트에 살고 있을 줄은 몰랐다. 당연히 다른 곳으로 이사를 갔을 거라 생각했다. 그래서 어젯밤, 예기치 못했던 그녀와의 만남은 그에게 '어째서, 왜'라는 혼란스러움만 가져다주었다.

"아무튼 그럼, 연우는 아직도 병원에 있는 거야?"

"아니. 깨어났으니 집으로 갔겠지."

"갔겠지? 설마, 그 아픈 애를 데려다 주지도 않고 온 거냐?"

성호가 인상을 찡그리며 질책이 섞인 어조로 말하자 태준이 그 말을 맞받아치며 대답했다.

"설마 그 아픈 애를 안 데려다 주려고 했었겠냐, 내가?"

"그럼, 그 모호한 대답은 뭐야?"

"누가 데리러 왔더라."

"누가?"

"내가 어떻게 알아, 처음 봤는데."

태준이 신경질조로 말을 내뱉었다. 술잔을 쥔 손에 절로 힘이 가해졌다. 이젠 그럴 이유가 하등 없는데도 불구하고 다른 남자의 차를 타고 가버린 연우에게 화가 치밀었다.

"누구지? 하진 씬가?"

하진? 그 남자 이름인가?

태준의 볼 근육이 실룩거렸다. 성호도 알고 있는 걸 보면 만난 적이 있는 모양이다.

가만. 하진이면…… 어디서 들어본 이름 같은데.

미간을 좁힌 태준이 그 이름을 생각해 내려 했지만 잘 기억이 나지 않았다.

"아는 사람이야?"

"응, 연우 친구야. 연우를 데리고 갔다면 하진 씨밖에 없을 거야. 연우 자식, 아무한테나 곁 안 주잖아."

"친구? 이연우한테 그런 남자친구가 있었나?"

"남자는 무슨, 이 자식 오해했나 보네. 하긴, 하진 씨 생김새가 꼭 남자 같긴 하지. 그런데 여자다, 여자."

여자라고? 아까 그 남자가?

태준의 눈이 가늘게 좁혀졌다. 그런 태준을 의미심장한 눈으로 지켜보던 성호가 말했다.

"그나저나 서태준, 아직까지 이연우에 대한 관심이 지대하네. 너한테…… 그럴 자격이 있는 건가?"

어쩐지 책망이 담긴 말투다.

자격이라.

오늘만 벌써 두 번째 듣는 말이다. 태준은 쓰게 웃었다. 아무것도 모르는 성호의 입장에선 충분히 나올 수 있는 말이었지만, 기분이 씁쓸했다.

"말 나온 김에 묻자."

"묻지 마."

"너 말도 없이 미국으로 가버리고, 1년이나 지나서야 네 연락받았어. 그동안은 연우 얘기만 꺼낼라 치면 전화를 끊어버려서 말 안 했다만, 이유가 뭐야? 연우한테도 그렇고 나한테까지 말 안 하고 떠난 이유 말이야. 적어도 난 알아야 하는 거 아니냐?”

묻지 말라는 태준의 말을 깡그리 무시한 성호가 지금껏 가슴에 담아두었던 것들을 물었다. 그러나 술만 연거푸 들이켤 뿐, 태준은 묵묵부답이었다.

오랜만에 만나 회포를 풀자고 했던 두 사람의 분위기가 삽시간에 서늘해지고 말았다.

“서태준.”

“……”

“야, 서태준.”

“난…… 이별의 이유를, 말한 걸로 기억하는데.”

거듭되는 성호의 부름에 술잔을 테이블 위로 탁 내려놓은 태준이 무겁게 가라앉은 음성으로 말문을 열었다.

“뭐? 단지 지겨워졌다는 거? 너 그걸 이유라고 대고 있는 거야, 지금?”

“헤어지는 데, 그거 말고 무슨 이유가 더 필요하다는 거지?”

태준은 또 한 잔의 술을 입으로 털어 넣었다. 그만 여기서 성호가 멈춰주길 바랐다. 성호가 물을 때마다 그때의 기억이 머릿속으로 하나둘씩 떠올랐고, 그로 인해 그의 심장은 마치 날카로운 송곳이 파고드는 것처럼 극심한 통증이 몰려왔다.

“그래서 진심으로 지겨워져서 헤어진 거다?”

어이없어하는 성호의 물음에 태준은 긍정의 답도, 그렇다고 부정의 답도 내놓지 않았다. 태준의 모습에 성호의 답답한 속은 더욱 답답해졌다.

"너 떠나고 연우가 어땠는지 알기나 하냐? 그 자식 너 떠나고 힘들어하는데, 그게 꼭 내 탓인 것만 같아서 볼 수가 없더라. 정말이지 너희 둘 연결시켜 준 거 처음으로 막심한 후회를 했다고. 알아, 이 나쁜 자식아?"

태준에게 한바탕 쏟아붓고 술을 들이켰지만 답답한 가슴은 전혀 풀리지 않았다. 도대체가 태준의 속을 알 수가 없었다.

연우에 대해 반응을 보이는 것 보면 아직 뭔가 남아 있다는 건데.

"연우…… 어쩌면 지금도 아파할지도 몰라. 그러니까 지금이라도 미안……."

"그만. 그만해."

더 이상은 참기 힘들었던 태준이 손을 들어 성호의 말을 저지시켰다.

"그러면 너 연우한테, 나한테, 너의 둘 관계를 모두 알고 있는 사람들한테 나쁜 놈 소리나 들으며 살겠다는 거야?"

"……그래, 차라리 그 편이 나아. 내가 나쁜 놈으로 남는 게……."

성호가 이해할 수 없는 말들을 태준이 낮게 읊조렸다.

3

하진은 어깨에 쌓인 눈을 털어내며 아파트 안으로 들어섰다. 마침 1층에 멈춰 있는 엘리베이터에 올라 연우가 살고 있는 층수를 눌렀다. 위로 올라가면서 그녀는 포장해 온 죽의 온기를 확인해 보았다. 손바닥으로 따뜻한 기운이 퍼져 오자 괜히 마음이 흐뭇했다. 식기 전에 먹이고 싶었는데 달려온 보람이 있었다.

10층에 도착한 하진은 연우의 집 앞에 섰다. 그리고 막 초인종을 누르려고 하는 순간 뒤쪽에서 현관문 열리는 소리가 들렸다. 무의식적으로 하진이 뒤를 돌아봤고, 열린 문으로 한 남자가 나왔다.

혹시……?

남자의 얼굴을 본 하진이 눈썹을 찡그렸다.

하진은 단번에 알아차렸다. 맞은편에 살았던 연우의 그 남자가 다시 돌아왔다고 하니 눈앞에 있는 이 남자가, 연우의 가슴에 큰 상처를 남긴 서태준이란 것을 말이다.

사흘 전 밤에는 스치듯 봤으니 제대로 보는 건 지금이 처음이었다. 드디어 얼굴도 모른 채 3년째 주구장창 미워만 하던 당사자와 첫 대면의 순간이 왔다.

"안녕하세요?"

눈이 마주치자 하진이 무미건조한 목소리로 태준에게 아는 체를 했다. 외출이라도 하는지 말끔하게 차려입은 옷차림이었다. 하진은 머리부터 발끝까지 태준을 훑어 내렸다. 여자치고는 꽤 큰 키인 하진이 올려다볼 정도로 태준은 키가 컸다. 그리고…….

얼굴도 끝내주게 잘생겼군.

겉모습으로만 보고 판단했을 때 태준은 정말 나무랄 데 없는 완벽한 남자였다.

꼭 인물값하는 남자들이 여자 마음에 못을 박는다니까.

하진의 입매가 절로 뒤틀려졌다.

"네."

하진의 인사에 태준이 고개를 가볍게 까딱였다.

"서태준 씨죠?"

"내가 서태준인지 모르고 인사하셨습니까?"

스윽 왼쪽 입꼬리를 말아 올린 태준이 우습다는 듯 물었다. 기억이 틀리지 않았다면 병원 앞에서 얼핏 보았던 연우의 친구일 것이다. 바보가 아닌 이상 자신을 바라보는 눈빛이 곱지 않다는 것쯤은 느낄 수 있다. 대놓고 적대적인 시선을 보내오는 상대에게 태준 역시 예를 지키고 싶은 생각 따윈 없었다. 아무리 연우의 가장 가까운 친구라 해도 말이다.

"설마요. 난 유하진이에요. 연우 친구죠."

"알고 있습니다."

"하긴, 연우한테 많이 들었겠네요. 내가 그쪽 얘기를 귀 아프게 들었던 것처럼."

태준의 눈매는 가늘어졌다. 하진이 연우의 친구라는 것은 연우가 아니라 사흘 전 성호에게 들은 것인데.

가만. 하진, 유하진이라…….

"아."

어쩐지 '하진'이란 이름이 어딘지 모르게 익숙하다 싶었는데, 연우의 입에서 참 많이 오르내리던 이름이었다는 게 이제야 생각이 났다.

가족이 없는 외로운 그녀에게 하진은 믿고 의지하는 유일한 가족이고 친구라고 했었다.

유학을 갔다고 들었는데 돌아왔나 보군.

태준은 왼쪽 손목을 들어 시계를 보았다. 3년 전이라면 달랐겠지만 지금은 하진과 이렇게 긴 시간 동안 마주 서서 인사 아닌 인사를 나눌 필요가 없다는 의미였다. 하진과 그의 사이에 존재하는 연우를 떠올리면 둘은 결코 반갑지도 편하지도 않은, 어떻게 보면 껄끄러운 그런 관계일 뿐이었다.

"그럼 이만."

하진에게 등을 돌린 태준은 엘리베이터 버튼을 눌렀다. 17층에 멈춰 있던 엘리베이터가 내려오기 시작했다.

"저번엔!"

태준의 등 뒤로 하진의 음성이 꽂혔다. 너무나도 여유로워 보이는 태준의 모습이 하진의 심기를 긁어댔다.

아무리 끝난 사이라도 연우의 상태 정도는 물어볼 수 있는 거 아냐? 쓰러져서 병원까지 안고 달려갔으면서 어쩌면 저렇게 태평할 수 있어?

"고마웠어요. 우리 연우, 병원까지 데려다 줘서."

하진이 냉소가 담긴 어조로 씨익 웃으며 비꼬듯 내뱉자, 태준이 돌아봤다.

"이웃끼리 그 정도는 누구나 합니다."

"하! 이웃이요?"

기막혀하는 하진의 되물음에 태준이 '그럼 이연우와 내가 그것보다 더 정확한 관계 말고 또 뭐가 있다는 거지?' 라는 표정으로 다시 등을 돌렸다.

하진은 두 주먹을 불끈 쥐며 태준의 등을 매섭게 노려봤다.

이웃? 이…… 웃? 연우가 그동안 얼마나 아파했는데, 고통 속에서 헤어 나오려고 얼마나 안간힘을 썼는데. 그런 연우한테 겨우 이웃이라는 의미를 가져다 붙여?

속에서 열불이 치솟았다. 생각 같아서는 멱살이라도 잡고 집어 던져 버리고 싶었지만 하진은 이를 악물고 참았다. 물론 던져 버린다고 해서 그 분이 다 풀리진 않겠지만 연우를 위해서 억눌렀다. 그건 오로지 연우의 몫이지 자신의 몫이 아니었다. 그러나 이대로 물러나고 싶은 마음도 없었다.

"이웃이라고 했나요? 그런데 서태준 씨, 아무리 이웃이라도 서태준 씨처럼 그 이웃의 현관 비밀번호를 직접 누르고 들어가 병원까지 데려다 주는 경우는 없죠. 또 단순한 이웃의 집 비밀번호를 안다는 것 자체가 말이 안 되는 거죠. 친구인 나도 모르는데. 안 그래요?"

최대한 화를 누르며 제 할 말을 마친 하진은 그에게 시선을 거두고 초인종을 눌렀다. 자신의 말에 태준의 어깨가 살짝 굳어지는 걸 보았지만 그래도 화는 가라앉지 않았다.

"왔어?"

얼마 후 현관문이 활짝 열림과 동시에 연우가 하진을 맞이했다. 씻다가 초인종 소리에 달려나왔는지 연우의 얼굴에 물기가 남아 있었다.

"누군지도 확인 안 하고 문을 열어?"

"오자마자 왜 짜증이야? 안에서 다 확인하고 열었……."

엘리베이터 앞에 서 있는 태준의 뒷모습을 본 연우의 말끝이 흐릿해졌다.

"들어가."

아직까지 태준에게 반응을 보이는 연우의 모습에 속이 상했던 하진은 그녀의 등을 떠밀 듯 밀며 함께 집 안으로 들어갔다.

"아직 한 끼도 안 먹었지?"

"어."

"그럴 것 같아서 죽 사 왔어. 따뜻할 때 얼른 먹어."

곧장 주방으로 들어간 하진이 포장해 온 죽을 식탁 위에 꺼내 놓기 시작했다. 그런 하진을 조용히 보고 있던 연우가 입을 열었다.

"왜 그래?"

"뭐가?"

"왜 그렇게 기분이 저조한 건데?"

"그런 거 없어."

하진이 딱 잘라 말했지만, 연우는 넘어가지 않았다. 딱딱하게 굳은 표정만 봐도 거짓말이라는 게 표시가 났다.

"하진아."

"정말 아무것도 아니라니까. 신경 쓰지 말고 어서 먹기나 해."

그럼 그 말을 믿을 수 있게 얼굴이라도 좀 풀던가. 기분이 언짢다는 기색을 내비치면서 아무것도 아니라니.

카페로 가기 전 먼저 집으로 온다는 연락을 했을 때만 해도 하진의 목소리는 평소와 다르지 않게 좋았다. 그게 불과 40분 전이다. 그렇다면 그사이에 무슨 일이 있었다는 것인데.

그 순간 연우의 뇌리에 태준의 뒷모습이 스쳐 지나갔다. 현관문을 열었을 때 태준이 엘리베이터 앞에 서 있었다. 분명 하진은 태준과 마주쳤을 것이고, 그가 누군지 단번에 알아봤을 것이다.

그럼 혹시.

"너……."

"안 먹을 거야? 그럼 내가 다 먹어버린다?"

뭔가를 눈치챈 듯한 연우의 시선을 외면한 하진은 죽을 한 술 떠먹었다. 이대로 넘어가 주면 좋으련만, 연우는 그 바람을 들어주지 않았다.

"그 사람하고 무슨 일 있었어?"

"그 사람, 누구?"

"유하진."

연우가 낮게 내리깐 목소리로 이름을 부르자, 하진은 별수 없이 들고 있던 숟가락을 식탁 위에 탁 소리 나도록 내려놓고 말했다.

"그 남자, 원래 네가지가 없니?"

"그게 무슨 말이야?"

"하! 네가 그저 이웃이란다."

"……알아듣게 얘기해."

"그 사람 때문에 그동안 네가 고통받은 거 생각하면 얼굴 보는 순간 진짜 한 대 패주고 싶었는데 꾹 참았어."

"그런데?"

"대신 인사했지. 너 병원에 데려다 줘서 고맙다고. 그랬더니 대뜸 한다는 말이, 나참, 기막혀서!"

"……"

"이웃끼리 그 정도는 누구나 하는 거라더라. 네가 아니었더라도 도와줬다는 거지. 그게 말이 되니? 너 들어서 기분 좋을 말 아니라서 다물고 있었던 거야. 근데 꼭 이렇게 들어야지 속이 시원해?"

"후훗."

연우가 피식 웃음을 흘리자, 하진이 어이가 없다는 듯 눈썹을 치켜세웠다.

"웃음이 나와? 난 그 단어 듣는 순간 열불이 나 죽을 뻔했는데."

"이웃, 틀린 말은 아니잖아."

"뭐?"

"앞집에 사니까 이웃, 맞잖아."

겉으로는 대수롭지 않은 척 슬며시 미소까지 띠고 있었지만, 연우의 가슴속은 바늘이 콕콕 찌르는 것처럼 따끔따끔거렸다.

서태준.

사랑을 믿지 못하는, 남자를 믿지 못하는 연우에게 처음으로 사랑이 존재한다는 것을 일깨워 준 남자였다. 3년 동안 열정을 다해 사랑했고, 갑작스럽게 이별 통보를 남기고 떠난 후에도 그 사랑을 잊지 못한 채 3년을 보냈다.

그런데 모든 아픔을 견뎌낸 결과가 이제 그에게 있어 그녀의 존재가 고작 이웃일 뿐이라니, 어떻게 아무렇지 않을 수가 있을 수 있겠는가.

"야. 그런 이웃 열 트럭을 갖다줘도 싫다, 나는."

하진이 몸서리를 치며 고개를 내저었다.

"연우 너, 이참에 다른 곳으로 이사하는 게 어때?"

"내가 왜?"

"왜라니? 그럼 계속 그 인간하고 나란히 붙어 살겠다는 거야? 하루에도 몇 번이고 마주칠 수도 있는데?"

"피하고 싶지 않아."

하진이 인상을 찌푸리며 답답하다는 듯 소리쳤다.

"그게 왜 피하는 거야? 너, 보란 듯이 잊어줄 거라며? 솔직히 그 사람 마음속에서 깨끗이 지운 거 아니잖아. 눈앞에 두고 어떻게 잊을 건데? 또 너만 상처받고 힘들어질 수 있다는 생각은 왜 안 해?"

"그래, 네 말 다 맞아. 나 아직 그 사람 깨끗이 잊은 거 아니야. 3년을 안 보고도 잊지 못했는데, 네 말대로 눈앞에 보이면 잊기가 더 힘들 수도 있겠지. 그렇다고 해서 도망치듯 피하기는 싫어. 네가 뭘 걱정하고 있는지 잘 아는데, 걱정하지 않아도 돼.

나…… 더 이상 상처받을 것도 없고, 이젠 받지도 않을 거니까.”

단호함이 담긴 연우의 말에 하진도 더는 아무 말 하지 않았다. 이미 마음을 정했다면 그 고집을 꺾기 힘들다는 걸 알기 때문이었다.

바보 같은 계집애.

겉은 웃고 있어도 그 속은 지금도 상처로 가득 차 있다는 걸 왜 모르겠는가. 하진은 친구의 그 아픈 상처를 자신이 치유해 줄 방법이 없다는 게 참 속상했다. 그저 옆에 있어주는 것만이 해줄 수 있는 전부였다.

“그나저나 죽 다 식었다, 야. 전자레인지에 좀 데워야겠어.”

“앉아 있어. 내가 할게.”

자리에서 일어난 연우가 죽을 전자레인지에 넣었다. 그때 거실에서 그녀의 휴대폰 벨소리가 울려 퍼졌다.

“너, 전화 오는 것 같은데?”

“어, 잠깐만.”

거실로 나간 연우는 발신자를 확인도 하지 않고 전화를 받았다.

“여보세요.”

—…….

상대에게서 아무런 말이 없자 연우는 그제야 발신인을 확인했다. 모르는 전화번호였다.

“여보세요? 말씀하세요.”

─……나다.

드디어 상대의 음성이 들려왔다. 단번에 상대방의 목소리를 알아들은 연우의 표정이 차갑게 굳었다.

눈을 떴다. 눈을 껌뻑껌뻑거려 보았지만 아무것도 보이지 않았다. 어린 소녀는 무섬증이 일었다. 눈을 떴는데 사방이 온통 암흑이니 덜컥 겁이 난 것이다.

엄마…….

소녀는 울먹거렸다. 왠지 모를 불안감에 몸이 부들 떨렸다. 그때였다. 어디선가 어렴풋하게 엄마의 목소리가 들려왔다.

아, 집이었구나.

그제야 소녀는 자신이 누워 있는 곳이 자신의 방이라는 걸 깨달았다. 어린 소녀의 마음이 조금씩 안정을 되찾기 시작했다.

오늘은 엄마하고 자야지.

다시 혼자 잠들기가 무서웠다. 기억이 나진 않지만 꼭 나쁜 꿈을 꾼 것 같은 기분이 들었다. 침대에서 내려온 소녀는 자신의 베개를 작은 가슴에 꼭 끌어안고 문가로 걸어가 문을 활짝 열어젖혔다.

'여보!'

'나, 잡지 마.'

방 밖으로 나오자 엄마의 음성이 더 선명하게 울렸다. 아빠의 목소리도 들렸다. 거의 일주일 만이다. 엄마의 말로는 아빠가 일이 많아서 못 들어오시는 거라고 했다. 아마 오늘은 아빠의 일이 많지 않았나

보다.

오랜만에 아빠의 얼굴을 볼 수 있다는 반가움에 소녀의 얼굴에 해맑은 미소가 떠올랐다.

마음이 급해진 소녀는 총총걸음으로 부모님이 있는 아래층으로 내려갔다. 그러나 곧 계단 몇 개를 남겨두고 소녀의 발걸음이 우뚝 멈춰 섰다.

'가지 말아요, 여보.'

'이거 놓지 못해?'

'당신이 이대로 가버리면 나는 어떻게 살란 말이에요!'

아빠의 손에는 커다란 짐 가방이 들려 있었다. 그리고 엄마는 그런 아빠의 팔에 매달린 채 사정을 하며 울부짖고 있었다.

'그럼 난! 이젠 정말 넌덜머리나게 지겨워졌다고, 당신이. 얼굴 보는 것조차 못 견디게 싫은데 어떻게 같이 살자는 말이야!'

'그 여자도 언젠간 똑같아질 거잖아요!'

'뭐야?'

'그래요. 나는 아무래도 좋아요. 그럼 연우는요? 우리 연우, 아빠 없는 아이로 키울 수 없어요. 연우를 봐서라도, 여보. 제발요!'

하염없이 눈물을 흘리며 아빠에게 매달리는 엄마의 모습에 소녀는 가슴이 무척 저려왔다. 어느새 소녀의 눈에 맺힌 눈물이 뚝뚝 떨어져 내렸다.

'그래서 내가 아이 따윈 낳고 싶지 않다고 했잖아. 내가 원치 않는 아이 낳은 건 당신이야!'

‘여보! 무슨 말을……’

‘제기랄! 그러니까 이대로 날 좀 놔주란 말이야. 꼭 내 입에서 이런 소리까지 나오게 만들어야 직성이 풀리겠어?’

소녀는 아빠의 입에서 나온 충격적인 말들을 믿을 수가 없었다.

원치 않는 아이. 아빠에게 나란 존재가 그런 거였나?

어리다고는 하나 열두 살의 소녀가 이해 못할 말은 아니었다. 평소 살갑고 다정한 아빠는 아니었지만, 그런 존재일 거라고는 상상도 하지 못했다.

온몸이 덜덜 떨려왔다. 그 바람에 가슴에 안은 베개를 놓치고 떨어뜨렸다.

‘그래도 안 돼요. 난 당신 이대로 못 보내요.’

‘젠장! 제발 좀 놓으라고!’

아빠가 엄마의 손을 있는 힘껏 뿌리치자 엄마가 바닥에 넘어지듯 쓰러졌다. 그 기회를 이용해 아빠가 현관 쪽으로 걸음을 옮기려 하자, 엄마가 재빠르게 넘어진 자세 그대로 아빠의 바짓가랑이를 붙들고 매달렸다.

‘못 가요!’

‘이런 당신 모습, 얼마나 질리는 줄 알아? 정말 지긋지긋해, 당신이란 여자!’

아빠가 난폭한 몸짓으로 엄마를 떨쳐 냈다.

‘으읍.’

자칫 가방에 얼굴을 맞았는지 엄마의 잇새로 신음이 흘러나왔다.

'주중에 이혼 서류 보낼 테니, 질기게 굴지 말고 도장 찍어.'

엄마와의 실랑이에 지쳤다는 듯 씩씩거리기만 할 뿐, 아빠의 얼굴에는 전혀 미안한 기색이 보이지 않았다. 오히려 경멸스럽다는 표정으로 엄마를 내려다보며 아빠는 끝까지 잔인했다.

엄마!

아빠가 떠나 버리고 소녀는 쓰러져 흐느끼고 있는 엄마에게 달려가고 싶었지만, 마치 단단한 쇠사슬에 묶인 듯 몸이 움직여지지 않았다.

엄마!

소리쳐 엄마를 불러보았지만 목소리마저 입 밖으로 터져 나오지 않았다.

엄마!

소녀는 답답했다. 울고 있는 엄마를 달래주어야 하는데, 자신이라도 엄마의 상처를 치유해 주어야 하는데…….

그러지 않으면 엄마마저 아빠처럼 자신만 홀로 남겨두고 떠나 버릴 것만 같은 두려운 예감이 들었다.

소녀는 있는 힘을 모두 끌어모아 엄마에게 한 걸음, 한 걸음 다가가기 위해 애를 썼다. 그런데 엄마는 점점 멀어져만 갔다. 자신이 다가가려고 애를 쓰면 쓸수록 자욱한 안개 속으로 빨려 들어가듯 엄마의 모습이 희미하게 사라지고 있었다.

안 돼, 엄마.

엄마, 가지 마!

엄마!

"엄마!"

연우가 고개를 세차게 저으며 번쩍 눈을 떴다. 꿈을 꾼 모양이다. 하지만 꿈이라고 하기에는 마치 어제 일처럼 너무 생생하게 느껴졌다.

꿈속에서부터 시작된 저린 가슴이 꿈에서 깨어났음에도 여전히 아파왔다. 천천히 몸을 일으킨 연우는 에여오는 심장을 달래듯 손바닥으로 살살 문질러 보았지만 소용없었다.

정말 보고 싶었던 엄마를 오랜만에 꿈속에서 만났는데, 하필이면 세상에서 가장 지우고 싶었던 순간이라니.

이미 흥건히 젖어 있는 연우의 볼 위로 눈물이 흘러내렸다.

어제 걸려온 전화 때문인가. 한동안 꾸지 않았던 꿈이었는데.

연우에게 그날의 꿈은 악몽이나 다름없었다. 꿈에서조차 보기 싫은 끔찍한 얼굴이었다.

울부짖으며 매달리는 아내를 비참하게 버리고, 자식 역시 원치 않았던 아이였다고 당당하게 외치던 인간이었다. 엄마와 자신도 모자라…… 다른 사람들에게까지 지독한 상처를 안겨준 인간이었다.

—연우야.

연우는 그 사람의 목소리를 듣는다는 것조차도 소름 끼치게 싫었다.

"제가…… 분명 말씀드렸을 텐데요. 다시는 연락하지 마시라고."

그것으로 끝이었다. 연우는 상대의 의사를 묻지도 않고 일방적으로 전화를 끊어버렸다. 아니, 의사 따윈 물을 필요도 없었다.

그날 이후로 그 사람은 더 이상 그녀에게 가족도 아니었고, 엄마가 돌아가신 후로는 미련없이 아버지를 버렸다. 연우에게 그 사람은 아버지가 아니라 그저…… 분노와 증오의 대상일 뿐이었다.

딩동.

우유와 토스트로 간단하게 아침을 때우고 외출 준비를 마친 태준은 갑자기 울리는 초인종 소리에 시계를 봤다.

9시 50분.

누군가 집으로 찾아오긴 이른 시간이었고, 또 찾아올 사람도 없었다. 딱 한 사람, 박성호가 있긴 했다. 하지만 성호는 아니다. 그가 한국으로 돌아오고 난 후 성호는 한 번도 집으로 방문한 적도 없었고 더더구나 조금 뒤 점심을 함께 하기로 약속을 잡아놓은 상태였다.

그럼 누구지?

거실로 나간 태준은 월패드로 방문자를 확인했다.

신유정?

예상치 못한 인물이 화면에 뜨자 그의 눈초리가 약간 휘어졌
다.

"어쩐 일이야?"

"너무하네, 서태준. 6개월 만에 보는 얼굴인데 인사가 뭐 그
래?"

그가 현관문을 열자마자 인사도 생략하고 묻자, 유정이 살짝
그를 향해 눈을 흘기며 집 안으로 들어섰다.

"혹시나 하고 와본 건데, 역시 이 집으로 들어왔네?"

"나 들어온 건 어떻게 안 거야?"

"어젯밤에 어머니한테 전화했더니 그러시더라, 너 만났느냐
고. 일주일 정도 됐다면서 어쩜 연락도 안 해?"

유정이 서운하다는 표정으로 입을 삐죽거렸다.

"조만간 하려고 했어."

"조만간 언제? 1년 지나고? 전화는 왜 안 받는 거야?"

"못 봤어. 커피 줘?"

귀찮다는 듯 딱 잘라 대답한 태준이 말을 돌렸다.

"어. 한 잔 줘."

유정은 오랜만의 만남인데도 불구하고 무뚝뚝한 태준의 태도
에 마음이 상했지만 겉으로 표현하진 못했다.

"앉아 있어."

턱짓으로 소파를 가리키며 태준은 주방으로 향했다.

마치 태준의 말을 듣지 못한 척 그 뒤를 유정이 따르며 물었다.

“어디 나가려던 참이었나 봐? 약속 있어?”

태준은 대답 대신 고개를 살짝 까딱거렸다.

“그렇구나. 난 점심이나 같이 먹을까 했는데. 누구 만나기로 한 건데?”

“성호.”

“성호? 그럼 나도 껴도 돼? 안 그래도 성호 못 본 지 오래됐는데.”

“그러든지.”

태준이 유정에게 커피를 건네며 대답했다. 혹시나 거절의 말이 들려올까 그의 눈치를 살피던 유정이 그제야 환하게 웃었다.

“여긴 그대로네.”

커피를 마신 후 집을 둘러보던 유정은 무표정한 얼굴로 혼잣말을 했다. 유정이 마지막으로 집 정리를 운운하며 들렀을 때와 별반 달라진 것이 없었다. 아니, 모든 게 그대로였다.

그래서일까? 3년이 지났음에도 아직까지 이 집 안에 연우의 손길이 곳곳에서 느껴지는 것 같아 유정은 몹시 불쾌했다.

태준은 어째서 이 집으로 돌아온 것일까. 이미 끝난 사랑의 추억이 고스란히 묻어 있는 곳으로 왜, 무엇 때문에.

궁금했지만 묻지 못했다. 두려웠다. 그의 입에서 여전히 그 사랑에 미련이 남아 있다는 말이 흘러나올까 봐. 아직 잊지 못했다는 대답을 듣게 될까 봐.

“그만 나가자.”

외투를 걸치며 태준이 방 안에서 나오자 유정은 얼른 굳은 표정을 풀었다.

"어."

집을 나선 태준과 유정은 나란히 서서 엘리베이터가 올라오길 기다리고 있었다.

"차 가지고 왔지?"

태준이 물었다.

"응."

"그럼 논현동에 우리 자주 가던 일식집 알지? 그곳으로 와."

"따로 움직이자고?"

내키지 않은 듯 유정이 얼굴을 찡그렸다.

"차 가지고 왔다며?"

"우선 네 차로 같이 움직이고 내 차는 있다가 와서 가지고 가면 돼."

"번거롭게 그럴 필요 뭐 있어."

"뭐가 번거롭다고……."

유정이 다시 태준을 설득하기 위해 입을 연 그 순간, 현관문이 열리는 소리가 들렸다. 유정의 시선이 자연스럽게 소리가 울리는 쪽으로 향했다. 그리고 곧 문을 열고 나오는 한 여자의 모습을 확인한 유정의 얼굴이 경직되었다.

"연우…… 씨?"

설마했는데 연우가 맞았다. 유정은 태준을 쳐다봤다. 태연한 듯 정면만을 바라보고 있는 그를 보아하니 둘의 만남은 벌써 이루어진 듯 보였다.

가슴이 불안하게 뛰기 시작했다.

"오…… 랜만이네."

유정이 애써 미소를 띠어 보였지만 눈에 띄게 어색했다. 그걸 느끼지 못할 연우가 아니었다. 연우 또한 태준의 측근 중 한 명인 유정이 그렇게 편했던 상대는 아니었기에 지금의 마주침이 불편하고 어색한 건 마찬가지였다. 그렇다고 모른 척 외면하는 건 예의가 아니라는 생각에 그저 형식적인 인사만 건넸다.

"네, 안녕하셨어요?"

"어, 그럼. 연우 씨도 잘 지냈지?"

"그럼요."

"연우 씨가 아직 이곳에 살고 있을 줄은 몰랐네."

"그래요?"

"응."

그때, 땡 하는 울림과 동시에 엘리베이터가 10층에 도착했다. 태준과 유정이 먼저 오르고 마지막으로 연우가 엘리베이터에 올랐다. 그리고 지하 주차장으로 가는 그들과 달리 연우는 1층 버튼을 눌렀다.

"난 당연히 연우 씨가 이사 갔을 거라 생각했는데."

조용히 내려가고 싶었던 연우의 마음과는 달랐나 보다. 유정이 그녀를 돌아보며 계속해서 말을 걸었다. 그리고 태준이 했던

말을 유정에게서까지 듣게 되자 연우는 한쪽 입꼬리를 올리며
보일 듯 말 듯한 웃음을 지었다.

“…….”

“그래서 좀 의외였어.”

어쩐지 비꼬는 투로 들려왔다. 마치 그녀가 아직 이곳에 살고
있는 것이 이해 가지 않는다는 듯.

이사를 했어야 하는 거였나?

연우는 쓰게 웃었다. 태준도 그렇고, 지금 유정의 발언은 마
치 그녀가 이사를 가지 않았다는 것에 대해 불만이 상당한 모양
이었다.

“몸은 좀 어때?”

계속 침묵만을 지키던 태준이 불쑥 입을 열었다. 병원에 다녀
온 후 거의 열흘 만이었다. 얼굴을 보니 좋아 보였지만 직접 확
인하고 싶기도 했고, 무엇보다 그녀를 불편하게 만들고 있는 유
정의 입을 막고 싶었다.

“응?”

뜬금없이 무슨 소리인가 싶어 유정이 태준을 올려다보자, 뜻
밖에도 태준의 입에서 연우의 이름이 흘러나왔다.

“이연우.”

“……괜찮아. 덕분에.”

“다행이군.”

유정이 흔들리는 눈동자로 태준과 연우를 번갈아 쳐다보았

다. 그러나 정작 대화를 주고받는 두 사람은 서로를 외면한 채 정면만을 바라보고 있었다.

"어머, 연우 씨. 어디 아팠구나?"

"……지금은 괜찮아요."

"다행이네. 참, 태준아. 어머니랑 아버님 아예 들어오신다는 것 같은데."

더 이상 둘의 대화가 지속되지 못하도록 막고 싶었던 유정은 중간에 끼어들어 화제를 돌렸다. 그러면서 은근히 태준의 팔에 팔짱을 끼었다. 그 모습이 고스란히 엘리베이터 문에 비춰지면서 연우의 시야 안으로 들어왔다.

"네가 집 알아본다고 했다며?"

"응."

연우가 고개를 올려 숫자 전광판을 보았다. 10층에서 1층까지 내려가는 시간이 오늘따라 왜 이렇게 더딘 것인지. 1초라도 빨리 이곳에서 벗어나고 싶은 마음뿐이었다.

"어디 생각해 놓은 곳이라도 있어?"

"알아보는 중이야."

둘의 대화가 이어지는 가운데 마침내 엘리베이터가 1층에 도달했다. 연우는 속으로 한숨을 삼켰다. 문이 열리자 유정을 보며 살짝 고개를 숙이며 마지막 인사를 전했다.

"그럼, 안녕히 가세요."

"응. 또 봐, 연우 씨."

겉으로 듣기에 유정의 말투는 다정했다. 하지만 엘리베이터 문이 닫히는 그 사이로 연우의 뒷모습을 바라보던 유정은 입매를 실룩거렸다.

연우는 물끄러미 창밖을 바라보았다. 우중충한 날씨에 영향을 받은 건지 그녀의 기분도 한껏 가라앉아 있었다.

"비 올 것 같지?"

아메리카노가 든 잔을 양손에 들고 온 하진이 연우의 옆에 털썩 주저앉았다.

"그러게."

"난 개인적으로 비 말고 눈이나 내렸으면 좋겠다. 비는 싫다, 이제."

하진이 커피를 한 모금 들이켜며 시큰둥하게 말했다. 그런 하진을 보고 있는 연우는 미안한 마음이 들었다. 유독 비를 좋아했던 하진이 그 비를 싫어하게 된 계기가 그녀 자신에게 있었으니까.

비가 내리는 날이면 옛 기억에 잠겨 하루 종일 아파하고 한 남자를 그리워하는 모습을 옆에서 몇 년을 지켜보았으니 친구의 입장에서는 싫고 지겨워질 만도 했다.

다시 창밖으로 시선을 돌린 연우는 어제 카페에 오기 전 엘리베이터 앞에서 마주쳤던 태준과 유정을 떠올렸다.

신유정.

태준의 유일한 여자친구였다. 태준을 통해 소개받고, 성호와 함께 가끔씩 만나곤 했다. 평소 '남녀 사이에 우정 따위는 존재하지 않아' 라는 주의는 아니었기에 태준의 이성친구라고 해서 유정에게 따로 선입견 같은 건 없었다.

그럼에도 유정에게는 거리감이 느껴졌다. 시간이 지나고 만남이 잦아지면 보통 사이가 가까워지게 마련인데, 유정과는 늘 그 자리였다. 태준의 친구, 태준의 연인. 그 이상, 그 이하도 아니었다.

겉으론 친한 언니처럼 친근하게 다가오기는 하는데, 문제는 그 마음이 진심으로 느껴지지 않는다는 거였다. 어쩌다가 고개를 돌려 시선이 마주칠 때면 의미를 알 수 없는 눈빛으로 자신을 쳐다보고 있었다. 물론 유정이 바로 입가에 미소를 띄워 보였지만, 기분이 묘하게 나빴다.

몇 번 태준에게 그런 자신의 불쾌했던 감정을 털어놓으려고 했으나 끝내 말 못한 채 속으로 삼켜 버렸다. 명색이 10년 가까이 관계를 이어가고 있는 친구인데, 연우는 괜히 자신으로 인해 우정에 금이 가는 걸 원치 않았기 때문이다. 그 후부터 그녀도 자연스럽게 그어진 선을 넘지 않았다. 태준의 친구로 존중은 해주되, 딱 그뿐이었다.

그래서 그런가.

연우는 3년 만에 만난 유정이 그다지 반갑지 않았다. 오히려 경계 섞인 눈으로 자신을 보던 유정이 신경에 거슬렸다. 이사를 가지 않았다는 것에 대해 드러냈던 불쾌감 역시.

그리고 보란 듯이 태준의 팔에 팔짱을 끼어 넣던 행동은 마치 그와 밀접한 관계라는 걸 과시라도 하고 싶은 것처럼 보였다.

왜, 어째서?

달랑달랑.

종소리가 울림과 동시에 카페 문이 열리자 연우는 머릿속에 있는 생각을 떨쳐 버렸다.

"야, 성호 씬데?"

하진이 팔꿈치로 연우를 툭툭 건드렸다.

"선배가?"

연우가 카페 입구 쪽으로 고개를 돌렸다. 하진의 말대로 카페 안으로 들어온 성호가 그녀를 향해 웃으며 다가왔다.

"선배, 어쩐 일이야. 연락도 없이?"

연우는 오랜만에 보는 성호에게 반가운 미소로 맞이했다.

"어쩐 일이긴, 커피 마시러 왔지. 마침 여기 근방에서 약속이 있었거든. 너 못 본 지도 오래됐고 해서 겸사겸사 들러봤어. 하진 씨, 오랜만이에요."

성호가 시선을 돌려 하진에게도 인사를 건넸다.

"그러게요. 오랜만에 오셨네요. 너무 안 오셔서 저희 카페 잊으신 줄 알았는데. 우선 자리에 앉으세요."

하진이 짐짓 서운하다는 표정을 지어 보이며 손짓으로 성호에게 연우와 커피를 마시고 있던 자리로 안내했다.

"커피 줄까?"

"그래."

연우가 묻자 성호가 자리에 앉으며 대답했다.

"잠깐 기다려."

"아니야, 내가 가지고 올게. 연우 넌 앉아서 성호 씨랑 얘기 나누고 있어."

하진이 막 걸음을 옮기려는 연우를 붙잡았다.

"몸은 좀 어떠니?"

연우가 자리에 앉자 성호가 걱정스런 눈빛으로 그녀를 살펴보았다.

"응?"

"아파서 병원까지 갔었다는 말, 들었어."

연우는 입가에 옅은 미소를 띠어 보였다.

"이제 괜찮아. 걱정 안 해도 돼."

"몸 관리 잘해, 인마. 왜 아프고 그래?"

성호가 나무라듯 말했지만, 그 속에 안쓰러움과 걱정이 담겨 있다는 걸 연우는 누구보다 잘 알고 있었다.

"그러게 말이야."

성호는 안쓰러운 눈빛으로 연우를 바라보았다. 연우만 보면 가슴 한구석이 무겁고 또 미안했다. 태준이 떠나고 고통 속에서 헤매는 연우를 옆에서 고스란히 지켜봤던 성호였다. 그때마다 차라리 둘의 만남을 주선하지 말았어야 했다고 후회하고 또 후회했다.

　시간이 약이라고, 이젠 좀 괜찮아지려나 싶었는데 태준이 돌아왔다. 그는 연우가 혹여 또다시 상처받는 일이 생기지는 않을까 염려스러웠다.

　"괜찮은 거지?"

　태준에 대해 묻는 것일 것이다. 연우는 왠지 기분이 씁쓸했다. 언제부터인가 성호는 그녀의 앞에서 태준의 이름을 입에 올리지 않았다. 바로 오늘처럼 말이다.

　"그럼, 괜찮아."

　연우는 무덤덤한 척 어깨를 으쓱였다.

　"그래. 됐어, 그럼."

　성호가 조금은 안심한 얼굴로 고개를 끄덕여 보였다.

4

술이 절실히 필요한 밤이었다.

오늘은 맨 정신으로 집에 들어가 쉽게 잠을 청할 수가 없다는 걸 잘 알고 있었다. 지난 2년 동안 어김없이 돌아오는 이날이면 술 없이는 잠을 이루지 못했으니까.

오늘로써 세 번째인가?

태준은 3년 만에 찾은 좁은 주점을 둘러보았다.

여긴 여전하군.

고작 열 개뿐인 손님 테이블하며, 사람들의 낙서로 온통 도배되어 있는 벽지까지. 달라진 것 하나 없이 그대로였다.

그런데 난 오늘, 하필이면 왜 여기로 왔을까.

주문한 안주와 소주가 테이블 위에 놓여졌다. 태준은 소주 한 잔을 따라 단번에 입안으로 털어 넣었다. 알싸한 술이 식도를 타고 넘어가 빈속을 자극시켰다.

그래, 그저 술이 마시고 싶어서야.

다른 이유가 있어서는 아니다. 단지 술이 필요했고, 길을 걷다 우연히 이곳의 간판이 시선에 들어왔기 때문이다. 그 이상의 이유는…… 없다.

머릿속에 각인을 시키듯 잔을 채운 태준은 또 한 잔의 술을 들이켰다. 하지만 의지와는 반대로 자연스럽게 하나의 상념이 떠올랐다.

술잔을 테이블 위에 내려놓은 그의 눈길이 한쪽 벽면으로 향했다.

"연우야, 우리도 여기다가 한마디 적어볼까?"

"뭐라고?"

"글쎄, 뭐라고 적지? 태준 러브 연우?"

"관둬, 그게 뭐야. 너무 유치하잖아."

"유치하긴 뭐가 유치해. 다들 그렇게 적었구만. 기다려 봐."

"유치하다니까?"

하지만 태준은 연우의 만류에도 불구하고 굵은 펜을 꺼내 낙서로 가득한 벽지 위에 빠르게 손을 움직였다.

그렇게 해서 완성된 문구가 '태준♡연우. 우리 사랑은 영원할 겁니다' 였다. 연우가 치를 떨며 당장 지우라고 했지만 그는 마냥 좋아서 웃기만 했다.

유치하지만 행복했고, 흐뭇했다.

다른 연인들이 '영원하게 해주세요' 라고 바람을 적을 때 그는 '할 겁니다' 라고 확언을 했으니까. 그리고 당연히 그럴 거라고 믿어 의심치 않았으니까.

그런데 결국엔…… 그 믿음이 산산조각을 내고 깨져 버렸다.

너무 자신만만했던 거지.

"훗."

태준의 입가에 소주처럼 쓰디쓴 미소가 서렸다. 건드리지 않아도 괴로운 오늘, 태준은 그녀와의 추억을 선명하게 떠올릴 수 있는 이곳으로 온 자신이 못마땅했다.

세상에 이별한 날짜를 기억하고, 그날만 돌아오면 괴로움에 빠져 술이 없으면 견디지 못하는 그런 사람이 또 있을까?

비참하고 처참하기까지 했던 그 순간은 아직까지도 그를 고통스럽게 괴롭혔다.

"뭐야, 벌써 한 병이나 비운 거야?"

성호의 목소리에 태준이 고개를 들었다.

"천천히 마시고 있으라고 했잖아."

태준이 피식 웃었다. 천천히 마신다고 마셨는데 한 잔, 두 잔이 어느새 한 병을 모두 비운 모양이다.

성호에게 전화가 걸려온 건 이 주점으로 들어선 때였다.

─뭐하냐?

"술 한잔 마시러 왔다."

─혼자?

"어."

─장소 대라.

혼자 마실 거라고 태준이 거절했지만 성호는 막무가내였다. 청승맞게 무슨 혼자서 술이냐면서, 퇴근했으니 같이 마시자고 기어이 장소를 그의 입에서 나오게 만들었다.

"여기, 소주 한 병이오."

성호가 주문한 소주는 바로 나왔다. 뚜껑을 딴 성호는 태준과 자신의 잔에 술을 채웠다.

"안주엔 손도 대지 않았구만."

테이블 위에 올려진 안주를 보며 성호가 혀를 차며 중얼거렸다.

"너, 이렇게 칼퇴근해도 되는 거냐? 시간이 얼마 안 남은 걸로 아는데."

"걱정 마라. 네가 통보한 날짜까지는 일 진행에 전혀 문제가 없으니까."

태준의 말에 성호가 어깨를 으쓱이며 대답했다. 그러나 곧 평소보다 분위기가 가라앉아 있는 그를 보고 성호는 얼굴에서 웃음기를 걷어냈다.

“근데 넌 무슨 일이야?”

“뭐가?”

“기분이 별로 안 좋아 보여서.”

태준은 말없이 술잔을 비웠다.

“물어도 말 안 할 거지?”

“……..”

“그럼 안 물을 테니까 안주 좀 먹어가면서 마셔, 인마. 그러다 속 버린다.”

안주에는 손도 대지 않고 반복해서 술잔만 비웠다 채웠다 하는 태준을 보며 성호가 걱정스러운 말투로 말했다.

성호는 처음 태준이 그랬던 것처럼 주점 내부를 둘러보았다. 내색은 하지 않았지만 이곳이 연우와 자주 찾곤 했던 단골집이라는 걸 알고 있었다. 그도 두 사람을 따라 몇 번 와봤던 곳인데 어떻게 모를 수가 있겠는가.

그런데 한 가지 의문스러운 점이 있었다. 태준이 왜 이 술집으로 왔는지, 연우와 자주 오던 곳이라는 걸 모르지 않을 텐데 말이다.

설마…….

“너, 혹시 연우 때문이야?”

그렇지 않고서야 연우와의 추억이 있는 장소를 찾아올 태준이 아니기 때문이다. 그래서 성호는 묻지 않겠다는 말을 5분도 되지 않아 번복하고 물었다.

이유는 둘 중의 하나일 것이다.

첫 번째, 이연우는 지난 과거고 깨끗하게 잊었기에 이런 추억이 묻은 장소라 할지라도 아무렇지 않다. 그저 단골 술집이어서 우연히 지나가는 길에 한번 들러본 거다.

두 번째, 이연우가 그립거나 생각나서. 지금 기분이 별로 좋지 못한 것도 그 때문이다.

물론 성호는 두 번째 이유라는 것에 비중을 더 많이 두고 있었다.

"성호야."

"대답은 안 하고 난 왜 불러?"

"넌 연우에 대해 얼마나 알고 있냐?"

"뭐라고?"

성호의 눈이 휘둥그레 떠졌다.

이건 또 무슨 뚱딴지같은 소리인가. 술을 급하게 마시더니 벌써 취한 건가?

"난 말이야……."

태준이 잠시 말을 멈추고 술을 들이켰다.

"이연우에 대해 잘 알고 있다고 생각했거든?"

"그런데?"

"근데 막상 다시 생각해 보면 아는 게 아무것도 없더라고."

"너, 정말 연우랑 헤어진 이유가 따로 있는 게 맞구나?"

성호의 말에 태준이 씁쓸한 미소를 지어 보였다.

“만에 하나 다른 이유가 있었다 한들 지금 와서 뭐 어쩔 건데?”

그러니까 그 말은 뭔가 다른 이유가 있었다는 뜻이다.

“다 지난 일이고 돌이킬 수도 없는 일인데.”

정말 돌이킬 수 없는 문제일까?

성호는 그저 안타까웠다. 두 사람이 서로를 얼마나 끔찍이 사랑했는지 옆에서 지켜봤던 한 사람으로서 세상에 이들보다 더 잘 어울리고 아름다운 커플은 또 없을 것이다, 라고 여겼을 정도였으니까. 말 그대로 선남선녀였다.

입 밖으로 꺼낸 적은 없지만 성호는 그런 그들을 자신이 맺어줬다는 것에 대해 내심 뿌듯해하고 흐뭇해했었다. 그만큼 천생연분이라 생각했다.

그런 두 사람의 갑작스런 이별은 성호에게도 충격이었다.

단순히 연우가 지겨워졌다는 이유만으로 이별을 통보할 태준이 아니었기에 성호는 그 말 같지도 않은 말은 믿지 않았다. 틀림없이 태준에게도 말 못할 사정이 있었을 것이라고 의심했다. 그리고 오늘로써 그 의심은 확신으로 바뀌었다.

서로에게 오해가 있다면 지금이라도 풀고, 서로를 향한 마음이 그대로라면 성호는 다시 두 사람이 사랑할 수 있도록 도와주고 싶었다.

“태준아, 하나만 묻자.”

“말해.”

“머리가 아니라 네 심장도 확실히 연우랑 끝난 거냐? 털끝만큼의 미련도 남아 있지 않고? 그게 아니면 오늘 네 행동, 이상한 거야.”

“……”

태준은 선뜻 대답을 하지 못했다.

“왜 대답이 없어?”

단 몇 초의 시간이 지금처럼 길게 느껴진 적도 있었을까?

두 번째 물음에도 태준이 대답하기를 망설이자 성호가 막 ‘그럼 그렇지’ 라는 생각으로 회심의 미소를 지으려고 할 때쯤이었다. 차라리 대답을 하지 않길 바랐던 태준의 입술이 마침내 열리고야 말았다.

“……끝났어.”

비가 내리기 시작했다.

종일 내내 우중충한 날씨에 비가 내릴 것 같더니 예상이 맞았다.

―이번 정류장은 ○○아파트입니다. 다음 정류장은…….

버스 안에 안내 방송이 울려 퍼졌다. 연우는 가방에서 우산을 꺼내 들고 자리에서 일어났다.

하진이 싫어하겠네.

연우가 피식 웃음을 흘렸다. 비는 싫고 눈이나 내렸으면 좋겠다는 하진의 바람은 이루어지지 않았다.

버스에서 내린 연우는 우산을 폈다. 빗속으로 발을 내딛어 아파트를 향해 걷기 시작했다.

우두둑, 우두둑.

우산 위로 빗방울 떨어지는 소리가 듣기 좋게 울렸다. 우산을 살짝 치켜올린 연우는 부슬부슬 내리는 빗줄기를 보았다. 늦은 밤, 가로등 불빛 사이로 떨어지는 빗줄기는 사람의 감성도 촉촉이 젖어들게 만들기에 충분했다.

비를 동반한 서늘한 바람이 불어오자 연우는 코트를 단단히 여미며 아파트 단지 입구 안으로 들어갔다. 얼른 집으로 들어가 따뜻한 차 한 잔을 마시며 몸을 녹이고 싶었다.

연우는 걸음을 서둘렀다. 주위는 한적했고, 늦은 시간이라 사람들도 많지 않았다. 추위와 내리는 비 때문인지 몇 되지 않은 사람들의 움직임도 그녀처럼 빨랐다. 그런 가운데 한 남자가 그녀의 시선을 사로잡았다.

빠르게 움직이는 사람들 틈에서 남자는 우산도 없이 비를 맞으며 느리게 걸어가고 있는 중이었다.

연우는 그 자리에 멈춰 섰다. 그리고 잠시 남자의 뒷모습을 바라보았다. 굳이 얼굴을 확인하지 않아도 태준이란 걸 알 수 있었다.

우산이 없으면 서둘러 들어갈 것이지.

연우가 멈춘 걸음을 다시 움직였다. 그러면서도 태준의 뒷모습에서 눈을 떼지 못했다.

술을 마신 건가?

비틀거리며 걷는 모습이 약간 위태해 보였다.

이연우, 그게 너와 무슨 상관이라고. 신경 끊어.

태준과의 거리가 조금씩 좁혀지고 있었다. 연우는 쓸데없는 신경은 접어두고, 모르는 척 지나치기로 마음먹었다.

뭐야, 왜 저리로 가지?

연우가 의아한 얼굴을 했다. 당연히 집으로 가는 거라 생각했던 태준이 갑자기 아파트 내 공원으로 방향을 틀었던 것이다.

비도 오는데, 우산도 없으면서.

연우는 고개를 저었다. 우산이 없어 비를 맞든 말든 그녀가 상관할 바가 아니다. 그녀에게 있어 이제 서태준은 관심 밖의 인물이었다. 그러니 마음먹은 그대로 지나쳐 가면 된다.

아파트 안으로 들어온 연우는 엘리베이터가 내려오기를 기다렸다.

땡!

위층에서 내려온 엘리베이터 문이 스르르 열렸다. 그녀는 그 안으로 들어가기 위해 한 발자국 앞으로 내딛었다.

저러다 병이라도 나면.

순간 연우의 움직임이 멎었다. 모르는 척하기로 굳게 다짐을 했으면서도 내내 신경이 쓰이더니 결국엔 저도 모르게 툭 튀어 나와 버린 걱정이 걸음을 멈춰 세운 것이다.

이연우, 그냥 집으로 들어가.

연우의 머리가 냉정하게 말했다. 하지만 생각과는 달리 발이 앞으로 나아가지지가 않았다. 뒤에서 무언가가 그녀를 강하게 잡아당기고 있었다.

날도 추운데 저대로 놔두면 무슨 일이라도 생길지 몰라.

이번엔 마음이 그녀에게 말을 전했다. 그러자 머리가 한심하다는 듯 마음을 비웃었다.

그게 너랑 무슨 상관인데? 네가 간다고 해서 저 사람이 널 따라 순순히 일어날 것 같아? 도리어 오지랖도 넓다고 비아냥거리기만 할걸?

머리는 냉정하고 차갑기만 한데, 마음은 약해져만 갔다.

그렇다고 두고 볼 수만은 없잖아. 어딘가 모르게 힘들어 보이기도 했고.

힘든 게 뭐? 살면서 안 힘든 사람이 누가 있어? 너야말로 저 사람이 준 상처 때문에 힘들고 아팠던 날들, 벌써 다 잊은 거야?

연우는 지그시 두 눈을 감았다. 아니, 잊지 않았다. 어떻게 잊을 수 있겠는가, 그 아픔을. 어떻게 지울 수 있겠는가, 그 상처를.

그래서 너, 이대로 집으로 들어가서, 모든 관심 끄고 잠자리에 들 자신은 있는 거야?

아니, 그것 역시 자신없다. 몸은 집 안에 있을지언정 신경은 오로지 공원으로 곤두서 있을 것이 분명했다.

머리와 마음의 갈등 속에서 이러지도 저러지도 못한 채 망설이던 연우가 마침내 감았던 두 눈을 떴다. 그리고 몸을 천천히 공원 쪽으로 돌렸다. 끝내 그녀는 머리가 아닌 마음의 편에 서기로 결정을 한 것이다.

이건 미련이 남아서가 아니다.

그에 대한 감정이 남아서는 더더욱 아니다.

그저 앞집에 사는 이웃으로서. 그래, 그가 아팠던 자신을 단순히 이웃이기 때문에 도와주었던 것처럼, 그것과 같은 마음으로 가는 것이다. 그가 아니라 다른 이웃이었더라도 충분히 들었을 그런 걱정 말이다.

얼마 지나지 않아 공원에 도착한 연우는 태준부터 찾았다. 그리고 30미터도 채 되지 않는 거리에 비를 맞으며 벤치에 앉아 있는 태준을 발견했다.

연우는 한 템포 걸음을 늦추고 태준에게 다가갔다. 비를 맞은 탓에 머리부터 발끝까지 그의 온몸이 흠뻑 젖어 있었다.

"여기서 뭐하는 거야?"

연우가 태준의 머리 위로 우산을 씌워주며 물었다. 역시 술을 마셨는지 그에게서 술 냄새가 풍겨왔다.

"……."

목소리를 듣지 못한 것인지 숙이고 있는 태준의 고개가 들리지 않았다. 연우의 미간이 약간 좁혀졌다. 도대체 술을 얼마나 마셨기에, 그는 그녀가 옆에 다가온 것도 알지 못했다.

"오빠……."

연우가 말을 하려다 잠시 멈칫거렸다. 너무나 자연스럽게 터져 나와 버린 '오빠' 라는 단어에 쓴웃음이 나왔다.

"정신 좀 차려봐."

연우가 살며시 태준의 어깨를 흔들어보았다. 그제야 그가 고개를 서서히 들어 올렸다.

"어……? 이연우네."

연우와 눈이 마주친 태준이 술에 잔뜩 취한 음성으로 입을 열었다.

"왜 이러고 있는 거야?"

"……."

"일어나. 집에 안 들어갈 거야?"

연우가 그의 팔을 잡고 일으켜 보려 했지만, 태준이 그 손을 뿌리쳤다.

"……놔둬."

"지금 미쳤어? 술까지 마셨으면서, 비 쫄딱 맞고 이게 뭐하는 거야? 병이라도 나고 싶어서 이래?"

"상관하지 마."

연우가 화를 내며 소리를 지르자 그가 쥐어짜는 듯한 목소리로 대꾸했다. 그리고 그것으로 끝이었다. 그의 머리가 또다시 아래로 푹 숙여졌다.

"하아."

연우의 잇새로 무거운 한숨이 새어 나왔다.

상관하지 말라니.

그의 입에서 나올 법한 말이긴 하다. 얄미운 마음에 생각 같아서는 정말 이대로 내버려 두고 싶었다. 이 추운 날 비 맞고 얼어 죽는 말든, 병이 나든 말든 무슨 상관이라고. 그러면서도 연우는 발길을 쉽게 돌리지 못하는 자신이 참 우스웠다.

"정신 차리고 좀 일어나 봐."

연우는 재차 그의 팔을 잡아당겨 일으켜 보았지만 소용없었다. 하긴, 술에 취한 남자를 여자가 혼자 감당하기에는 힘에 부치는 게 당연한 거였다.

"후우."

혼자서는 무리라고 포기라도 한 듯 연우는 태준의 옆자리에 털썩 주저앉았다. 옷이 젖어도 개의치 않았다. 우산 하나로 그와 어정쩡하게 나눠 쓰고 있었던지라 이미 옷은 상당 부분이 젖어 있었다.

어떻게 해야 하나 고민을 하다 연우는 가방에서 휴대폰을 꺼내 들었다. 밤새 이러고 있을 수는 없으니 성호에게라도 도움을 요청해야겠다는 생각이 들었다.

―어, 연우야.

신호음이 몇 번 울리지도 않았는데 성호가 바로 전화를 받았다.

"자고 있었어?"

―아니야. 이 밤에 어쩐 일이야?

“선배, 미안한데 이쪽으로 좀 와줄 수 있어?”

—지금? 너, 무슨 일 있어?

성호가 걱정이 담긴 말투로 물었다.

“그게 아니라, 그 사람이…… 많이 취했어.”

—누구. 설마, 태준이?

“어.”

—그 자식, 내가 택시 태워 보냈는데. 집으로 안 갔어?

술을 같이 마셨다는 뜻이다. 그런데 한쪽은 너무 멀쩡하고 한쪽은 정신도 차리지 못했다. 어쨌든 연우는 성호에게 간단하게 상황을 설명했고, 금방 달려올 테니 조금만 기다리고 있으라는 성호의 대답을 받았다.

잠시 후면 성호가 도착할 것이다. 그때까지만 옆에 있어주면 이웃으로서 그녀가 할 도리는 다한 것이다.

빗줄기가 점점 굵어지기 시작했다. 연우는 아무 말 없이 시원하게 쏟아지는 빗줄기를 바라보고만 있었다.

그런 연우의 얼굴에 자조적인 미소가 떠올랐다.

그와 어깨를 나란히 하고 벤치에 앉아 있는 게 얼마 만인지. 이상하게 마음이 평온히 가라앉았다.

그 순간, 그의 머리가 그녀의 어깨에 쓰러지듯 기대어왔다. 바로 3년 전 그 당시처럼.

연우의 가슴이 빗물처럼 촉촉이 젖어들었다. 그녀는 조심스럽게 살짝 고개를 틀고 그의 얼굴을 내려다보았다. 오늘따라 유독 더 야위어 보이는 얼굴이다.

"좋아, 오늘만이야. 내 어깨를 빌려주는 거, 오늘이 마지막이야."

연우의 음성이 빗소리에 섞여 서글프게 울렸다.

태준은 목이 타들어갈 듯한 갈증을 느끼며 잠에서 깨어났다. 차가운 냉수를 마시기 위해 자리에서 일어난 그가 인상을 확 찌푸렸다. 전날 무리하게 마신 술 탓에 속이 메스껍고 두통이 밀려든 것이다.

"후우."

그는 지끈거리는 머리를 한 손으로 누르며 긴 숨을 한 번 토해냈다. 그리고 주방으로 가 냉장고에서 시원한 냉수를 병째로 꺼내 들이켜 댔다. 물을 마시니 그나마 좀 살 것 같았지만 두통은 그대로였다.

마음 같아서는 좀 더 눕고 싶었지만 시계를 확인해 보니 그런 여유를 부릴 만한 시간이 없었다. 그동안 한 달 후면 한국으로 들어오시는 부모님이 지낼 곳을 알아보고 다녔는데, 마침 남양주 쪽에 적당한 집을 한 채 보았고, 오늘 만나서 계약을 하기로 약속을 잡았기 때문에 지금 준비하고 나가봐야 했다.

태준은 우선 정신을 차리기 위해 욕실로 들어가 샤워부터 하고 나왔다. 그리고 20분 만에 서둘러 나갈 채비를 마치고 집을 나서려는데 휴대폰이 울렸다.

“여보세요.”

—일어났냐?

성호였다.

“지금 나가는 길이야. 아침부터 왜?”

—왜는 인마, 내가 어제 너 때문에 집에 들어갔다가 도로 나왔는데. 기억 안 나냐?

“무슨 말이야?”

—하긴, 그 정신에 날 리가 없지.

“알아듣게 설명해.”

태준의 이마에 주름이 잡혔다. 요점만 말하면 될 것을 서두가 너무 길었다.

—내가 택시 태울 때만 해도 그 정도까지는 아니었는데. 너 어제 나랑 헤어지고 혼자 또 한잔 마신 거야?

성호의 말에 태준은 어젯밤으로 기억을 되돌려 보았다. 성호와 헤어진 후 택시를 타고 아파트까지 온 것은 맞았다. 그런데 적지 않은 양의 술을 마셨는데도 오히려 정신은 맑기만 했다. 술의 힘에 의지해서라도 아무 생각 없이 잠자리에 들고 싶었는데, 맑은 정신으로는 힘들었다. 그래서 고민하던 그는 결국 아파트 앞 포장마차로 들어가 소주 한 병을 시켰다.

그리고…….

“하아.”

생각이 안 난다. 소주 한 병을 시킨 것까지는 기억하는데, 그 후부터는 기억이 나질 않았다.

—또 마시긴 했나 보군.

"그래서, 내가 널 불렀다고?"

성호에게 물으며 태준이 현관문을 열고 밖으로 나와 엘리베이터 버튼을 눌렀다. 그리고 지하 주차장에서 올라오기 시작한 엘리베이터를 기다리며 성호와 통화를 계속 이어갔다.

—아니.

"그럼?"

그때 마침 연우의 집 현관문이 열고 닫히는 소리가 들렸다. 무심코 고개를 돌리다 연우와 시선이 마주친 순간 성호의 대답이 들려왔다.

—너 인마, 어제 연우 아니었으면 큰일 날 뻔했어.

성호의 뜻 모를 말에 그의 눈썹이 휘어졌다.

"무슨 말이야, 그게?"

다시 앞으로 눈길을 돌린 태준이 성호에게 물었다. 그와 마주친 시선에 잠시 멈칫했던 그녀가 옆으로 다가와 선 것이 느껴졌다.

—연우가 전화를 했더라. 네가 술을 마신 것 같은데…….

성호는 어젯밤에 있었던 상황들을 그에게 설명하기 시작했다.

얼마 지나지 않아 성호의 말이 끝나자 태준은 조용히 두 눈을 감았다.

─암튼 연우 아니었으면 너 지금쯤 병원에 있었을 거다. 연우 보면 고맙다고 인사나 해, 자식아.

그 연우가 지금 옆에 있다는 걸 알려주면 뭐라고 할까?

그사이 10층으로 올라온 엘리베이터 문이 스르르 열렸고, 그녀가 먼저 그 안으로 들어섰다. 태준 역시 엘리베이터에 오르며 나중에 전화한다는 말로 성호와의 통화를 마무리 지었다.

"후우."

전광판 숫자가 아래로 내려가는 걸 보며 태준은 작게 한숨을 내쉬었다. 어제 집으로 오면서 연우를 만났을 줄은 몰랐다. 전혀 기억이 나질 않으니 답답했다.

그녀와 연관된 일로 그렇게 술을 마셨는데, 정작 그녀에게 도움을 받았다는 사실에 쓴웃음이 나왔다.

"어제 일……."

태준이 그녀를 돌아보며 나직하게 입을 열었다. 알게 된 이상 모른 척할 수는 없었다. 이유가 무엇이었든 도움을 받았다면 그의 입장에서는 성호의 말대로 고마움을 전해야 하는 게 마땅했다.

"좀 전에 성호한테 들었어."

"……어."

"고맙다고."

그녀가 천천히 고개를 돌려 태준을 올려다보았다. 그의 말이 의외라는 표정이다.

"술이 좀 과했던 것 같던데."

그녀는 다시 그를 외면한 채 앞으로 시선을 옮겼다. 그리고 아무 감정도 실리지 않은 목소리로 차분하게 말을 이었다.

"비까지 오는데 술에 취한 사람, 그냥 두고 볼 수만은 없었던 것뿐이야. 그리고 얼마 전에 나 아팠을 때 도와줬던 것도 있고. 그러니까 고마워하지 않아도 돼."

그녀의 말이 끝남과 동시에 1층에 도착한 엘리베이터 문이 열렸다. 그녀는 별다른 인사 없이 돌아섰고, 홀로 남겨진 그의 입가엔 왠지 모를 씁쓸한 미소가 번졌다.

톡, 탁, 톡, 탁.

연우는 손가락 끝으로 카운터를 가볍게 두드리고 있었다. 카페 문을 닫아야 할 시간이 거의 다가왔지만, 아직 두 개의 테이블에 손님들이 자리를 하고 있어 정리를 미루고 기다리는 중이었다.

"나 커피 한 잔 마실 건데, 너는?"

"난 괜찮아."

하진이 묻자 연우가 사양했다.

"웬만하면 너도 커피 말고 다른 차 마시지 그래?"

"왜?"

"너, 커피를 너무 많이 마셔."

"그런가?"

하진은 살짝 어깨를 들어 올렸다 내리면서도 다른 차를 마실 생각은 없는지 잔에 커피를 따르고 있었다. 연우는 그런 하진을 못 말린다는 듯한 얼굴로 바라보았다.

커피는 하루에 세 잔 정도가 적당하다고 하는데 하진은 그 배 이상을 마셨다. 마시는 커피 양을 조금만 줄였으면 하는 마음에 말을 건네면 대부분 저런 식의 반응을 보일 뿐 줄일 생각은 없는 모양이었다.

"연우야, 우리 오랜만에 동대문에 쇼핑하러 안 갈래?"

"갑자기 무슨 쇼핑?"

"나 이번 주말에 결혼식 가야 한다고 했잖아."

"아, 맞다. 그게 이번 주였구나?"

사촌 언니의 결혼식이라고 했나? 얼마 전에 들었던 기억이 났다.

"근데 생각해 보니까 입고 갈 옷이 마땅치가 않네. 같이 가서 네가 좀 골라주면 안 될까? 난 옷은 통 못 고르겠단 말이야."

"그래, 그렇게 하자."

연우는 흔쾌히 응했다. 안 그래도 요즘 내내 마음이 심란했는데, 기분 전환 삼아 쇼핑을 하는 것도 나쁘지 않았다.

"좋아. 그럼 연우 너도 내가 옷 한 벌 사줄게."

"오, 정말?"

"얼마 안 있으면 크리스마스잖아. 크리스마스 선물이야."

"그래? 그럼 난 우리 하진 양 크리스마스 선물로 뭘 사줘야 하나?"

"음. 난 말이야."

하진이 커피를 한 모금 들이켜며 약간은 들뜬 표정으로 고민
했다. 그런데 그 순간, 연우의 휴대폰 벨소리가 울려댔다. 액정
에 떠오른 휴대폰 번호를 확인한 그녀의 눈이 동그랗게 떠졌다.

"여보세요?"

─나야.

상대방의 음성이 들리자 그녀의 목소리에 반가움이 번졌다.

"어떻게 된 거야? 서울이야?"

─응. 어제 들어왔어.

"어제 왔으면서 지금에야 전화를 한 거야?"

그녀가 짐짓 서운하다는 투로 말했다.

─미안. 짐 정리도 좀 하고, 일이 좀 많았어.

"짐 정리?"

─어. 나, 아주 왔어.

"뭐?"

뜬금없는 상대의 말에 그녀는 놀라움을 감추지 못하고 되물
었다.

─미리 말 못해서 많이 놀랐구나? 나, 한국으로 아주 들어왔
다고.

"네 어머니도 같이?"

─아니, 엄마는 일본에 계시지. 나 혼자 왔어. 말하자면 긴데,

내일 저녁쯤 갈게. 만나서 얘기하자. 카페로 가면 돼?

"아니, 집으로 와. 저녁 같이 먹게."

내일은 그녀가 쉬는 날이라 카페에 나오지 않았다.

—그래, 가기 전에 미리 전화할게.

"알았어. 내일 보자."

"누구야? 혹시 민호 씨?"

통화가 끝나기 무섭게 하진이 물어왔다.

"응."

"서울에 왔대?"

"어제 왔대. 아주 왔나 봐."

"그래? 야, 그거 잘됐다."

연우가 픽 웃었다. 어떻게 그녀보다 하진이 민호를 더 반가워하는 것 같아 보였다.

"어째 네가 더 좋아하는 것 같다?"

"당연히 좋지. 아무래도 민호 씨 있으면 네가 덜 외로울 거 아니야."

"나 지금도 하나도 안 외롭거든? 너 있잖아."

"나는 나고, 민호 씨랑은 또 다르지."

그런가?

그렇게 생각해 본 적이 없던 연우는 하진의 말을 크게 공감하지 못했다. 다만 확실한 건 이제 민호는 그녀에게 있어 그 누구보다 반가운 존재가 되어 있다는 것이다.

그래서일까? 민호를 떠올린 연우의 입가에 잔잔한 미소가 피어올랐다.

주문한 음식들이 차례대로 들어와 상을 채우고 있었다. 이어 본격적인 식사가 시작될 무렵 식당으로 오면서 연락이 닿아 뒤늦게 도착한 유정이 서운하다는 듯 투덜대며 태준의 옆자리에 앉았다.

"너희 요즘 자꾸 나만 쏙 빼놓고 이렇게 둘이만 만날 거야?"

"무슨, 우리가 언제 또 둘만 만났다고 그러실까?"

성호가 호박전 하나를 입안으로 쏙 집어넣으며 장난스레 말을 받아쳤다.

"오늘만 해도 봐. 내가 너한테 전화하지 않았으면 난 이 자리에 없었을걸?"

유정이 입술을 삐죽거리자, 이번엔 성호 역시 짐짓 섭섭하다는 표정을 한 채 유정을 바라보았다.

"신유정, 너야말로 그러는 거 아니다."

"내가 뭘?"

"태준이 녀석 미국에 있을 땐 내가 먼저 연락하기 전에는 전화 안 했었잖아. 오늘만 해도 그래, 태준이가 전화 안 받으니까 나한테 한번 해본 거 아냐?"

"뭐, 그렇지 않거든?"

뜨끔했는지 부정을 하는 유정의 목소리가 한 톤 높아졌다. 성

호에게 하기 전에 태준에게 먼저 두어 번 연락을 취했던 건 사
실이었다. 그런데 태준이 계속 전화를 받질 않았다. 그래서 혹
시나 하는 마음으로 성호에게 걸어보았던 것인데, 성호가 바로
정곡을 찌르자 유정은 괜스레 두 볼이 화끈거렸다.

"알았어, 그렇다고 넘어가 주마."

"아무튼 박성호 얄미운 건 십 년이 지나도 여전하다니까."

유정은 부지런히 젓가락을 움직이는 성호를 힐끗 노려보다가
고개를 태준에게로 돌렸다.

"오늘 현장 둘러보고 온 거라면서?"

"어."

"오픈은 언제로 생각하고 있는데?"

"2월 말이나 3월 초쯤."

태준이 건조한 음성으로 짤막하게 답했다.

"생각보다 늦네."

"준비할 게 많으니까."

태준은 곧 한국으로 들어오시는 아버지와 함께 한식 레스토
랑을 오픈할 예정이었다. 그래서 인테리어 디자이너로 일하고
있는 성호에게 인테리어를 부탁했고, 지금 한창 진행 중이었다.

"인테리어는 언제쯤 끝나는데?"

유정의 눈이 성호에게로 옮겨졌다.

"예정은 다음 달 중순쯤이야."

"아, 그렇구나."

“아참, 태준이 너, 연우한테 고맙다는 인사는 했냐?”

성호가 갑자기 생각이 난 듯 물었다.

“……”

“하긴, 네가 할 리가 없지.”

성호는 고개를 저으며 끌끌 혀를 찼다. 그의 대답이 없자 당연히 그랬을 거라고 받아들인 것이다.

“무슨 소리야, 그게?”

유정이 다소 경직된 목소리로 끼어들었다.

“태준이가 왜 연우 씨한테 고맙다는 인사를 해야 하는데?”

“며칠 전에 비 왔었잖아. 근데 이 자식, 술 잔뜩 취해가지고 공원에 앉아 있더란다. 비 쫄딱 맞으면서. 그걸 지나가다가 연우가 봤지 뭐야. 일어나라고 해도 정신을 못 차린다면서 좀 와달라고 나한테 전화를 했더라고. 그래서 가봤더니, 정신 놓고 연우 어깨에 기대 있더라. 연우는 무슨 죄냐? 비까지 같이 맞아가면서.”

“그…… 래?”

“그런데도 고맙단 말 한마디 안 했다는 거 봐라. 넌 이 자식아, 연우가 너 못 보고 지나쳤으면 그 다음날 기사감이었어. 삼십대 남자 서모 씨, 추운 겨울날 술 취해서 비 맞고 얼어 죽은 채 발견되다, 하고.”

“박성호! 무슨 말이 그래?”

성호의 말이 너무하다 싶었는지 유정이 표정을 확 굳히며 쏘아붙였다. 그러나 정작 당사자인 태준은 무덤덤한 반응을 보인 채 가만히 있었다.

"왜, 내 말이 심했어?"

"그럼 심하지 안 심해? 친구가 돼서 무슨 그런 끔찍한 소리를 입에 담아?"

"나도 하도 답답해서 한 말이다, 저놈 하는 행동이. 무슨 일이 있는 것 같으면서도 도통 입을 안 여니."

"그래도……."

"시끄러워. 둘 다 그만해."

둘의 대화가 점점 다툼으로 번지는 것 같았다. 결국 그 대화의 중심에 서 있던 태준이 지켜보다 못해 중재에 나섰다.

내색은 하지 않았지만 그동안 성호도 그의 답답한 행동에 쌓인 게 많은 모양이었다.

태준은 단순히 자신이 연우에게 고맙다는 인사를 하지 않았다는 이유로 성호가 저렇게 흥분하며 열을 내지는 않았을 거란 생각이 들었다. 화를 그 자리에서 터뜨리지 못하고 차곡차곡 쌓아두고 있다가 나중에 정말 사소한 문제로 쌓아놓았던 그 화를 확 풀어버리는 사람이 있는 것처럼, 성호도 지금 그런 것이다.

성호가 무엇을 알고 싶어하는지 모르지 않는다. 하지만 그에게도 말하고 싶지 않은 이야기라는 게 있을 수 있지 않은가. 아니, 어쩌면 성호라서 더 쉽게 털어놓지 못하는 건지도 모른다. 아무리 그의 오랜 지기라도 성호는 연우의 가까운 측근 중의 하나이기도 하니까.

"나, 말 나온 김에 한마디만 더 할게."

젓가락을 상 위에 내려놓으며 성호가 그를 향해 말했다. 평소와 다르게 사뭇 진지한 모습이었다.

"해."

"머리가 아니라 네 심장도 연우랑 끝난 거 확실하냐고 내가 물었던 것 기억나지?"

"……그래."

태준이 약간 잠긴 듯한 음성으로 대답했다.

"너, 그때 분명 네 입으로 끝났다고 했어. 물론 그 마음이 진심인지 아닌지는 난 몰라. 하지만 네 입으로 끝났다고 한 이상, 그 어떤 식으로든 감정 질질 흘리지 마. 특히나 연우 앞에서는. 연우 그 자식 이제 조금씩 상처 아물어가고 있는데, 그 끝났다는 감정 흘리면서 연우 마음 흔들지 말라는 뜻이야."

성호에게 닿아 있는 태준의 시선이 가늘어졌다.

상처가 이제야 조금씩 아물어가고 있다고?

"이별에도 예의가 있는 법인데, 넌 인마, 그걸 완전히 짓밟았어."

"박성호, 너 아무것도 모르면 가만히 있어. 오히려 짓밟힌 건 태준이라고, 연우 씨가 아니라! 알아?"

성호를 향해 유정이 날카롭게 쏘아붙였다. 설마 그가 다시 연우에게 마음이 흔들리고 있는 건가, 하는 생각에 불안한 심정으로 둘의 대화를 듣고만 있었다. 그런데 내막을 모르고 있는 성호가 태준을 몰아붙이자 참을 수가 없었던 것이다.

"그게 무슨 소리야? 태준이가 짓밟히다니?"

성호의 눈썹이 치켜 올라갔다. 전혀 생각지도 못했던 이야기다. 그리고 그가 모르는 것을 유정은 알고 있었다는 말인가?

"그 여자가 태준이를……."

"신유정."

유정의 말을 태준이 차갑게 가로막았다. 이 자리에서 이런 식으로 유정의 입을 통해서 성호에게 알리고 싶지는 않았다.

하지만 유정 역시 이번에는 물러서지 않았다. 그가 연우 때문에 성호에게 원망을 듣고 있기만 하는 걸 견딜 수가 없었다.

"왜? 이제 성호도 알아도 되지 않아? 잘못한 건 네가 아닌데, 넌 억울하지도 않아? 먼저 널 배신한 건 그 여자잖아!"

연우가 배신을 한 거라니?

성호가 믿을 수 없다는 눈빛으로 두 사람을 번갈아 쳐다보았다. 머릿속이 복잡하게 헝클어지는 순간이었다.

혼란스러워하는 성호에게 나중에 얘기하자는 말을 남기고 집으로 돌아오는 길이었다. 아파트 주차장에 차를 세운 태준은 운전석에서 내려 엘리베이터 쪽으로 걸어갔다. 마침 지하 주차장에 멈춰 있는 엘리베이터에 오른 그의 잇새로 답답한 한숨이 새어 나왔다.

“이별에도 예의가 있는 법인데, 넌 인마, 그걸 완전히 짓밟았
어.”

성호의 말이 귓가에서 메아리처럼 울렸다.
태준의 입가에 비릿한 미소가 지어졌다. 그가 이별에 대한 예
의를 짓밟았다면, 그는 항상 꿈꿔왔던 영원한 사랑에 대한 마음
을 짓밟혔다.
과연 어느 쪽의 상처가 더 깊은 것일까?
누군가가 기다리고 있었는지 잠시 1층에 멈춘 엘리베이터 안
으로 손에 비닐봉투를 든 남자 한 명이 올라탔다. 층수를 누르
려던 남자가 잠시 멈칫하더니 그를 슬쩍 돌아보는 것이 느껴졌
다. 그가 고개를 돌리자 시선이 마주친 남자가 고개를 갸웃거리
며 혼잣말로 중얼거리더니 느닷없이 말을 걸어왔다. 입가에 옅
은 미소까지 덧붙여서 말이다.
“이사 오셨나? 10층에 사시나 봐요.”
“네.”
걸어오는 말을 차마 무시할 수 없어 그가 예의상 간결하게나
마 대답했다. 그러고 보니 남자는 층수를 아직 누르지 않은 상
태였다. 10층에 살고 있는 사람은 그와 연우뿐이다. 이 남자의
목적지가 정말 10층이라면 그녀를 찾아왔다는 뜻이 된다.
그럼 설마.

“아~ 그럼 우리 연우랑 이웃이시네.”

남자의 말에 그의 눈매가 확 굳어졌다.

우리…… 연우?

너무나도 자연스럽게 남자의 입에서 연우의 이름이 흘러나왔다. 그녀의 이름을 부르는 음성은 다정하기까지 했다. 뭔지 모를 불쾌감이 그의 온몸으로 퍼져 나갔다.

그에게 시선을 거둔 남자는 전광판 숫자만 올려다보고 있었다.

태준은 굳은 시선으로 남자를 머리부터 발끝까지 훑어 내렸다. 그의 미간이 좁혀졌다. 이상하게 어디선가 한 번쯤 본 것처럼 얼굴이 낯익었던 것이다. 그러나 어디서 봤는지 생각이 나질 않았다. 아무래도 착각을 한 모양이었다.

새로운 남자인가?

태준의 얼굴에 냉소적인 빛이 스쳐 지나갔다. 하지만 겉과 달리 그의 마음은 한없이 나락으로 떨어지는 느낌이었다.

마침내 엘리베이터가 10층에 도달했다. 문이 열리자 서둘러 엘리베이터에서 내린 남자가 역시나 연우의 집 현관 초인종을 눌렀다. 얼마 지나지 않아 기다렸다는 듯 현관문이 열리고 환한 웃음으로 방문객을 반기는 그녀의 얼굴이 시야에 잡혔다.

“빨리 왔네?”

“당연하지. 아주 쏜살같이 달려갔다 왔거든.”

주고받는 대화가 꽤나 다정하게 들려왔다.

그 순간이었다. 문득 떠오른 기억 하나에 태준은 망치로 머리를 한 대 세게 얻어맞은 것처럼 그 자리에서 굳어버렸다.

기억이 난 것이다. 두 사람이 함께 서 있는 걸 본 순간, 그녀를 찾아온 이 남자가 누구인지 떠올라 버린 것이다.

"어서 들……."

그제야 태준을 발견한 연우가 말을 멈추었다. 참을 수 없는 분노가 서린 그의 눈빛이 그녀에게 던져졌다.

5

바(Bar) 안에는 잔잔한 선율의 음악이 흐르고 있었다.

이곳으로 온 지 30분도 채 되지 않았지만 태준이 시킨 양주
는 벌써 절반이 넘게 줄어 있었다.

그는 빈 술잔에 또다시 술을 채웠다.

남자와 함께 그녀가 집 안으로 들어가고 그의 눈앞에서 현관
문이 닫혀 버렸다. 이후 분노에 휩싸인 그는 도저히 집으로 들
어갈 수가 없었다.

그가 서 있는 자리, 그리고 절망스러운 감정.

마치 그 모든 상황은 떠올리고 싶지 않은 기억 속에서 차라리
지워져 버렸으면 하는 그날로 그를 다시 되돌려놓은 듯한 기분

이었다.

3년 전 그때로 말이다.

"태준아."

입국장을 나오던 태준은 유정의 목소리에 깜짝 놀라 걸음을 멈추었다. 유정이 환히 웃으면서 달려오고 있었다.

"너, 어떻게 여길……."

"놀랐지? 네 어머님께 안부 전화 드렸는데 그러시잖아. 네가 예정보다 하루 먼저 출발한다고. 그래서 부랴부랴 달려왔지."

"뭐하러?"

"얘 봐. 기껏 마중 나왔더니 무슨 말이 그래? 너, 내가 아니라 연우 씨였으면 이러지 않았을 거지?"

"당연하지."

"서운한데? 역시 친구랑 애인이랑 이렇게 다르구나. 자, 어서 가기나 하자."

청사를 빠져나와 유정과 택시를 탔다. 차창 밖으로 어둑해진 밤하늘을 내다보던 태준의 입에서 무거운 한숨이 흘러나왔다.

"후우."

미국에 계시는 부모님께 다녀오는 길이었다. 얼마 전 여동생 준희가 아버지가 쓰러지셨다며 연락을 해왔다. 평소 혈압이 높아 걱정하고 있었는데 쓰러지셨다는 소식을 듣자 가만히 있을 수가 없었다.

부모님은 별일 아니라며 괜히 먼 걸음 하지 말라고 하셨지만, 자식인 그의 입장은 또 달랐다. 아버지에 대한 걱정으로 일이 손에 잡히질 않았던 것이다. 그래서 그는 결국 회사에 휴가를 내고 미국행 비행기에 올랐다.

말로는 먼 걸음 하지 말라고 했으면서도 막상 그의 얼굴을 본 부모님은 반가움과 기쁨을 감추지 못하셨다. 그리고 다음날, 아버지 병실에서 함께 밤을 지새운 어머니가 그의 손을 꼭 잡으며 곁으로 와 앉았다.

"태준아, 너 이곳에 와서 아버지 사업 이어받을 마음은 전혀 없는 거니?"

어머니는 그의 생각을 물은 것이지만, 더불어 본인의 의사도 넌지시 내비쳐 보인 것이다.

"갑자기 왜 그런 말씀을 하세요."

"갑자기가 아니야. 회사 잘 다니고 있는 아이, 괜히 불러들이지 말라며 아버지가 말리셔서 그랬지, 엄마는 늘 생각하고 바라던 문제였어. 하지만 네 이제 아버지도 늙으셨는지, 힘들어하시는 게 눈에 보이더구나. 그리고 저리 누워 계시는 걸 보니까 앞으로는 네 아버지 좀 쉬게 해드렸으면 좋겠어. 근데 일을 믿고 맡길 사람도 없고, 엄마는 네가 와서 아버지를 도와드렸으면 싶다."

아버지를 걱정하는 어머니의 눈가에 눈물이 맺혔다. 그는 고개를 돌려 잠들어 있는 아버지를 바라보았다. 여름에 왔을 때보다 많이 여위신 모습이 그의 가슴을 묵직하게 만들었다.

"태준아."

어머니가 동의를 바라는 눈빛으로 그의 이름을 불렀다. 그러나 태준은 선뜻 어머니가 원하는 대답을 드리지 못했다. 어머니의 뜻을 받아들인다면 한국 생활은 모두 정리를 해야 하는데 문제는 연우였다. 그녀를 일가친척 하나 없는 서울에 두고 혼자 떠나오는 건 상상도 못할 일이다. 만약 그가 미국으로 오게 된다면 그녀도 무조건 함께여야 했다. 하지만 우선 그녀의 의사가 가장 중요했기에 진지하게 상의를 해야 할 일이었다. 그가 혼자서 결정을 내릴 문제가 아니었다.

태준은 휴대폰의 전원을 켰다. 잠시 후 액정화면으로 환하게 웃고 있는 연우의 얼굴이 떠올랐다. 일정보다 하루 앞당겨서 왔기 때문에 그녀는 아직 그가 도착했다는 걸 꿈에도 모르고 있을 터였다.

태준의 표정이 흐려졌다.

'이연우.'

사실 지금 그와 그녀의 사이는 좋지 못했다.

보름 전쯤, 교제한 지도 벌써 3년이 되었기에 그는 연우에게 결혼을 언급했었다. 그의 나이도 이제 스물아홉이었고 그녀는 그보다 두 살 아래였다. 지금 결혼하는 게 딱 좋은 시기라고 생각했다. 그리고 무엇보다, 하루라도 빨리 그녀와 결혼해서 단란하고 행복한 가정을 꾸리고 싶었다. 바로 앞집에 살면서 매일같이 얼굴은 보지만, 밤이 되면 그녀와 헤어져 집으로 돌아오는 걸 이제 더는 하고 싶지 않았다.

“우리도 이제 슬슬 해야 할 때가 되지 않았나?”

“뭘?”

그가 지나가듯 말을 슬쩍 흘리자 그녀가 돌아봤다.

“결혼 말이야.”

“아…….”

그는 미적지근한 그녀의 태도에 일순 당황했다.

“무슨 반응이 그래?”

“내가 뭐?”

“꼭 결혼에 대해서 전혀 생각이 없었다는 것 같잖아.”

그가 서운하다는 표정과 말투로 그녀에게 말했다.

“사실…… 아직 생각 안 해봤어.”

생각지 못한 그녀의 대답에 순간 그의 가슴이 내려앉았다.

연인으로 만난 지 3년이나 됐고 서로가 서로를 끔찍이 사랑하는데 결혼에 대해 생각도 해보지 않았다고?

“생각을 안 해봤다니?”

“…….”

“단 한 번도?”

대답없는 연우에게 그가 다시 묻자 그제야 그녀가 조심스럽게 말문을 열었다.

“결혼…… 그거 꼭 해야 해?”

"당연한 거 아닌가?"

저도 모르게 목소리가 날카롭게 나갔다.

"꼭 해야 하냐니, 무슨 말이 그래?"

"나는…… 아직 결혼할 마음의 준비가 되지 않았어."

"마음의 준비? 그건 서로에 대한 사랑만 있으면 되는 거 아니야?"

그는 점점 감정이 격해지기 시작했다. 그녀와의 결혼을 당연하게 여기고 있었던 그의 입장에서는 서운함과 섭섭함을 넘어서 다소 충격으로 다가왔다. 그녀의 성격을 알기에 환영하듯 반기는 반응을 기대한 건 아니었지만 적어도 '당연히 해야지' 정도의 반응은 표현할 줄 알았다. 그런데 생각조차 하지 않았다는 것과 연달아 그녀의 입에서 나온 말들은 전혀 예상치 못한 것이었다.

"그래, 오빠 말이 맞아. 하지만 오빠 말대로 서로에 대한 사랑만 있으면 그냥 지금처럼 사랑하면서 만나면 되는 거잖아. 꼭 결혼까지 해야 해?"

"무슨 소리야? 넌 그럼 결혼 생각이 전혀 없어?"

"사실은…… 그래."

잠시 머뭇거리던 그녀에게서 흘러나온 대답에 태준의 얼굴엔 복잡한 감정이 교차했다.

"왜? 내가 싫어? 결혼 같은 것은 할 생각이 없을 정도로?"

"오빠가 싫은 게 아니야."

“그럼?”

“오빠는 싫지 않아. 하지만 결혼은 싫어.”

연우답지 않은 말에 태준은 감정이 끓어올랐다. 태준에게 있어 사랑의 완성은 결혼이었다. 그런데 그녀는 아닌 모양이었다.

빌어먹을, 빌어먹을!

“사랑을 하면 다들 결혼을 꿈꾼다고 생각했어. 나도 그렇고.”

“난 아니야. 오빠, 난 결혼이 싫어. 그냥 사랑만 하면 되지 않아? 응? 결혼해서 마음이 변하면 그땐 어떡하려고?”

“너…… 내 마음이 변할 거라고 생각하는 거야?”

“아니, 내 마음도 변할 수 있잖아. 오빠, 난 마음을 믿지 않아. 아니, 영원을 믿지 않아. 사랑을 믿지 않아.”

연우의 표정이 얼음처럼 날카롭게 변해갔다. 태준은 뭔가 봐서는 안 될 연우의 마음을 본 것 같아서 섬뜩해졌다.

“사랑을 믿지 않으면서, 그동안 내게 사랑한다고 말한 건 뭐지? 내가 사랑한다고 한 말에 그저 응답해 준 건가?”

점점 격해지는 감정에 태준의 말투는 점점 날카로운 칼날처럼 변해갔다. 그런 태준을 보고 그녀는 잠시 입을 다물었다. 그리고 한동안 그를 물끄러미 바라보더니 깊은 한숨을 내쉬었다.

“하아, 그만하자. 나 이런 문제로 오빠랑 싸우고 싶지 않아.”

다소 딱딱하진 말투로 연우가 자리에서 일어났다.

“지금의 오빠 기분을 보니까 내 생각이 잘 받아들여질 것 같지 않아. 오늘은 이만 가볼게. 그 문제는 우리, 조금만 더 시간을 갖고 생각해 보자.”

그리고 돌아섰다. 더 이상 결혼에 대해선 말하고 싶지 않다는 뜻이리라.

그녀가 돌아가고 홀로 남은 그는 머리를 거칠게 쓸어 넘겼다. 그가 꿈꾸던 결혼을 단순히 ‘이런 문제’ 거리로밖에 여기지 않는 그녀에게 화가 났다. 사랑한다면서 결혼은 싫다는 그녀를 이해할 수가 없었다.

우리 어떻게 해야 좋을까, 연우야.

그의 엄지손가락이 마치 그녀의 얼굴을 어루만지듯 액정화면 위에서 움직였다.

벌써 못 본 지 며칠이 지났다. 얼른 집으로 돌아가 그녀를 보고 싶은 마음이 간절했다.

결혼 문제로 다툰 그 이후로 그와 그녀는 서로에게 약간의 골이 생겨 버렸다. 그리고 아직 그 감정을 완전히 풀지 못한 상태였다.

태준은 단축번호 1번을 길게 꾹 눌렀다.

—고객님의 전화기에 전원이 꺼져 있어 소리샘으로 연결합니다. 연결된 후에는…….

태준의 이마에 주름이 그어졌다.

배터리가 없나?

혹시나 하는 생각이 들었다. 그래서 이번에는 그녀의 카페로 전화를 걸었다. 시계를 확인해 보니 아직 카페 문 닫기 전인 시간이었다.

전화를 받은 건 아르바이트생이었다. 태준은 상대에게 자신임을 밝히고 연우를 바꾸어달라고 부탁했다. 하지만 아르바이트생이 알려준 건 그녀의 부재였다.

—언니, 지금 안 계세요.

"어디 나갔나요?"

—네, 조금 전에 나가셨어요.

"그래요? 휴대폰도 연결이 안 되는데, 다시 들어온다고 하던가요?"

—아뇨. 저더러 문 닫고 퇴근하라고 하셨어요. 전화받고 나가시던 것 같은데. 아까 낮에도 전화받고 나갔다 오셨거든요.

우선 알았다는 말을 남기고 태준은 전화를 끊었다. 그리고 다시 한 번 그녀에게 전화를 걸어보았지만 여전히 전원은 꺼져 있는 상태였다.

"어딜 간 거지?"

연거푸 연우와 연락이 닿질 않자 괜스레 걱정부터 밀려들었다.

"전화, 연우 씨한테 하는 거야?"

유정이 물었다.

"응."

"받아?"

"응?"

유정의 표정에 뭔가 망설임이 스쳐 지나갔다.

"그게, 저……."

유정의 표정이 심각해졌다. 뭔가를 말하고 싶은 듯 입술이 달싹거렸다. 아무래도 무언가를 숨기는 기색이었다.

"왜 그래?"

"아, 아냐. 내가 잘못 봤을 거야. 연우 씨가 그럴 리가 없지. 그리고 그런 소문도……."

"소문이라니?"

태준의 눈썹이 꿈틀 움직였다.

"아니야. 괜히 말을 꺼냈어. 미안. 잊어버려."

제대로 된 변죽이었다. 태준의 감정을 제대로 잡아당겼다. 가뜩이나 말다툼을 하고 미국으로 갔던 그는 문득문득 연우의 말을 떠올릴 때마다 화가 올라왔었다.

이연우, 너 진짜 나를 사랑하긴 하는 거니?

난 진심으로 너를 사랑하는데, 결혼해서 같이 살고 우리의 아이를 낳고 하는 것이 네겐 중요하지 않은 건가? 난 아주 절실한데.

이런 의문이 계속 들어서 무척 괴로웠었다. 그런데 느닷없이 소문이라니.

"말 안 해?"

"그냥 무시해. 하도 말 같지도 않은 소리니까."

"말해봐. 연우에 대해 무슨 소문을 들은 거지?"

"헛소문인 게 분명한데 이런 말 하는 거 나 싫다고."

그렇다면 애초부터 말을 꺼내지 말았어야 했다.

"신유정."

"그게⋯⋯."

태준의 다그침에 유정이 망설이듯 입을 열었다.

"저기 너 미국으로 가고 나서 아파트로 웬 남자가 매일 연우 씨를 찾아온다고⋯⋯. 근데 헛소문일 거야."

"뭐?"

"그저께 너희 아파트 근처를 지나치다가 연우 씨 만나서 차나 마실까 하고 겸사겸사 갔었는데, 사람들이 소곤거리더라고. 엘리베이터 기다리면서 하는 말이, 연우 씨 생긴 것하고는 다르게 보통 아닌 것 아니냐고."

태준의 표정이 험악해져 갔다.

"알아, 나도 헛소문이라고 생각해. 근데 말이지, 사람이라는 게 참 약해. 그런 말을 들어선지 오늘 낮에 연우 씨를 보고 그 소문을 믿어버릴 뻔했다니까. 글쎄 오늘 연우 씨가⋯⋯ 아, 아니다."

이제야 괜한 말을 했다는 듯 유정이 갑자기 말을 멈추었다.

"오늘 낮에 연우를 어디서 봤는데?"

입술만 잘근잘근 물기만 할 뿐 유정은 쉬이 대답하지 않았다. 공연스레 그의 마음이 불안하게 뛰기 시작했다.

"호텔에서라도 봤어? 왜, 남자랑 같이 있기라도 하든?"

태준이 시니컬하게 물었다. 전혀 사실이 아닐 것이기에 하는 반어법이었다. 연우가 호텔 같은 곳엘 남자랑 드나든다는 것은 상상도 할 수 없는 일이었다. 헌데 유정이 '헉' 하고 숨을 들이쉬었다.

"너도 알고 있었어?"

"뭐?"

태준이 미간을 찌푸렸다.

"그게…… ○○호텔에서 봤거든."

"호텔?"

태준에게는 그저 유정의 말이 황당하게만 들릴 뿐이었다.

연우가 호텔에 갈 일이 뭐가 있지?

"내가 오늘 낮에 약속이 있어서 ○○호텔에 갔었거든. 그런데…… 연우 씨가 어떤 남자랑 거기 있더라고. 근데 너, 알고 있는 거 아니었어?"

"잘못 본 거 아냐?"

유정의 물음을 가볍게 묵살해 버린 태준이 오히려 되물었다.

"어? 어…… 그래서 나도 혹시 잘못 봤나 싶어서 다시 확인했는데, 연우 씨가 맞더라고."

그러고 나서 유정은 태준의 반응이라도 살피듯 한참을 말없이 있었다.

"그래? 그럼 연우도 약속이 있어서 갔었겠지."

"그랬겠지?"

태준은 이내 유정의 말을 애써 무덤덤하게 받아넘겼다. 쓸데없는 의심은 하지 말아야 한다. 그 남자가 성호처럼 선배일 수도 있고 후배일 수도 있고 친구일 수도 있으니까. 그는 그렇게 믿고 싶었다. 아니, 믿었다. 유정이 아파트에서 들은 소문이야 당연히 헛소문일 테고.

"그래, 호텔에서 만난다고 다 객실에서 나오는 것은 아니니까. 호텔엔 스카이라운지도 있고 카페도 있고 하니까. 그런데 말이야, 연우 씨하고 그 남자하고 너무 심각해 보였어. 어쨌든 너 긴장 좀 해야 할 것 같아. 그 남자, 아주 잘생겼던데? 연우 씨에게 그 남자나 소개시켜 달라고 할까 봐. 아무튼 여자는 예쁘고 봐야 해. 연우 씨처럼 말이야."

하지만 유정의 말은 조금씩 태준의 마음속에 독이 되어 스며들었다.

호텔, 잘생긴 남자. 심각하다. 결혼, 그런 거 싫다. 사랑은 변한다. 여러 가지 말들이 뒤죽박죽 소용돌이치며 그의 침착함을 헝클어뜨렸다.

아니야.

태준은 마음속에 드는 불안감에 주먹을 움켜쥐었다.

연우는 절대 그런 여자가 아니야. 아니야!

지금쯤이면 연우가 집에 돌아와 있을지도 모른다는 생각을 하는 사이 택시는 어느새 그가 사는 아파트에 도착해 있었다.

"여기 있습니다. 거스름돈은 그만두시고 이 친구가 가는 곳까지 부탁드립니다.”

“나 차 마시고 갈려고 했는데.”

“다음에.”

태준이 택시에서 내리려는 유정의 움직임을 멈추게 했다.

“그래도 여기까지 왔는데.”

“나 지금 피곤해. 그리고…….”

지금은 연우가 보고 싶었다. 연우와 단둘이 있고 싶었다. 연우의 웃는 얼굴이라면 이 기분 나쁜 감정 같은 것은 씻은 듯 사라지리라.

집으로 향하면서 그는 연우와 다시 통화를 시도했다. 전원은 아직도 꺼져 있었다.

“정말 무슨 일이 생긴 건가?”

늘어만 가는 걱정에 집으로 향하는 그의 발걸음이 빨라졌다.

태준이 아파트 단지 입구에 들어서자 조금씩 눈발이 흩날리기 시작했다. 혹시나 그녀에게 전화가 걸려올지 몰라 그는 휴대폰을 손에서 놓지 못했다.

“이연우, 어디 눈에 보이기만 해봐. 이 오빠 걱정시킨 거 두 배로 엉덩이 때려줄 테니까.”

그는 마치 그녀라도 되는 양 휴대폰에 대고 주절거렸다.

그러다 그는 어느 순간 걸음을 멈출 수밖에 없었다.

그의 표정이 급속도로 어두워졌다. 아파트 입구 앞에서 그녀가 어느 한 남자랑 있었기 때문이다.

제일 먼저 그의 눈에 들어온 것은, 그녀가 자신을 억지로 끌어안은 남자의 품에서 벗어나기 위해 뿌리치고 아파트 안으로 들어가려는 모습이었다.

그러다 이내 연우는 그 남자에게 팔을 붙잡히고 말았다.

잠시 머릿속이 텅 빈 것처럼 멍해졌다. 그는 저 장면을 이해하기 위해, 아니, 자신이 본 그대로가 아니라고 믿기 위해 남자의 존재에 대한 정의를 내려야 했다.

"전화받고 나가시던 것 같은데. 아까 낮에도 전화받고 나갔다 오셨거든요."

"저기 너, 미국으로 가고 나서 아파트로 웬 남자가 매일 연우 씨를 찾아온다고."

"호텔에서 만난다고 다 객실에서 나오는 것은 아니니까. 호텔엔 스카이라운지도 있고 또 카페도 있고 하니까. 그래도 말이야, 연우 씨하고 그 남자하고 너무 심각해 보였어. 어쨌든 너 긴장 좀 해야 할 것 같아. 아주 잘생긴 남자였거든."

카페 아르바이트생과 유정의 목소리가 차례대로 그의 뇌리를 스쳐 지나갔다. 유정의 말대로라면 낮에 전화를 받고 나간 연우가 호텔에서 만난 남자는 저 남자일 것이다.

단순히 후배나 아는 사람이라고 생각했는데, 그래서 대수롭지 않게 생각했었는데.

하지만…… 그렇다고 판단하기에 지금 두 사람의 분위기는 그저 단순한 관계가 아니라는 것이 직감적으로 느껴졌다.

생각해 보니 그가 아는 한 저런 분위기를 만들 만한 후배나 지인은 없었고 혹 있었다면 자신이 알았을 것이다.

후배도 아니고 자신이 아는 사람도 아니라면 아마도 남자는…….

그 순간 태준의 머릿속으로 과거의 기억 하나가 떠올랐다. 그녀가 그의 마음을 받아들였던 날이었다. 그때 그녀는 이렇게 말했다.

"나요, 솔직히 말하면 남자의 사랑 같은 거 믿지 않았어요. 그리고 그 마음, 지금도 변함없고요."

그 당시 그 말을 들었을 때 그녀에게도 지독한 사랑의 상처가 있었구나, 그래서 처음 그를 그렇게 밀어냈던 거구나, 하고 생각했다. 그래서 그는 가슴 깊이 다짐을 했었다. 자신은 그녀에게 절대 상처 따위 주지 않을 거라고. 오히려 지나간 상처를 그의 사랑으로 치유해 주겠다고 말이다.

그렇다면 그녀에게 상처를 남긴 사람이 저 남자란 말인가?

더군다나 연우가 저리도 거절의 몸짓을 하고 있는 것으로 보아 그럴 확률이 높았다. 하지만 비록 과거에는 어땠는지 몰라도 지금 연우는 그를 밀어내고 있었다. 그러니 저건 연우의 잘못이 아닌 것이다. 그리고 지금 연우는 그에게 속한 여자다.

두 사람이 하는 말을 들을 수 있을 만큼 가까운 거리는 아니었지만 분명 남자가 연우에게 무언가 말을 하고 있었다. 더군다나 남자는 몸도 못 가누는 것처럼 비틀거리는 것이 어디서 술을 진탕 마시고 온 것처럼 보였다.

그러다 마침내 남자는 몸을 가누지 못해서인지, 아니면 다른 이유가 있어서인지 연우의 등에 자신의 머리를 기댔다.

순식간에 질투심이 불처럼 끓어올랐다.

저 자식이 감히 우리 연우를!

다가가 주먹을 한 대 올리기라도 할 생각으로 걸음을 떼려는 순간 태준은 다시 걸음을 멈추었다.

갑자기 남자를 향해 돌아선 연우가 그대로 남자의 목을 끌어안는 것이었다. 그렇게 한참을 부둥켜안고 있던 그녀는 이윽고 몸을 떼고는 남자의 뺨에 손바닥을 가져다 대었다. 그리고 아련한 눈빛으로 남자를 올려다보았다.

태준은 믿을 수가 없었다. 숨통이 콱 막혀왔다. 남자를 바라보는 그녀의 아린 시선은 그의 심장을 아프게 파고들었다.

"정신 좀 차려봐."

남자의 팔을 붙잡고 부축해 주며 건넨 그녀의 말소리가 어렴풋하게 들려왔다. 그리고 그다음에 일어난 상황에 그의 얼굴이 딱딱하게 경직되었다. 그녀가 남자를 부축하며 아파트 안으로 데리고 들어간 것이다. 그건 즉, 그가 아닌 다른 남자를 집 안으로 들인다는 의미였다.

일순간 그의 심장이 벼랑 끝으로 떨어졌다.

태준은 머릿속의 장면을 잊으려는 듯 다시 술잔을 들고 한입에 털어 넣었다. 그러나 오늘은 그 정도로 충분하지 않은 듯 그날의 그 장면은 계속 머릿속에서 이어졌다.

엘리베이터에서 내려 마주한 연우의 집 앞에서 얼마나 서 있었던가.

문을 열어달라고 초인종을 누를 필요도 없었다. 연우의 집 비밀번호는 자신의 집 번호만큼이나 선명하게 머릿속에 있었으니까.

서태준. 네가 사랑하는 여자야. 믿어. 의심하지 말라고.

그도 믿고 싶다. 아니, 믿는다. 의심하지 않는다.

태준은 온 힘을 다해 초인종을 눌렀다.

"오, 오빠…… 언제 왔어? 내일 오는 거 아니었어?"

연우가 문을 열고는 태준을 보고 깜짝 놀란 얼굴을 했다. 연우가 가로막듯 문 앞에서 비켜서질 않았다. 당황한 표정이 확연했다. 다른 때 같으면 어서 들어오라고 활짝 반겼을 연우였다.

"누가 있어?"

태준의 심장이 바짝 조여왔다.

"아, 아니, 지금 청소 중이었어. 그래서 좀 안이 어지러워. 오빠 집으로 가.”

달칵. 문을 닫고 나온 연우가 태준의 집 현관문의 비밀번호를 눌렀다.

태준은 기가 막혔다. 저 안에 남자를 두고 이렇게 태연하게 그에게 거짓말을 한다. 그의 심장에서 피가 뿜어져 나왔다.

이건 뭐냐, 이연우. 너 정말 내가 아는 이연우 맞는 거니?

태준은 연우가 낯설게만 느껴졌다.

“왜 연락도 없이 온 거야? 연락했으면 공항으로 나갔을 텐데.”

“너 바쁠까 봐.”

“바빠도 나갔을 거야.”

연우의 기색은 확실히 다른 때와 달랐다. 어색하고 당황한 빛이 가득한 채 흐려져 있었다.

거짓말하는 거 탄로날까 걱정이 되는 거니? 아니면 네 마음이 변해서 그런 표정인 거니?

얼마 전 결혼 문제로 다툰 것도 잊은 듯 보였다.

“밥은 먹은 거야?”

“아니, 별로 생각없어.”

“그래도 안 먹었으면 뭐라도……..”

“피곤해. 좀 자야 할 것 같아. 쉬고 싶어.”

“알았어. 그럼 피곤할 텐데 일단 한숨 자. 내일 아침 준비해 놓을게, 집에 와서 먹어.”

그때까지는 그 남자를 돌려보낼 거니?

"그래."

태준은 쓰게 웃었다. 연우에게 따지지 못하는 자신의 못남에 스스로를 한탄하는 웃음이었다.

연우가 돌아간 후 태준은 소파에 누웠다. 바닥이 없는 늪 속으로 추락을 하는 듯 기분이 나빴다.

이연우, 미워라도 했으면 좋겠다.

미워할 수 있으면 좋겠다.

태준은 손으로 거칠게 얼굴을 쓸어내렸다.

이걸 어째야 하나. 당장 연우의 집으로 뛰어들어 가 그놈을 잡아 요절을 내고 싶은 충동을 느끼고 현관 앞으로 간 그는 그 마음을 간신히, 정말 간신히 참아 눌렀다. 문고리를 잡고 있던 손이 힘없이 아래로 떨어졌다.

그렇게 확인까지 해서 스스로 더욱 비참해지고 싶지 않았다. 분명 무슨 사정이 있을 것이다. 술을 마셨으니까 잠시 몸을 녹이라고 들여보낸 것인지도 모른다. 남자는 조금 있으면 술이 깰 것이고 그럼 바로 그녀의 집을 나설 것이다. 그래, 반드시 그럴 것이다. 그러니까 굳이 거짓말로 상황을 넘긴 그녀를 당황하게 만들 필요는 없었다.

태준은 믿음의 끈을 끝까지 놓지 않았다. 아무리 그 끈이 가느다란 줄기일지라도 중간에 끊어지지 못하도록 안간힘을 다해 부여잡고 있었다.

하지만 그는 지금 서 있는 자리에서 움직일 수 없었다. 남자가 나오는 소리를 들어야만 마음이 놓일 것 같았다.

곧 나올 테니까, 그러니까 그 소리만 듣고 들어가야지.

그 순간만큼은 너무도 절실해서 비참함조차도 느끼지 못했다. 시간이 좀벌레처럼 그의 마음을 갉아먹으며 들어갔다. 그러나 한 번 닫혀 버린 그녀의 집 문은 좀처럼 열릴 줄 몰랐다.

그렇게 하얗게 새벽을 맞이하던 때, 절망의 나락 속에 빠져 있던 그 새벽이 되어서야 그는 그녀의 집 현관문이 열리는 소리를 들었다.

"하아."

태준은 괴로운 한숨을 내쉬었다. 간당간당하게 붙들고 있던 끈이 결국 끊어져 버렸다. 현관에 기대어 밤새도록 남자가 돌아가기를 간절히 기다리고 바라던 스스로의 모습이 너무 비참하게 느껴졌다.

그의 가슴이 아프게 죄어들었다. 날카로운 칼이 내리꽂힌 심장의 통증은 참을 수 없을 만큼…… 고통스러웠다.

다음날, 태준은 아무것도 보지 못한 척 태연한 모습으로 그녀를 보았다.

거짓말을 했다면 그에게 밝히고 싶지 않다는 뜻일 것이다. 그게 아니라면 거짓말 따위는 하지 않았을 테지.

어젯밤 집에 다른 남자가 있었다는 걸 그가 알고 있다는 사실을 연우가 안다면, 그녀의 성격에 어쩜 그와 이별을 준비할지도 몰랐다.

눈이 튀어나올 것 같고 숨이 막힐 것같이 고통스러웠지만 그것은 그녀를 잃는다는 고통에 비하면 아무것도 아니었다. 모른 척할 것이다. 그녀를 잃을 수는 없으니까, 이대로 못 본 척할 것이다.

"연우야."

누군가 그랬다, 사랑은 많이 하는 쪽이 약자라고.

"응?"

"결혼하자."

"오빠, 그 얘긴……."

"아버지가 편찮으셔. 내가 아버지의 일을 물려받길 원하고 계시고."

태준은 사정하듯 말했다.

괜찮아, 결혼하지 않았으니까. 아직은 결혼하지 않았으니까. 그 남자에 대해 거짓말을 한 것은 다 넘어갈 수가 있어. 결혼해서 결혼의 서약만 지키고 살면 돼. 내가 사랑하는 만큼 사랑해 주면 다 괜찮아.

그렇다면 어제 본 모든 것을 잊을 것이다. 다 잊어버리고 그저 사랑만 하고 살아갈 것이다.

"결혼하자, 우리."

"……미안해, 오빠. 오빠를 사랑해. 하지만 결혼은 싫어."

이번에도 역시 연우는 거절을 했다. 여전히 그는 사랑하지만 결혼은 싫다고 한다.

"왜?"

"나는 영원을 안 믿어."

많이 사랑하는 것이 약자? 속에서 쓴물이 올라왔다. 이러다 가는 사랑을 구걸할지도 모르겠다. 태준은 억지로 웃어 보였다.

"그래, 알았어. 네가 싫다면 결혼 애긴 당분간 하지 않을게. 그런데 이연우."

"어."

"영원을 안 믿는 거니, 사랑을 안 믿는 거니? 아니면…… 나를 못 믿는 거니?"

"……나를 못 믿어, 오빠."

연우의 표정은 하얗게 빛바랜 꽃잎 같았다. 저 까만 눈 속엔 대체 얼마나 많은 생각이 있는 것일까? 못 믿는다고 한다, 자신을.

웃음이 새어 나왔다.

그래, 이연우. 적어도 하나만은 참 정직하구나. 넌 믿지 못할 여자라는 거.

그리고 두 달 후.

"아직도 너는 너를 못 믿니?"

태준은 마지막으로 확인을 했었다. 떨리는 마음으로 슬쩍 지나가듯이. 칵테일을 마시면서 살짝 취한 연우에게. 지난 두 달 동안 자신이 할 수 있는 모든 사랑을 다 보여주었기에 그녀의 마음이 조금이라도 변했기를 간절히 바라면서.

“……응.”

그러나 무심한 연우의 대답은 그에게 실망을 주었고, 그는 결국 마지막 미련을 놓기로 결심했다. 그도 이제 지쳐 버린 것이다.

그래서 태준은 끝내 그녀에게 이별의 말을 전했다. 잔인하게. 그래야 서로가 깨끗이 잊을 수 있을 테니까.

“헤어지자.”

“이유가…… 뭔데?”

헤어지자는 그의 말에 그녀가 이유를 물었다.

“이유 같은 거 있어야 하나? 단지…… 너와의 관계가 지겨워졌을 뿐이야.”

하루아침에 그의 사랑이 무너져 내렸다.

그녀를 사랑했던 만큼 배신감도 컸다. 그녀를 사랑했던 만큼 심장에 새겨진 상처도 깊었다.

상념에서 빠져나온 태준은 잔에 마지막 술을 따랐다. 어느새 양주 한 병을 모두 비워 버린 것이다.

그런데도 그의 정신은 너무나도 맑았다.

연우는 오징어를 구워 거실로 나왔다. 그리고 방금 사 온 캔 맥주 여섯 개를 탁자 위에 올려놓고 기다리고 있던 민호의 반대편에 앉았다.

“우리 둘이 이게 얼마 만이냐.”

치이익. 캔을 따는 소리가 맥주만큼이나 시원하게 울렸다. 캔 하나를 그녀에게 건네는 민호의 목소리에 즐거움이 배어 있었다.

"글쎄, 한 1년 됐나?"

민호와 가볍게 캔을 부딪친 그녀는 맥주를 들이켜며 기억을 더듬어보았다. 민호가 가끔씩 한국에 들어오긴 했지만 오래 머물지는 않았다. 그래서 밖에서 잠깐 얼굴만 보는 만남을 가졌을 뿐, 이런 자리는 오랜만이었다.

"벌써 그렇게 됐나? 세월 참 빠르다."

"그러게."

연우는 천천히 고개를 끄덕이며 동조를 했다.

"그나저나 이제 얘기 좀 해봐."

연우가 캔을 한쪽으로 내려놓고 팔짱을 낀 팔을 탁자 위에 올려놓으며 말했다. 그녀는 아직 민호에게 아무런 말도 듣지 못했다. 저녁 식사를 시작하면서 갑자기 한국으로 오게 된 계기에 대해 물으니, 민호는 집 밥이 오랜만이라 그런지 너무 맛있다며 우선 밥부터 먹고 나서 얘기를 하자고 했다. 정말 맛이 있어서 그런 건지, 아니면 배가 고팠던 것인지 허겁지겁 밥을 먹는 민호를 보니 그녀도 더 이상 물을 수 없었다. 그 모습이 어쩐지 짠하면서 안쓰러웠기 때문이다.

그렇게 밥 두 공기를 비운 민호는 커피를 준비하려는 그녀에게 맥주를 찾았다. 하지만 혼자선 술을 잘 즐기지 않는 그녀의 집에 맥주가 있을 턱이 없었다. 무슨 집에 맥주도 하나 없냐며 툴툴거리던 민호가 결국 편의점에 다녀왔다. 그래서 아직까지 대화다운 대화를 나누질 못했다.

"아예 왔다면서, 지낼 집은 구해놓고 온 거야?"

"당연하지. 아무 대책도 없이 들어왔을까 봐?"

연우가 묻자 민호가 피식 웃으며 대답했다.

"그럼?"

연우 역시 어제 통화를 하면서 짐 정리를 했다는 말을 들었기에 민호가 호텔 같은 곳에 머물고 있을 거라고 생각하진 않았다.

"소연이네 집으로 들어갔어."

"소연 씨?"

"응."

소연은 민호의 여자친구로 교제한 지 이제 2년 정도 되었을 것이다. 그녀도 민호에게 소개를 받고, 민호가 한국에 올 때면 여러 번 함께 만났었기에 잘 알고 있었다.

소연은 일반 병원에서 간호사로 근무하고 있었고, 겉모습으로 첫인상을 판단했을 때는 도도하고 새침데기일 줄 알았는데 오히려 그와 정반대의 성격이었다. 참 착하고 밝은 아가씨였다. 무엇보다 민호에게 늘 한결같은 사랑을 보여주는 소연의 마음이 예쁘면서도 한편으로는 고마웠다.

"나, 결혼하려고."

"결혼?"

소연의 집으로 들어갔다면 결혼하는 건 당연한 것인데, 너무 갑작스럽게 들은 말이라서 그런가? 약간 놀란 듯 그녀의 눈이 동그랗게 뜨였다.

"이제 소연이, 외롭게 혼자 두기 싫어. 같이 살기 시작했으니까 서둘러 결혼해야지."

"그래야겠네."

연우가 수긍하듯 머리를 끄덕였다. 초등학교에 채 입학을 하기도 전 불의의 사고로 부모님을 잃은 소연은 그 후 친척 집을 전전하며 외롭게 자랐다고 했다.

"결혼식은 언제쯤 올릴 예정인데?"

"되도록이면 빨리 하려고 해. 우리는 한 달 안으로 생각하고 있는데, 우선 예식장부터 알아봐야지."

"내 도움이 필요하면 언제든지 얘기해."

"당연하지. 나중에 귀찮다고나 하지 마."

농담 섞인 민호의 말에 연우는 빙긋 웃음을 지었다.

소연과 민호.

서로 아픈 상처가 있는 만큼, 그 상처는 서로가 어루만져 주며 함께 치유해 나가면 될 것이고 외로움 또한 사랑으로 채워진다면 두 사람은 충분히 행복할 수 있을 것이라고 그녀는 생각했다.

"그럼 네 어머니는? 너도 없는데 일본에 계속 혼자 계시는 거야?"

"우리 엄마……."

민호가 잠시 멈추고 맥주를 한 모금 들이켰다.

"좋은 분 만나셨어."

"정말?"

연우가 또 한 번 놀랐다.

"응. 아주 좋은 분이야. 아, 우리 엄마를 진심으로 사랑하시는구나, 하는 게 나에게도 느껴질 정도야. 그래서 나도 그분한테 엄마를 부탁하고 마음 편하게 올 수 있었지."

"그랬구나. 반가운 일이네."

우리 엄마도 한 번쯤 그런 진심 어린 사랑을 받아보고 가셨으면 좋았을걸.

엄마를 떠올린 연우의 마음이 뭉클해졌다.

"축하드린다고 전해 드려."

연우는 진심이었다. 한때는 민호의 어머니를 많이 미워하고 원망했었다. 그녀의 엄마를 고통 속으로 밀어 넣은 사람이 아버지와 민호의 어머니였으니까. 하지만 나중에야 알게 되었다. 그분 역시 엄마와 다르지 않게 아버지에게 버림받고 고통 속에서 하루하루를 살았다는 것을.

강민호.

연우보다 4개월 늦게 태어난 민호는 그녀의 동갑내기 이복동생이었다. 그녀와 달리 민호는 어머니의 성을 따랐다. 아버지의 호적에조차 오르지 못한 자식이었기 때문이다.

연우가 민호의 존재에 대해 알게 된 것은 고등학교 때였다. 위암 말기로 투병 중이던 엄마가 어느 날 그녀의 손등을 어루만지며 조심스럽게 운을 떼었다.

"연우야, 너에게 남동생이 있어."

놀랐지만 연우는 내색하지 않았다. 남동생 따위 있든 말든 그녀와는 상관없었으니까. 여성 편력이 심한 아버지의 자식이라면 더더욱 필요없었다. 하지만 엄마는 그녀와 다른 모양이었다. 생의 마지막이 다가오고 있음을 느낀 엄마는 홀로 남을 그녀가 걱정되었던 것 같았다.

얼마 후 엄마가 또 그녀를 불러 앉혔다.

"그 아이를 한번 찾아가 보렴. 네 동생이잖아. 연락처는 엄마가 이미 알아봤어. 그 아이 이름이 민호라고 하더구나."

"싫어."

"연우야."

"그 애도 나에 대해서 알고 있어?"

"아마…… 모를 거야."

"그렇다면 나도 싫어. 내가 왜 그 앨 찾아가야 해?"

"그 아이라도 옆에 있으면 네가 엄마 말고도 의지할 곳이 생기니까. 그럼 엄마도 나중에 편히 눈 감을 수가……."

동생의 존재를 거부하는 그녀를 엄마는 끊임없이 설득했다.

그녀는 우선 엄마의 뜻을 받아들였다. 점점 병색이 짙어지는 엄마의 마지막이 얼마 남지 않았음을 깨달은 것이다. 그녀는 엄마의 마지막을 편하게 해주고 싶었다. 그래서 그녀는 민호의 연락처를 건네받고, 조만간 만나보겠다고 약속하며 엄마의 마음을 안심시켜 주었다.

하지만 엄마가 돌아가시고 난 후에도 그녀는 민호를 찾지 않았다. 자신의 존재조차 알지 못하는 동생을 먼저 찾고 싶은 마음도 없었고, 더구나 아버지의 피를 물려받은 동생은 필요없다는 생각에도 변함이 없었다.

부모인 아버지조차 믿고 의지할 수 있는 사람이 못 되는데, 아버지의 또 다른 자식에게 의지를 하라고?

연우는 일말의 미련도 없이 엄마에게 받은 연락처를 찢어버렸다. 그리고 기억 속에서 지우고 살았다.

민호가 그녀의 앞에 나타나기 전까지는.

"네가…… 내 누나래."

3년 전 이맘 때였다. 전화를 걸어 본인의 존재를 밝히고 난 후, 민호가 그녀에게 건넨 첫마디였다.

"전화 잘못하셨어요. 저는 동생이 없습니다."

　태어나서 처음으로 들어보는, 인정하고 싶지 않은 동생의 목소리였지만 연우는 매몰차게 전화를 끊어버렸다.

　"이연우."

　같은 날 밤이었다. 누군가 아파트 안으로 들어가려는 그녀를 불러 세웠다. 고개를 돌리자 한 남자가 서 있었다. 그 남자가 자신을 민호라고 소개했다. 그의 손에는 그녀의 사진이 들려 있었다.

　"아…… 아버지에게 받았어."

　그녀의 불쾌한 시선이 사진에 닿자 민호가 변명하듯 말했다. 바로 어제, 아버지에게 전해 받은 것이라고 했다. 그러면서 덧붙인 말이 태어나서 처음으로 아버지를 만난 것이라고 했다. 얼마 전 그의 모친이 통화하는 것을 우연히 듣게 되었는데 그 상대가 알고 보니 아버지였고, 그러다 생일이 4개월 빠른 누나가 있다는 것도 알게 되었다고 했다.
　연우는 자신과 엄마를 버린 아버지가 당연히 그의 어머니에게 간 것이라 여겨왔다. 그런데 아니었단다.
　아버지가 그의 어머니를 버린 건 그가 태어나기도 전이라고 한다. 그가 태어난 후 그의 어머니가 아버지를 찾아갔지만 아버지는 매정하게 뿌리쳤고, 그가 본인의 아들이라는 걸 믿을 수 없다면서 결국 유전자 검사까지 했단다. 그러나 친자가 확실하다는 결과가 나왔음에도 불구하고 인정할 수 없다며 아버지는 끝까지 그를 호적에도 올리지 않은 것이다.

그렇게 아버지는 아내였던 엄마와 내연의 관계였던 민호의 어머니와 더불어 두 자식도 버리고 외면해 버린 거였다. 그리고 또 다른 여자에게 가버린 것이다.

하지만 그 사실을 알게 되었다고 해서, 아버지에게서 자신과 똑같은 지독한 상처를 받았다고 해서 그녀는 민호를 동생으로 인정하고 싶은 마음이 전혀 없었다. 민호의 어머니에 대한 원망을 거둬들이지도 않았다.

아버지와 부정한 관계를 가졌던 것만큼은 틀림없는 사실이니까. 그리고 그 사이에서 태어난 민호가 끔찍하게 싫었다.

연우는 매정하게 돌아섰다. 그러나 민호는 몇 날 며칠을 아파트로 찾아왔고, 그녀는 계속 외면했다. 그런 날의 반복이 지속되자 그녀는 할 수 없이 민호가 머물고 있는 호텔을 찾았다. 그리고 냉정하게 말했다.

"난 네가 정말 끔찍해. 동생? 난 동생 같은 거 필요없어. 그러니까 두 번 다시는 날 찾아오지 마."

민호가 몇 번이나 붙잡았지만 연우는 뿌리쳤다. 하지만 그렇게 카페로 돌아온 그녀는 먹먹한 기분에 아무것도 할 수가 없었다. 참으로 이상한 감정이었다. 속이 시원할 줄 알았는데 아니었다. 가슴이 저며왔다. 자꾸만 눈물이 흘러내렸다.

그리고 그날 저녁, 술에 잔뜩 취한 음성으로 민호에게서 전화가 걸려왔다. 또다시 아파트 앞으로 찾아왔다는 소리에 그녀는 그만 지쳐 버렸다.

아르바이트생에게 카페 뒷마무리를 부탁하고 연우는 아파트로 향했다. 민호가 비틀거리며 서 있었다. 술은 또 얼마나 마셨는지 근처에 다가가기도 전에 술 냄새가 풍겨왔다.

"돌아가. 제발 찾아오지 마."

연우는 사정하듯 부탁했다.

"너는 내가 끔찍하다고 하지만, 나는 너무 좋았어. 내게 누나가 있다는 게 너무 기뻤다고. 아버지의 얼굴을 27년 만에야 처음 봤어. 그런데 나는 말이야, 아버지보다 나에게도 같은 피를 나눈 누나가 있다는 사실에 더 가슴이, 가슴이 벅찼어. 우리 엄마와 내가 너와 네 엄마에게는 죄인이란 거 알아. 하지만……."

술에 취한 음성으로 민호가 붙잡아 세운 그녀의 등에 기댄 채 울먹거렸다. 그 울먹거림이 그녀를 아프게 했다. 그의 아픔이 고스란히 전해지자 가슴이 미어지고 눈물이 차올랐다. 그 순간 깨달았다. 저도 모르게 마음이 흔들리고 있었다는 사실을.

이런 감정은 핏줄이기 때문일까?

그렇게 끔찍하다고 밀어냈으면서도 그의 아픔이 그녀의 심장을 아프게 조여오고, 그의 눈물에 그녀의 눈가에도 눈물이 맺히고 있었다.

그럼에도 연우는 민호를 쉽게 마음으로 받아들이지 못했다. 아버지를 닮은 그를 보는 것이 괴로웠다. 그를 보고 있으면 저절로 아버지의 얼굴이 떠올라 화가 났다.

하지만 민호는 포기하지 않았다. 시간이 날 때마다 일본에서 그녀를 만나러 왔고, 어느 순간부터인가 연우의 마음도 서서히 움직이기 시작했다. 그렇게 그녀가 민호를 온전히 마음으로 받아들이기까지는 꼬박 1년이 걸렸다.

"그나저나 너야말로 아직 만나는 사람도 없어? 너도 이제 좋은 사람 만나서 결혼해야지."

민호가 어느새 세 번째 맥주의 캔을 따고 있었다.

"세상에는 아버지 같은 남자만 있는 게 아니야."

민호의 말에 연우는 쓴웃음이 올라왔다. 그건 알고 있다. 태준에게서 많은 사랑을 받았었으니까. 그녀가 믿을 수가 없는 건, 그 아버지의 피를 이어받은 그녀 자신이었다.

하지만 결국 태준이 그녀의 곁을 떠난 것으로 보아, 역시 사랑에도 영원이란 없었다.

6

크리스마스이브를 하루 앞둔 오늘, 거리 곳곳마다 캐럴송이 울려 퍼졌고 연우의 카페 안에도 'White Christmas'가 흘러나오고 있었다.

모락모락 김이 올라오는 따뜻한 커피를 한 모금 들이켜던 연우는 창밖으로 시선을 옮겼다. 눈을 맞으며 삼삼오오 짝지어 거리를 걷는 사람들의 표정은 한없이 행복해 보였다. 마치 그 행복에 전염이라도 된 듯 그녀의 입가에도 덩달아 미소가 번져 갔다.

"와아, 춥다, 추워."

간단한 요깃거리를 사러 나갔던 하진이 돌아왔다.

“춥지? 저쪽 가서 앉아 있어. 내가 물이랑 챙겨 가지고 갈게.”

연우가 카운터 근처에 있는 구석진 자리를 가리키며 말했다. 중간에 작은 파티션이 세워져 있어 카페 안에서 손님들의 눈을 피해 편하게 쉴 수 있도록 만든 유일한 공간이었다.

“빨리 와. 나 배고파 돌아가시겠어.”

하진이 포장해 온 떡볶이와 튀김, 그리고 만두를 테이블 위에 늘어놓으며 재촉하듯 연우를 불렀다.

“먼저 먹으면 되지, 너도 참.”

연우가 물을 가지고 와 자리에 앉자마자 차마 먼저 먹지 못하고 기다리던 하진이 튀김 하나를 입에 쏙 집어넣었다.

“오늘 집에 가자마자 잊지 말고 영화부터 예매해야겠다.”

“뭐, 볼만한 거 있나?”

하진의 말에 연우가 물어보듯 한마디 던졌다.

“글쎄, 요즘에 통 영화 사이트를 안 들어가 봐서. 이따 사이트 들어가 보고 전화할게. 뭐가 있는지.”

“알았어.”

연우는 만두를 한입 베어 물며 고개를 끄덕였다. 작년에도 재작년에도 크리스마스이브가 되면 카페 문을 닫고 하진과 영화를 보고 간단하게 맥주를 마시며 보냈기에 올해에도 그럴 계획이었다.

Rrrrr. Rrrrr.

고팠던 배가 차츰 불러올 무렵, 연우의 휴대폰 벨소리가 울려

댔다.

"여보세요."

―카페야?

민호였다.

"응. 어쩐 일이야?"

―내일 크리스마스이브잖아. 일정이 어떻게 돼?

그건 왜 묻는 것일까? 그녀가 의아한 표정을 지었다.

"하진이하고 영화 볼 예정이야."

―둘이?

"응. 왜?"

―그래, 그럼 잘됐네. 영화 보지 말고 우리 넷이 너희 집에서 파티나 하자.

"파티는 무슨. 됐어."

연우는 생각도 해보지 않고 바로 거절했다. 그래도 크리스마스이브인데 소연과 단둘이 오붓하게 보내라는 뜻에서였다.

―네 거절은 우리 쪽에서도 사양이야. 우린 이미 그렇게 하기로 결정했거든. 하하.

민호의 웃음소리에 그녀는 어이가 없었다.

"그냥 둘이서 오붓하게 시간 보내. 결혼 전에 있는 마지막 크리스마스인데."

―내일은 이브거든? 우리의 오붓한 시간은 모레 보내면 됩니다. 그리고 소연이가 너 못 본 지 오래됐다고 보고 싶다잖아. 내

일은 어딜 가도 사람들로 붐비니까 집에서 조용히 보내자. 우리 집에서 할까도 생각했는데, 가구도 새로 들이고 이래저래 집이 좀 어수선해. 그러니까 넌 내일 집 비밀번호만 알려줘. 소연이 일 마치는 대로 가서 파티 준비는 우리가 다 알아서 해놓고 기다리고 있을게. 너하고 하진 씨는 카페 문 닫고 천천히 와. 알았지? 그럼 그렇게 알고 끊는다.

"야, 강민호!"

연우가 민호를 불렀지만 한발 늦었다. 일방적으로 제 할 말만 하고 전화를 끊어버린 것이다. 애초부터 그녀의 거절은 받아들일 생각도 없었을 거다. 그녀는 기가 차다는 듯 한숨을 쉬었다.

"왜 그래?"

"아무래도 우리, 내일 영화 못 보겠는데?"

하진의 물음에 이내 체념한 듯 연우가 대답했다.

"왜?"

"자기들이랑 같이 파티를 하자네. 준비는 둘이 알아서 다 해놓는다고. 우리는 천천히 일 끝내고 오래."

"어디로?"

"우리 집. 내일은 어딜 가도 사람들로 붐빈다고 집에서 조용히 보내자고 하더라."

"하긴, 집이 최고야."

"넌 어때? 네가 싫으면 다시 얘기해 볼게."

"난 괜찮아. 어차피 노는 건데 뭐. 둘보다는 셋이 좋고, 셋보

다는 넷이 좋지. 여럿이 모이면 더 재밌지 않겠어? 그리고 몸만
오라는데, 나야 땡큐지.”

하진이 상관없다는 듯, 오히려 반기는 듯한 표정으로 어깨를
으쓱여 보였다.

민호와 함께 마트에서 장을 보고 연우의 아파트 현관 앞에 다
다른 소연이 갑자기 걸음을 멈춰 세웠다.

“아, 맞다!”

소연이 뭔가를 빠뜨렸다는 얼굴로 민호를 쳐다보았다.

“왜?”

“케이크를 안 샀어, 오빠.”

“어? 그러네.”

분명 장을 보고 나와서 제과점에 들러 케이크를 사기로 했는
데 그만 깜빡 잊어버리고 그냥 온 것이다.

“어쩔 수 없지 뭐. 케이크 없으면 어때.”

“무슨 소리. 그래도 명색이 파티인데, 케이크가 빠지면 안 되
지.”

민호가 별로 대수롭지 않다는 반응을 보이자 소연이 밉지 않
게 눈을 흘겼다.

“그럼, 연우한테 들어오면서 사가지고 오라고 전화할게.”

“에이, 그건 아니지. 우리가 준비 다 해놓고 기다린다고 했는
데.”

“그런가?”

“그러지 말고, 우리가 다시 갔다 오자.”

“아냐, 넌 있어. 뭣하러 둘이 다 가?”

민호가 걸음을 돌리려는 소연의 팔을 붙잡았다.

“나도 같이 갈게.”

“됐어. 날도 추운데, 오빠가 가서 너 좋아하는 치즈케이크로 사가지고 올게.”

“그럼, 그거 나 주고 다녀와. 내가 들고 올라갈게.”

소연이 민호의 손에 들린, 마트에서 장을 봐온 것들을 가리키며 말했다.

“보기엔 이래도 꽤 무거워. 내가 올려다주고 갈게.”

“괜찮아. 엘리베이터 타면 바론데 뭐. 이리 주고 빨리 갔다 와.”

하는 수 없이 민호는 자신이 들고 있던 것들을 소연에게 건네주고 왔던 길을 되돌아갔다.

“정말 보기보다 무겁네.”

소연은 봉투를 든 손에 힘을 주며 아파트 안으로 들어갔다. 막 1층에 멈춰 있었는지 엘리베이터의 문이 서서히 닫히고 있는 것이 보였다. 그 틈으로 안에 타고 있는 한 남자의 얼굴을 보았고, 소연은 다급하게 외쳤다.

“어, 잠깐만요!”

다행히도 소연의 외침을 들은 남자가 열림버튼을 눌러주었는지, 반쯤 닫히던 문이 다시 열리고 있었다.

"아앗!"

짐을 들고 낑낑대며 엘리베이터를 놓치지 않기 위해 걸음을 빨리하던 소연은 그만 제 발에 꼬여 중심을 잃고 넘어지고 말았다.

갑작스런 상황에 놀란 남자가 엘리베이터에서 내려 그녀에게 다가왔다.

아, 쪽팔려라.

넘어져서 아픈 건 둘째였다. 소연은 이 순간이 너무 창피해 쥐구멍이라도 있다면 들어가 숨고 싶은 심정이었다. 슬쩍 눈을 뜨니 넘어지면서 놓친 봉투 안에서 흘러나온 과일들이 바닥에서 뒹굴고 있었다.

"괜찮습니까?"

남자가 소연을 일으켜 세워주며 물었다.

"……네, 감사합니다."

남자의 부축을 받고 일어선 소연은 간신히 쥐어짜 낸 음성으로 남자에게 인사를 했다. 그리고 떨어진 물건들을 주우려는데 그녀를 대신해서 먼저 허리를 구부린 남자가 과일들을 주워 담고 있었다.

소연은 그제야 남자를 살펴보았다. 처음엔 너무 창피해서 얼굴을 볼 수가 없었는데, 자세히 들여다보니 키도 크고 잘생긴 외모의 소유자였다.

‘어?’

소연의 눈동자가 동그래졌다. 봉투를 건네받으려고 기다리고 있던 그녀를 등지고 돌아선 남자가 그것을 그대로 들고 성큼 걸어가더니 아직 1층에 머물러 있는 엘리베이터에 올라타는 것이 아닌가.

넘어지면서 충격을 받아 통증이 생긴 팔을 어루만지며 소연도 서둘러 남자의 뒤를 따랐다. 그때서야 남자가 봉투를 그녀에게 건네주었다.

나를 도와준 거구나.

잘생긴 남자가 매너까지 좋았다.

“고맙습니다.”

봉투를 건네받으며 소연은 남자에게 또 한 번 꾸벅 인사했다. 그리고 목적지인 층수를 누르려고 손을 뻗던 소연이 동작을 멈추었다. 이미 그 층수가 눌러져 있었기 때문이다.

어? 그럼, 이 남자도…….

“혹시 10층에 사세요?”

문득 들려오는 여자의 물음에 태준은 나직한 소리로 짧게 대꾸했다.

“네.”

“어머, 정말요? 어쩜 이런 우연이…….”

왠지 반가움이 묻어 있는 듯한 목소리다. 고개를 돌린 태준이 의아한 눈빛을 띠고 여자를 보았다.

"아, 저도 10층에 가거든요. 그럼, 연우 언니 앞집에 사시나 보다."

태준의 눈동자가 가늘어졌다.

성호의 성화에 못 이겨 집을 나서던 길이었다. 조용히 집에서 있고 싶은 마음에 거절했지만, 오늘 같은 날 청승 부리지 말고 나오라고 휴대폰으로 끈질기게 전화를 걸어댔다. 그러나 그의 생각은 굳건했다. 어디를 가도 시끌벅적한 오늘 조용히, 편안하게 쉬고 싶은 마음뿐이었다. 하지만 성호의 마지막 말이 기어코 그를 집 밖으로 끄집어냈다.

"안 나오면 내가 쳐들어간다!"

그건 더 싫었던 태준은 결국 집을 나섰고, 갑작스럽게 준비를 하고 나온 터라 깜빡하고 지갑을 빠뜨렸다는 사실을 1층에 내려와서야 알게 되었다. 그래서 다시 엘리베이터에 올랐는데, 마침 그때 아파트 안으로 들어온 여자의 외침 소리가 들렸다.

그가 누른 버튼 하나에 닫히던 엘리베이터 문이 다시 열렸고, 이쪽으로 빠르게 걸어오던 여자가 갑자기 중심을 잃고 넘어졌다. 너무 순간적이어서 그 역시 놀랐고, 눈으로 직접 그 상황을 보았는데 무정하게 지나칠 수가 없어서 여자에게 다가갔던 것이다.

그런데 연우를 찾아온 여자였다니. 어째서 그녀를 찾아온 사람들과 이렇게 우연히 잘도 마주치는 것인지. 그가 속으로 헛웃음을 삼켰다.

"한 번도 앞집에서 사람이 드나든 걸 못 봤는데……. 이사 오셨어요?"

여자가 궁금한 듯 물어왔다.

"아, 네……."

태준이 말을 뭉뚱그리며 여자에게서 시선을 거뒀다. 여자가 그를 처음 봤듯, 그도 마찬가지였다. 그가 연우의 곁에 있을 때는 한 번도 본 적도 만난 적도 없는 여자였다.

3년. 짧지만 긴 시간이었다. 그가 떠난 후로 그녀의 주변에도 변화가 생기기에 충분한.

태준은 무언가 알 수 없는 쓸쓸함이 가슴속으로 스며들고 있음을 느꼈다. 옆에 선 여자가 호기심 어린 눈으로 자신을 보고 있는 줄도 모르고…….

크리스마스 파티는 점점 무르익어 갔다. 파티라고 해서 거창한 건 아니었지만, 모처럼 다 함께 저녁을 먹고 와인을 마시며 아늑한 분위기를 즐기고 있었다.

든든하게 배를 채우고도 뭔가 부족했는지 소연이 직접 만든 닭 가슴살 샐러드를 집어먹던 하진이 갑자기 생각났다는 듯 말을 꺼냈다.

"아참, 나 좀 봐. 두 사람 결혼 축하해요. 얼굴 보자마자 축하해 줘야지 하고 있었는데, 배가 너무 고파서 먹기만 하다가 깜빡했네.”

“감사합니다.”

“고마워요, 언니.”

하진의 축하 인사에 민호와 소연이 싱긋한 미소를 지어 보였다. 나란히 붙어 앉아 같은 미소를 띠고 있는 두 사람의 모습은 선남선녀라는 말이 아깝지가 않을 만큼 잘 어울리는 연인이었다.

“결혼 날짜는 잡았어요?”

“네. 다음 달 23일이요. 축하하러 와줄 거죠?”

“당연히 가야죠! 우리 연우 하나밖에 없는 동생 결혼인데, 제일 친한 친구인 내가 빠져서야 되겠어요? 뭐, 필요한 건 없어요?”

“뭘요. 하진 씨 축하만으로도 우리는 충분해요.”

민호가 다정하게 소연의 손을 잡으며 말했다. 그러자 하진이 쯧쯧 혀를 차며 머리를 흔들었다.

“이래서 남자는 안 돼. 무조건 괜찮대. 이런 기회를 놓치면 안 된다고요.”

“하하, 그런가?”

민호가 멋쩍은 듯 머리를 긁적거렸다.

“그럼 민호 씨 말고, 소연 씨가 생각해 보고 알려줘요.”

“호호. 네, 언니.”

역시 여자는 이런 기회를 놓치지 않았다. 소연은 일말의 망설임도 없이 빙긋 웃으며 냉큼 받아들였다.

“아, 맞다. 그런데요, 언니.”

와인을 한 모금 들이켜던 소연이 떠오른 한 가지 생각에 연우를 불렀다. 그런데 그때 하진의 휴대폰이 울리는 바람에 소연의 말이 잠시 끊겼다.

“나, 잠깐 실례.”

하진이 전화를 받으러 방 안으로 들어가자 소연이 다시 입을 열었다.

“앞집에 남자가 이사 왔던데요?”

“어?”

연우의 표정이 살짝 굳었다. 앞집 남자라고 하면 태준을 말하는 것일 거다. 지난 3년 동안 빈집이었고, 그와 그녀의 사이를 전혀 모르고 있는 소연의 입장에서는 충분히 그가 이사 온 거라고 생각할 수 있었다.

“앞집 남자, 당연히 언니도 봤겠죠?”

“어? 어…….”

“이사, 혼자 온 거예요?”

“……그런 것 같은데.”

“언니가 보기엔 어때요?”

“뭐가?”

“사람 말이에요. 괜찮아 보여요?”

“글쎄…….”

소연이 어째서 태준에 대해서 관심을 보이는 것일까.

갑자기 갈증이 일었다. 연우는 소연의 물음에 대충 말을 얼버무린 채 와인을 물처럼 들이켜 댔다.

"야, 최소연. 너 이상하다. 앞집 남자한테 관심있어? 네가 그런 걸 왜 궁금해하는데?"

태준에게 관심을 보이는 소연을 보며 질투가 났는지 민호가 눈을 번뜩였다.

"언제 내가 관심있다고 했어? 그냥 내가 보기에는 괜찮은 남자 같아서, 아직 솔로면 연우 언니랑 잘되게 한번 나서보려고 그러지."

순간 연우는 와인잔을 놓칠 뻔했다. 대체 어떤 식으로 마주쳤기에 오늘 태준과 처음 마주친 소연이 그를 괜찮은 남자라고 보게 된 것일까. 아니, 그것보다 소연의 마지막 말이 그녀의 가슴을 내려앉게 했다.

"오늘 처음 본 남자를 네가 괜찮은지 안 괜찮은지 어떻게 알고?"

"아까 나 넘어졌을 때 도와줬다고 했잖아. 매너도 좋고 얼굴도 잘생기고. 곰곰이 생각해 봤는데 왠지 언니랑 잘 어울릴 것 같아서 말이야."

"매너가 좋은 게 아니라, 누구나 그 상황이면 모른 척하지 않아."

민호가 딱 부러지게 말했다.

"넘어졌었어?"

몰랐던 사실에 연우가 걱정스런 낯빛으로 물었다.

"엘리베이터 타려고 뛰어가다가 넘어지셨대, 조심성없이."

민호가 나무라는 말투로 말했지만, 그 속에는 걱정이 깃들어 있다는 걸 표정으로 느낄 수 있었다.

"다치진 않았어?"

"네. 무릎하고 팔 조금 아픈 거 말고는 괜찮아요. 넘어졌는데, 그 정도도 안 아프면 되나요. 그 남자가 봐서 좀 그랬지만요."

소연이 창피한 듯 웃으면서 넘어졌을 때의 상황을 대충 설명해 주었다.

"그렇다고 처음 보는 남자를 연우한테 갖다 붙이려고 해?"

소연의 억지스러운 생각이 못마땅한 듯 민호가 눈살을 찌푸렸다.

"갖다 붙인다니? 오빠, 말이 좀 그렇다. 난 언니도 이제 좋은 남자 만났으면 하는 마음에 그런 거지. 내 주위에는 소개시켜 주고 싶어도 그럴 만한 남자가 없으니까."

"아니, 글쎄. 어떻게 그거 도와줬다고 좋은 남자라고 한 번에 판단을 하냔 말이야. 그럼 세상에 안 좋은 남자가 어디 있어?"

"왜, 그런 느낌 있잖아. 처음 만났는데도 첫눈에 아, 이 남자다! 딱, 이 사람이다! 하는 그런 느낌 말이야."

소연이 엄지와 중지를 튕겨 소리를 내며 지지 않고 민호의 말을 받아쳤다.

"좋아. 네 느낌이 맞아떨어졌다고 치자. 그럼 무턱대고 앞집 남자한테 가서, 요 앞집 여자가 꽤 괜찮은데 한번 만나볼래요? 이럴 거야?"

"아휴, 오빠도 참 딱하다. 당연히 그러면 안 되지."

소연이 답답하다는 듯 주먹으로 자신의 가슴을 두들겼다.

"이웃으로서 최대한 자연스럽게 다가가다가, 우선 애인이 있는지 없는지부터 알아본 다음에……."

"그만. 두 사람 다 그만해."

더 이상은 안 되겠는지 연우가 끼어들어 민호와 소연의 언쟁을 중단시켰다.

"둘 마음은 잘 알겠는데, 내 일이잖아. 내가 알아서 할게."

어색한 미소로 연우가 말하자 두 사람의 입술이 동시에 다물어졌다.

태준과 그녀를 이어주고 싶어하는 소연에게, 처음 본 남자에 대한 느낌이 좋다는 소연을 못마땅해하는 민호에게, 과거에 한때 그와 그녀가 연인이었고, 그가 새로 이사를 온 것이 아니라 3년 만에 돌아온 것이라는 사실을 이 자리에서 털어놓으면 어떠한 표정을 지을까? 아무것도 모르고 있는 두 사람을 바라보던 연우의 입에서 무거운 탄식이 쏟아졌다.

빗줄기가 점차 거세지고 있었다. 방금 전 버스에서 내린 연우는 정류장에서 이러지도 저러지도 못한 채 난감한 표정으로 서 있었다.

"이연우, 너 대체 정신을 어디다 두고."

연우가 스스로를 나무랐다. 처음부터 우산이 없었던 게 아니었다. 버스 창문 밖으로 주룩주룩 내리는 비를 하염없이 감상하다가 하마터면 정거장을 지나칠 뻔한 상황이었다. 그녀가 사는 아파트 정거장 근처에 거의 다다라서야 정신 차리고 부랴부랴 벨을 누르고 내렸는데, 그러다가 그만 버스에다가 우산을 놓고 내려 버린 것이다. 아차 하고 돌아봤지만 버스는 벌써 출발한 뒤였다.

"차라리 한 정거장을 더 가는 게 나을 뻔했어."

뒤늦은 후회는 소용없었다. 주위에 마트는 하나뿐인데, 10시가 넘은 시간이라 이미 불은 꺼져 있었다.

"후우."

연우는 막막한 한숨을 쉬었다. 빗줄기가 너무 굵었다. 금방 그칠 비는 아닌 것 같았다. 그렇다고 언제까지 이 자리에서 비가 그치기만을 기다릴 수는 없는 터, 흠뻑 젖더라도 맞고 가는 방법밖에는 없을 듯싶다.

"빨리 뛰어가면 되지 뭐."

그리고 욕조에 뜨거운 물을 받아 몸을 담그면 된다. 거센 빗속으로 뛰어들기 전 심호흡을 한 번하고 걸음을 떼려고 움직이는 그때, 누군가 뒤에서 그녀의 팔을 잡아당겼다.

"아!"

깜짝 놀란 연우의 잇새로 짧은 비명이 터져 나왔다. 슬쩍 고개를 돌려 보자 그곳엔 태준이 서 있었다. 아직 그녀의 팔을 붙잡은 채로. 그녀는 놀란 가슴을 쓸어내렸다.

"뭐하는 거야?"

태준의 시선이 그녀를 훑어 내렸다. 그녀는 말없이 그의 손에서 팔을 빼냈다.

"우산, 없어?"

"버스에다 우산을 놓고 내렸어."

놓인 처지와 달리 연우의 음성은 덤덤했다.

"그래서 이 비를 맞고 가려고 했다?"

태준이 쏟아지를 빗줄기를 가리키며 말했다.

"언제 그칠지도 모르고, 여기서 밤새울 수는 없으니까."

"뭐?"

태준이 어이없다는 웃음을 지어 보였다. 하긴, 그녀의 입장에서는 다른 길이 없었을 거다. 그러게 어쩌다 우산을 놓고 내렸는지. 만약 지나가다가 그가 보지 못했다면 그녀는 아마 지금 이 빗속을 달리고 있을 것이다.

"같이 쓰고 가. 어차피 방향도 같잖아."

연우가 그의 제의를 선뜻 받아들이지 못하고 머뭇거렸다.

"나랑 같은 우산 쓰기 싫어도, 비 맞는 것보다야 낫지 않겠어?"

약간의 빈정거림이 섞인 말투다. 딴에는 호의를 베푸는 것인데 망설이는 자신이 못마땅했나 보다. 하지만 그의 말이 틀린 건 아니었기에 연우는 더 고민하지 않았다.

그래, 당장은 이 거센 비를 맞는 것보다야 낫겠지.

그의 제의를 거절하고, 그에게 비 맞는 모습을 보이는 것은 어리석은 짓이었다.

"그럼, 부탁할게."

연우의 대답에 태준이 끄덕, 고갯짓을 했다. 그녀는 짧게 조용한 숨을 내쉬며 그의 우산 속으로 들어갔다.

가로등이 환하게 길을 비추고 있는 어두운 밤, 비에 젖은 땅 위로 그와 그녀의 발자국 소리만이 빗소리에 섞여 울려 퍼졌다. 두 사람은 약속이라도 한 듯 침묵을 유지하고 있었다.

한때는 한 우산 속에서 어깨를 나란히 붙이고 걷는 것만으로도 마냥 행복하고 설레던 순간이 있었는데.

불쑥 튀어나온 생각에 연우가 소리없는 미소를 지었다. 그건 비웃음이었다. 아직도 옛 추억을 되새기고 있는 스스로에게 보내는.

미련이 아니라고 하고 싶지만 인정할 수밖에 없는 미련, 맞았다. 지난 3년 동안 버리지 못하고 가슴 한구석에 품고 있던.

"결혼하자, 우리."

몇 번이나 이어진 그의 프러포즈에 대한 그녀의 대답은 거절

이었다. 혹시 그래서 그가 떠난 걸까, 하는 생각을 해보지 않은
건 아니었다. 그러나 곧 그건 아닐 거라고 단정을 지었다. 고작
그것 때문에 사랑을 끝낼 그가 아니라는 생각에서였다. 만에 하
나 정말 그 이유로 이별을 선택한 거라면 그건 그녀가 결혼을
거절한 시점이었어야 했다. 하지만 그가 이별을 고한 건 몇 개
월이 지난 후였다.

그러니 결국엔 사랑이 식어버린 것이다. 그래서…… 지겨워
진 것이다.

새삼 연우의 가슴이 묵직하게 내려앉았다. 아버지의 피를 이
어받았지만 아버지를 닮지는 않은 모양이다. 3년 동안 한 남자
만을 사랑하고, 또 헤어진 후로 3년 동안 그 남자를 잊지 못한
채 미련을 가지고 있었던 것을 보면 말이다. 아버지의 성향을
물려받았다면 전혀 있을 수 없는 일이었을 텐데.

문득 머릿속에 떠오른 생각이 부질없다고 느끼면서도 연우는
기분이 참으로 씁쓸해졌다.

"카페에서 오는 건가?"

어색한 침묵을 가르고 들려온 목소리에 연우는 생각을 떨쳐
냈다.

"응."

"아직 그 카페, 하고 있는 건가?"

"어. 근데 어디 다녀오는 길인가 봐?"

말끔한 정장 차림의 그를 보며 연우가 되물었다. 방금 전까지

감돌고 있던 어색함도 조금씩 누그러지고 있었다.

"응. 선배 결혼식이 있어서."

"결혼식에 다녀온 것치고는 늦었네?"

"다들 오랜만에 만나서 저녁 먹고 술 한잔했거든."

연우는 떠났던 그가 돌아왔을 때만 해도 서로에게 비수를 꽂는 말들만 주고받았는데, 그와 편하게 대화를 나누고 있는 이 상황이 조금은 우습다는 생각이 들었다.

"그런데 모자랐나 봐?"

"응?"

"손에 든 거, 맥주 아니야?"

연우가 아까부터 그의 왼쪽 손에 들려 있는 편의점 비닐봉투를 가리켰다.

"후훗."

연우의 말을 인정하는 듯한 태준의 나직한 웃음과 소리가 자연스럽게 어우러졌다. 그 소리에 고요하던 그녀의 심장이 조금씩 조금씩 고동을 치기 시작했다.

"같이 할래?"

조심스럽게 물어오는 물음. 뜻밖의 제안에 연우가 당황한 기색으로 태준을 올려다봤지만, 그의 시선은 앞을 향해 있었다.

연우 역시 조심스럽게 물어보았다.

"술기운이야?"

걷는 걸음도 정확하고 취한 것 같아 보이진 않지만 풍겨오는 술 냄새로 봐서는 결코 적은 양을 마신 것 같지 않았다.

“글쎄.”

애매모호한 그의 대답. 연우는 잠시 망설였다. 그러다 곧 자조적인 미소를 띠었다. 망설이는 것 자체가 아주 조금일지라도 그의 제안을 받아들이고 싶다는 마음의 증거이니까. 그게 아니라면 머뭇거릴 필요도 없이 바로 거절을 해야 했다. 그리고 왠지 오늘이라면, 지금의 이 마음이라면 그동안 맺힌 응어리를 어느 정도 풀 수 있는 대화를 나눌 수도 있지 않을까, 하는 생각이 들었다.

“옷만······.”

마침내 결정을 한 연우가 말문을 열 때였다. 어느새 아파트 현관 입구에 도착한 두 사람의 걸음이 동시에 멈춰졌다.

우산을 쓴 한 여자가 어두운 눈빛으로 그들을 바라보고 있었던 것이다.

“태준아······.”

유정이었다.

편의점에서 사 온 맥주를 탁자 위에 올려놓고, 외투를 벗어 소파 위로 던져 버린 태준이 뒤따라 집 안으로 들어온 유정을 돌아보았다.

“어쩐 일이야?”

귀찮음이 가득 묻어 있는 어조였다.

"그러는 너는 어떻게 된 거야? 네가 왜 이 시간에 그 여자랑 같이 우산을 쓰고 들어오는 건데?"

"그 여자?"

태준의 눈썹이 꿈틀거렸다.

"너, 지금 그 표정은 무슨 의미야? 내가 연우 씨를 그 여자라고 불렀다고 기분 나쁘다는 뜻이야?"

유정이 새된 목청으로 따져 물었다. 흥분된 감정이 고스란히 드러났다.

"너, 술 마셨어?"

태준은 가늘게 치켜뜬 눈으로 유정을 쳐다봤다. 평소와는 다른 모습이다. 벌건 얼굴을 보아 술을 마시고 온 것이 분명했다.

"그래, 마셨어."

"그럼 집으로 갔어야지 왜 이리로 와, 연락도 없이? 무작정 찾아오는 거 싫어하는지 뻔히 알면서?"

태준이 비난하듯 핀잔을 주자 유정이 억울하다는 표정을 지었다.

"전화했는데 안 받은 건 너야."

"안 받았으면 사정이 있었겠지. 그렇다고 집에 와, 이 시간에?"

휴대폰을 확인해 보지 않아 유정이 전화를 했는지는 모르겠다. 하지만 겨우 연락이 닿지 않아 집으로 찾아왔다는 건 그의 입장에서는 이해불가였다.

“그 사정이란 게, 연우 씨야?”

유정의 물음에 태준이 미간을 좁혔다.

“왜 대답 못해? 물었잖아, 그 사정이 연우 씨냐고. 그래서 한 우산을 나눠 쓰고 들어오는 거였어? 너야말로 이 시간에?”

“신유정.”

유정의 목소리에 머리가 울렸다. 태준은 확 짜증이 밀려들었다.

“내가 왜, 그 이유를 네게 설명해야 하는 거지?”

“뭐?”

태준의 낮게 깔린 차가운 음성에 유정의 어깨가 살짝 움찔댔다.

“왜 내가 너한테 그 이유를 말해야 하는 거냐고 물었어.”

“……”

순간 말문이 막혀 버린 유정이 입만 벙긋거렸다.

“할 말 있으면 하고 가.”

그런 유정을 보고 있던 태준이 무관심한 목소리로 말했다. 그리고 소파에 앉아 캔 맥주 하나를 집어 들었다.

유정은 기가 막히다는 듯 그를 쳐다봤다. 냉담한 그의 모습에 기분이 상해 버렸다.

“최소한 앉으라는 말부터 해야 하는 거 아니니?”

맥주만 들이켤 뿐 그에게선 아무런 대꾸가 없었다.

그 여자 앞에서는 미소까지 짓고 있었으면서!

"왜? 내가 네 좋은 시간 방해해서 화난 거니?"

비꼬임이 섞인 말투다. 태준의 표정이 찌푸려졌다.

"무슨 소리야?"

"연우 씨와 다정해 보이던데. 그새 잊은 거야? 연우 씨가 너한테 무슨 짓을 했는지?"

"연우가 나한테 무슨 짓을 했는데?"

"……뭐?"

오히려 되물어오는 그의 말에 유정의 눈동자가 흔들렸다.

뭐야, 서태준. 설마…… 벌써 잊어버린 거야? 그 여자의 배신을?

"정확하게 알지 못하면 입, 함부로 놀리지 마."

태준이 억눌린 목소리로 나직하게 뇌까렸다. 속에서 열이 치밀어 올랐다.

왜 그런 것일까. 유정이 무작정 집으로 찾아와서? 아니면 정말로 연우와의 시간을 방해받아서?

후우. 태준은 깊은 한숨을 내쉬었다. 연우에게 맥주 한잔하자는 제안을 한 건 충동적인 것이 맞았다. 자신이 내뱉은 말임에도 연우에게 그런 제안을 했다는 것이 스스로도 놀라웠으니까.

하지만 곧.

그래, 맥주 한잔은 괜찮지 않을까, 오늘 하루 정도는 그래도 되지 않을까, 왠지…… 그러고 싶다, 라는 생각으로 바뀌어 어느새 연우의 대답을 기다리고 있는 자신의 모습을 보았다.

그런데 그때 아파트 앞에서 우산을 쓰고 서 있는 유정을 보게 된 것이다. 그 순간 짜증이 확 밀려들었다. 그의 얼굴에 쓴웃음이 올라왔다.

결국 유정의 말이 맞는 건가?

태준은 거칠게 머리를 쓸어 올렸다. 그리고 어두운 표정으로 서 있는 유정을 바라보았다.

"피곤하다. 딱히 할 말 없으면 오늘은 그만 돌아가라."

무슨 할 말이 있어서 찾아온 것인지는 모르겠지만, 지금은 쉬고 싶었다. 그렇게 태준은 유정을 뒤로하고 방 안으로 들어갔다.

"하아."

홀로 거실 한가운데에 덩그러니 남게 된 유정의 눈가로 이슬이 맺혔다.

이러려고 온 게 아닌데.

태준이 들어가 버린 방문을 바라보며 유정은 힘없이 소파에 주저앉았다. 사실, 오늘 그녀가 그를 찾아온 이유는 고백을 하기 위해서였다. 그동안 참고 참았던, 꾹 누르고 눌렀던 그를 향한 마음에 대한 고백을.

그래서 술을 마셨다. 그를 만나 고백하기 전, 미친 듯이 두근거려 대는 심장을 술로 진정시키기 위해서.

자그마치 7년이었다, 그를 친구가 아니라 남자로 느끼며 보낸 시간이.

태준을 처음 만난 건 고등학교 1학년 때였다. 같은 반으로 배정되어 짝이 된 성호와 친해지면서, 성호의 가장 친한 친구였던 태준과도 저절로 가까워지게 되었다.

태준은 그 당시 학교 내에서 킹카였다. 키가 크고 잘생긴데다가 남자답기까지 해 여자아이들에게 인기가 상당했다.

때문에 그런 그와 유일하게 허물없이 가깝게 지내는 여자친구였던 그녀는 자연스럽게 따가운 눈총을 받아야 했지만 기분이 나쁘거나 하진 않았다. 오히려 뿌듯함이 차올라 어깨가 으쓱해졌다. 그때까지만 해도 우정일 뿐 사랑은 아니었다.

그렇게 우정을 유지해 오던 그가 남자로 느껴지게 된 것은 8년쯤 지나서였다. 계절은 여름이었고, 모처럼 태준과 성호와 함께 심야 영화를 보기로 한 날이었다.

약속 시간보다 먼저 도착하게 된 그와 그녀가 성호를 기다렸다. 그런데 성호가 무슨 일인지 갑작스럽게 못 나오게 될 것 같다는 연락을 해왔고, 심야 영화는 태준과 단둘이서 보게 되었다.

8년을 친구로 지내왔지만 그와 단둘이 영화를 본 건 처음이었다. 하물며 심야 영화였다. 관객은 두 사람을 포함에 모두 여덟 명이었고, 모두 커플들이었다. 그 사람들도 그와 그녀가 커플이라고 생각할 것이 분명했다.

다른 이들의 눈에는 그녀와 태준이 연인이라······.

기분이 묘해졌다. 문득문득 팔걸이 위로 올려놓은 팔에 그의 맨살이 닿을 때마다 심장이 간질간질거렸다. 그에게서 단 한 번도 느껴보지 못한 설레임 같은…… 감정이 느껴졌다. 한 번 그런 감정을 느꼈기 때문일까. 그 후부터 자꾸만 그가 남자로 인식되기 시작됐다.

눈길이 가고 신경이 쓰이더니 이내 사랑이 되어버렸다.

그녀는 섣불리 고백하는 그런 어리석은 짓은 하지 않았다. 그를 향한 사랑이 일시적인지 아닌지 확실한 판단이 서지 않았기 때문이다.

신중해야 할 문제였다. 섣부른 고백으로 8년 우정을 깨버릴 수는 없었다.

하지만 시간이 흐를수록 그를 향한 감정은 점점 커져만 갔고, 1년이 되어서야 깨닫게 되었다. 그에 대한 사랑이 그저 스치듯 지나가는 감정이 아니라는 것을.

태준의 여자가 되고 싶어.

그녀는 마침내 고백을 할 마음의 준비가 되었다. 떨리는 심장을 가다듬고 그를 만나러 갔는데 청천벽력 같은 말을 들어버렸다. 그에게 사랑하는 여자가 생겼다고 한다. 말 그대로 날벼락을 맞은 기분이었다.

난 이제야 고백할 자신이 생겼는데, 1년이나 걸렸는데.

다른 여자를 가슴에 품은 그의 얼굴은 행복으로 빛이 났다. 심장이 무너져 내렸다.

고백 한 번 해보지 못하고 포기해야 하는 사랑에 가슴이 찢어지는 것만 같았다. 누구를 붙잡고 울 수도 없어 혼자 울어야 했다.

그녀는 또다시 철저하게 우정으로 돌아갈 수밖에 없었다. 우정이라도 지켜야 했으니까.

그러나 이미 시작되어 버린 사랑은 쉽게 접히지가 않았고, 그러다 보니 연우가 원망스럽고 미워지기 시작했다.

그의 행복을 빌어줘야 한다는 걸 알면서도, 한편으론 그 사랑이 깨져 버렸으면 좋겠다는 못된 바람도 가졌다.

그런데 그 바람이 3년 만에 이루어졌다.

연우에게 다른 남자가 있을 거라고는 상상도 하지 못했다. 두 사람의 사랑이 깊다는 것을 알기에 그녀는 믿기지가 않았다.

연우의 또 다른 남자에 대해서 알게 된 건 순전히 우연이었다. 당시 태준은 아버지가 쓰러지셨다는 소식을 듣고 미국에 가 있을 때였다.

우연히 연우의 카페가 있는 동네에 볼일이 있었는데, 간 김에 태준의 소식도 궁금하고 커피도 한잔 마실 겸해서 찾아갔었다. 그런데 연우를 만나진 못했다. 몸이 좋지 않아 일찍 집에 들어갔다는 말을 전해 들었다.

몸이 많이 안 좋은가?

카페를 나온 그녀는 고민하다가 연우의 집으로 향했다. 걱정이 되어서라기보다, 걱정을 빙자해 그의 소식을 듣기 위함이었다.

엘리베이터가 1층으로 내려오기를 기다리고 있는데, 같은 아파트 주민으로 보이는 아주머니 두 명이 그녀 쪽으로 다가오고 있었다.

'있지, 10층 아가씨 말이야. 요즘 며칠 내내 어떤 남자가 찾아오데?'

그녀의 귀가 쫑긋 세워졌다. 10층 아가씨라 하면 연우였다.

그런데 남자가 찾아오다니…….

'그 아가씨, 앞집 총각하고 사귀는 사이 아니야? 둘이 매일 같이 손잡고 다니던데.'

'그러니까 말이야. 근데 요즘 앞집 남자는 또 안 보이더라고.'

'그래? 헤어졌나?'

'글쎄, 그건 아닌 것 같기도 하고. 일주일 전만 해도 둘이 마트에 같이 장보러 온 거 봤거든.'

'그럼 자네 말은, 10층 아가씨가 두 남자를, 뭐, 요즘 애들 말로 양다리라는 거야? 그 아가씨 그렇게 보이진 않던데.'

'그렇지? 나도 그렇게 생각은 하는데…….'

그때 엘리베이터가 도착하는 동시에 두 아주머니도 말도 멈췄다. 그녀는 그날 연우의 집으로 올라가지 않았다. 아주머니들이 나누던 대화가 지워지지가 않았다.

남자라니, 남자라니. 태준이 집을 비우고 있는 동안에 남자라니.

머릿속이 혼란스러워졌다.

설마, 연우가…….

믿어지지 않았지만, 또 사실이기를 간절히 바랐다.

그래야 그녀에게도 다시 기회가 찾아올 테니까.

그런데 이틀 뒤, 엄마의 등쌀에 떠밀려 맞선이라는 걸 보러 나갔다가 어떤 남자와 함께 있는 연우를 보게 되었다. 장소는 호텔이었는데, 아무래도 그 남자는 아주머니들의 입에 오르내리던 남자인 것 같았다.

그런데 무슨 일인지 남자와 연우의 분위기가 심상치가 않아 보였다. 남자는 연우를 잡고 연우는 뿌리치고…….

더 지켜보지 않아도 짐작되는 상황이었다.

앙큼한 계집애. 감히 태준이 없는 사이에 다른 남자를 만나다니.

순진한 얼굴로 뒤에서 다른 짓이나 하는 여자는 그의 옆에 있을 자격이 없다. 고작 저 정도밖에 되지 않는 여자가 지난 3년 동안 그의 옆을 차지하고 있었다는 사실에 분노가 치밀어 올랐다.

내 사랑을 가로채 놓고선.

그가 알아야 했다. 그래서 미국으로 돌아온 그가 연우를 만나기 전에 알려주었다. 살을 덧붙이긴 했지만 사실은 사실이니까 미안한 마음 따위는 눈곱만큼도 들지 않았다. 물론, 그는 믿지 않았지만.

하지만 두 사람의 관계는 얼마 못 가 깨져 버렸다, 그녀가 바라던 대로.

연우의 배신을 그제야 깨닫게 된 거다. 그가 미국으로 떠난다는 건 예기치 못한 변수였다. 그러나 곧 차라리 그편이 나을지도 모른다는 생각을 했다. 당장은 그가 연우의 곁을 완전히 떠났다는 사실이 중요한 거니까.

그 후, 그녀는 기회가 오기를 기다렸다. 그러나 연우와 헤어진 후 차갑게 변해 버린 그에게 쉽게 고백할 기회는 오지 않았다.

그렇게 또 3년이 흘러 버렸다. 이제는 더 늦기 전에 마음을 털어놓고 싶었다. 그래서 오늘은 굳게 다진 마음으로 고백하기 위해 그를 만나려고 했던 것이다.

처음부터 집으로 찾아오려고 했던 건 아니었다. 그와 전화만 연결되었다면 조용한 카페에서 약속을 잡으려고 했다. 하지만 몇 번이나 휴대폰으로 연락을 해봐도 그의 목소리를 들을 수가 없어 집으로 오게 된 것이다. 그는 집에도 없었다.

내일 하자. 내일은 이 마음을 꼭 전하자.

초인종을 눌러도 열리지 않는 그의 집 현관문을 야속하게 바라보며 유정은 생각했다. 그러나 곧 고개를 저었다. 내일로 미루면 자신이 없어질 것 같았다. 굳게 먹은 이 마음이 움츠러들 것만 같았다, 지난 7년 동안 그랬던 것처럼. 그러면 그녀는 또 언제가 될지 모르는 그때까지 한 발자국도 내딛지 못한 채 제자리걸음을 하고 있어야 한다.

물론 고백을 한다 하여 그가 당장에 그 마음을 받아줄 거라는 기대 따위는 하지 않는다. 처음에는 당황하고 놀라겠지만, 우선 알려만 주고 싶었다. 그녀도 친구이기 이전에 여자라는 것을, 그를 향한 그녀의 마음이 우정이 아니라 사랑이라는 것을. 그러니 한 번쯤은 그녀도 돌아봐 달라는 것을 말이다.

하지만 정작 고백을 받아야 할 당사자가 없었다.

사실 유정의 마음이 이렇게 조급해진 것은 연우 때문이었다. 지금 다시 그의 눈앞에 나타난 연우가 못 견디게 불안했다. 혹여나 그의 마음이 흔들릴까 봐, 그가 또다시 연우에게 가버릴까 봐 하루하루를 애가 타는 심정으로 보내고 있었다.

그 생각이 유정의 마음을 강하게 작용시켰다. 그의 부재에 어쩔 수 없이 아파트 현관을 나서던 유정은 결국 기다리기로 마음을 바꾸었다. 그런데 그때, 태준과 연우가 나란히 한 우산을 쓰고 걸어오는 것을 보게 된 것이다.

더불어 그의 입가에 떠오른 잔잔한 미소까지.

순간 유정은 가슴속에서 불길이 화르륵 솟구치는 기분을 느꼈다. 두 사람은 더 이상 그런 다정한 분위기를 연출해 낼 수 있는 관계가 아니었기 때문이다. 치밀어 오는 감정을 다스릴 수가 없었다.

설마…… 태준의 마음이 정말 흔들리고 있는 것일까?

유정은 더더욱 불안해지기 시작했다. 어쩐지 그 불안이 점점 현실로 다가오고 있는 것 같은 불길한 예감이 들었다.

서태준, 정말 그런 거야? 또…… 이연우인 거야?

당장에라도 방으로 달려들어 가 묻고 싶었다.

어떻게 그래. 그 여자가 너한테 어떤 상처를 줬는데.

그의 어리석음에 화가 났다.

아니야. 아니겠지. 아닐 거야. 그럴 리 없지. 아직 정확하게 태준의 마음을 확인한 게 아니잖아.

유정은 가슴 한편에서 속삭이는 부정의 말에 더 비중을 실으며 스스로를 다독거렸다.

"하아, 결국은 이번에도 못했어."

유정이 처연한 눈빛으로 굳게 닫힌 태준의 방문을 바라보았다.

또 이연우 때문이야. 어떻게 먹은 마음인데.

그 원망이 고스란히 연우에게로 향했다. 그에게 한발 다가서려고 할 때면 항상 연우가 방해를 해온다.

연우만 아니었다면 지금쯤이면 그에게 이 마음을 전했을 텐데…….

그녀가 얼른 집으로 돌아가기를 바라는 듯, 끝내 태준은 거실로 나오지 않았다.

속상한 듯 방문을 바라보던 유정은 조용히 그의 집을 나왔다.

7

　성호의 오피스텔 현관 앞에 선 태준은 손가락에 힘을 주어 초 인종을 꾹 눌렀다. 성호에게 연락이 온 건 지인들과 저녁을 먹고 막 헤어진 후였다. 야근을 하고 집에 들어가는 길인데 맥주 생각이 있으면 집으로 오라는 전화였다. 이미 반주로 소주 한 병을 마신 상태이긴 했지만, 어차피 집에 가서 맥주를 한 잔 더 할 생각이었던 그는 주저없이 이곳으로 발걸음을 돌렸다.

　"왔냐?"

　성호가 현관문을 열자 태준이 성큼 집 안으로 발을 들였다. 그리고 거실 테이블 위에 사들고 온 맥주를 내려놓으며 소파에 앉았다.

“벌써 한잔했나 본데?”

주방에서 맥주잔과 간단한 안주거리를 챙겨 나온 성호가 약간 불그스름한 그의 얼굴을 보며 물었다.

“저녁 먹었다고 하지 않았어?”

“반주로 조금 마셨어.”

“그래?”

성호는 두 개의 잔에 맥주를 따르고 잔 하나를 그에게 건넸다.

“너 어째, 요즘 매일 술로 사는 것 같다?”

“그런가?”

그러고 보니 그런 것 같다. 혼자 마시기도 하지만 이상하게 잡히는 약속마다 거의 술자리였다.

“몸 생각해서 적당히 좀 마셔라.”

“글쎄, 네가 나한테 그런 충고를 할 입장은 아니지 않나?”

더하면 더했지, 결코 덜하지 않은 성호의 입에서 충고가 나오다니. 태준이 피식 웃으며 맥주를 한 번에 들이켰다.

“그건 맞다. 나부터 줄여야 해, 술은. 그치?”

바로 인정을 해버리는 성호의 모습을 기막히다는 듯 쳐다보며 태준은 자신의 빈잔을 다시 맥주로 가득 채웠다.

두 사람이 주고받는 대화는 거의 일 진행에 관한 이야기였다. 그러는 동안 어느새 빈 맥주병은 점점 늘어갔고, 소주를 마시고 와 적지 않은 양의 맥주를 마신 태준은 제법 술기운이 올라와 있었다.

“연우는 자주 보냐?”

성호의 물음에 잔을 입으로 가져가던 태준이 고개를 살짝 한 번 끄덕거렸다. 이틀 전 비 오는 날 우연히 만난 것이 마지막이었다.

“하긴, 물어본 내가 바보지. 안 봐도 뻔한걸.”

잔에 담긴 맥주를 단숨에 비워 버리는 태준을 바라보며 성호는 푹 한숨을 쉬었다. 태준은 아무런 대꾸 없이 또다시 잔에 맥주를 따랐다.

“아무래도…….”

잠시 침묵하고 있던 태준이 조용히 입을 열었다.

“아무래도 뭐?”

“이사를 해야 할까 봐.”

“이사?”

뜬금없는 소리에 성호의 눈매가 찌푸려졌다.

“응.”

“갑자기 왜?”

미국으로 떠나면서도 아파트를 정리하지 않았던 태준이었다. 처음엔 3년 만에 돌아온 태준이 왜 굳이 그 아파트로 다시 들어갔는지 이해는 되지 않았지만, 따로 다른 곳으로 옮길 마음이 없어 보이는 듯해 두 번은 묻지 않았다. 그런데 했어도 진작 했어야 할 이사를 이제야 하겠다니.

무슨 일이 있었던 건가?

"성호야."

약간 취기가 묻어 있는 태준의 음성이 성호를 불렀다.

"말해."

"나는 분명, 아무렇지 않을 자신이 있었거든?"

"……."

"그런데 말이야, 시간이 지날수록 점점 그 자신이 무너지고 있다."

괴로운 듯 깊고 긴 숨을 토해내며 태준이 손으로 얼굴을 쓸어내렸다.

다 잊었다고, 모두 지웠다고 생각했다. 3년이라는 시간이 흐르고 연우는 더 이상 그에게 아무런 존재도 되지 않는다고 장담했었다. 한데 아니었다. 그녀와 재회한 순간, 그녀 때문에 차갑게 멈춰 있던 심장이 그녀로 인해서 다시금 움직이기 시작했다는 것이 느껴졌다.

다만, 그 사실을 인정할 수 없었던 그는 더 냉랭하게 그녀를 대했다. 그러나 비록 겉은 차가울지언정 눈은 항상 그녀를 좇고 있었다. 눈앞에 보이면 원망스러운 마음이 들어 화가 나면서도, 또 안 보이면 궁금해졌다.

미련없이 깨끗하게 잊었으면 원망이든 관심이든 결코 들어서는 안 될 감정들이다. 자신했던 대로 아무 상관 없는 타인으로 그녀를 보아야 했다. 하지만 다시 만난 처음부터 지금까지 그러질 못하고 있다. 문득문득 그녀와의 추억까지 떠올라 그를 괴롭게 만들었다.

결국 마음으로부터 그녀를 온전히 밀어내지 못했다는 사실을 인정해야만 했다. 얼마 전 성호가 머리가 아니라 가슴으로도 그녀와 끝났냐고 물었던 물음에 끝났다고 대답했던 것도 어쩌면 인정하고 싶지 않아 부렸던 억지였는지도 모른다.

정작 끝낸 건 아무것도 없으면서.

"흔들리고 있는 거냐, 연우한테?"

조심스럽게 물어오는 성호의 목소리에 태준은 쓰게 웃었다.

"글쎄……."

설사 흔들리고 있다 한들 무슨 소용 있겠는가. 이미 그녀 곁에는 다른 남자가 있는데. 아니, 아직도 인가?

당당히 연우의 집 안으로 들어가던 남자가 자연스럽게 머릿속으로 떠오르자 태준의 심장이 따끔거렸다. 결정적으로 이사를 고민하게 된 이유도 그 남자 때문이었다. 연우를 찾아오는 그 남자를 더는 보고 싶지 않았다. 그리고 그 모습을 지켜보고도 그녀에게 흔들리는 자신의 마음이 한심스러웠다.

"말 나온 김에 이제 좀 듣자. 내 성격에 오래 참은 거다. 그동안 묻고 싶어도 네가 입 열 때까지 기다렸는데……."

갈증이 나는지 성호가 잠시 말을 멈추고 맥주를 벌컥벌컥 들이켜 댔다. 그리고 잔을 탕, 소리 나게 내려놓더니 다시 말을 이었다.

“유정이 했던 말이 뭐냐? 배신당한 게 연우가 아니라 너라
니? 너희 둘, 대체 무슨 일이 있었던 거냐?”

이번엔 태준이 맥주를 들이켰다. 더 이상 성호에게 숨길 수가
없음을 깨달았다. 유정의 발언으로 어느 정도 짐작은 하고 있겠
지만 그 사실이 전부는 아니었다.

“연우에게 프러포즈를 했었어.”

“프러포즈를?”

성호의 눈동자가 커졌다. 금시초문이었다.

“그런데?”

“거절하더라.”

“어째서?”

“나를 사랑하지만 결혼은 싫대. 영원을 믿지 않는다고. 그리
고…… 자기 자신도 믿지 못하겠대.”

“연우가?”

성호가 미간을 좁혔다. 그 당시 서로를 향한 두 사람의 사랑
을 옆에서 지켜본 사람으로서 당연히 결혼까지 할 줄 알았던 성
호의 입장에서는 태준의 프러포즈를 거절한 연우가 의아스러웠
다.

“그럼 유정이 말한 배신이라는 게 그거냐? 연우가 네 프러포
즈를 거절한 거?”

말을 멈추고 맥주를 비우는 태준을 보며 성호가 채근했다.

“어?”

“후우.”

그때의 기억을 다시 떠올리는 것이 고통스러운 듯 태준이 길게 탄식을 쏟아내며 천천히 말을 이어나갔다.

“아버지가 쓰러지셨다는 연락을 받고 미국에 갔다가 돌아오는 날, 유정이가 공항으로 마중을 나왔어. 그런데…….”

태준은 3년 동안 차마 하지 못했던 이야기를 성호에게 조심스럽게 풀어놓기 시작했다. 그렇게 태준의 말을 들으면 들을수록 그 사실이 믿겨지지 않는다는 듯 성호의 얼굴이 점차 굳어지고 있었다.

한가로운 오후 4시였다. 늘 이 시간대면 손님이 많지 않아서 하루 중 가장 여유롭게 시간을 보낼 수 있었다. 그것을 어떻게 딱 알고 맞춰온 건지 민호가 웃으며 카페 안으로 들어서고 있었다.

“왔어?”

미리 온다는 연락은 없었지만 연우는 미소로 민호를 반겼다. 이미 아는 지인의 회사에 취업한 상태지만 다음 달 중순 무렵에 결혼식을 올리게 되어 그 후부터 출근을 하기로 했다고 들었다. 때문에 결혼 준비를 하는 것 외에 당분간은 시간이 넉넉하다며 별로 특별한 일이 없을 땐 카페에 들렀다.

“커피 줄까?”

연우의 물음에 민호가 머리를 흔들었다.

“아니, 지금은 별로 생각없어. 마시고 싶으면 내가 가져다 마시던가 달라고 할게.”

“그렇게 해, 그럼.”

“근데, 하진 씨가 안 보이네?”

자리에 앉으면서 카페 안을 둘러보던 민호가 하진의 모습이 보이지 않자 의아해했다.

“집안에 행사가 있어서 잠깐 들어갔어. 이따가 8시쯤 온대.”

연우가 민호의 맞은편에 앉으며 대답해 주었다.

“아, 그렇구나. 그럼 내가 잘 온 거네. 여기 있다가 바쁠 때 도와줄게. 저번에 보니까 알바생도 5시 조금 넘어서 퇴근하던데.”

“평일엔 손님이 그리 많지 않아서 괜찮아.”

“그래도 혼자보다는 둘이 낫지 않겠어?”

“시간이 돼?”

“응. 오늘 볼일 다 마치고 이리로 온 거거든. 소연이도 일 끝나면 여기로 오라고 해서 같이 들어가야겠다.”

바로 휴대폰을 꺼내 든 민호가 문자를 입력하는지 손가락을 빠르게 움직였다. 그런 민호를 바라보고 있던 연우의 입가에 부드러운 곡선이 그려졌다.

그때, 손님이 왔음을 알리는 종소리가 딸랑거리며 울렸다.

카페 안으로 들어오는 손님과 정면으로 마주친 연우의 눈매에 자연스러운 미소가 떠어졌다. 그 손님은 성호였다.

연우가 자신에게 다가오는 성호를 보며 자리에서 일어났다.

“선배가 이 시간에 어떻게 왔어?”

“잠깐 짬이 나서 들렀어.”

“그래? 우선 앉아. 커피 줄게.”

“아니…….”

성호가 괜찮다는 말을 하려고 막 입을 여는데 이미 돌아선 연우는 등을 보이고 앞으로 나아가고 있었다. 하는 수 없이 자리에 앉으며 성호는 연우와 함께 앉아 있던 남자를 흘깃 한 번 쳐다보았다.

“그 남자를 아직 만나고 있는 것 같아.”

태준이 했던 말이 저절로 생각났다.

혹시…… 태준이가 말한 남자가 이 남자인가?

솔직히 성호는 카페 안으로 들어왔을 때 남자와 같이 있는 연우를 보고 적잖이 놀랐었다. 연우와 시선이 마주쳐 곧바로 표정을 수습하긴 했지만, 아직 그 마음이 모두 가신 건 아니었다.

연우가 남자와 함께 있다는 사실에 놀란 게 아니다. 단순히 그런 이유였다면 놀랄 필요도 없었다. 하지만 그가 당황스러웠던 건 남자를 향해 다정하게 웃고 있던 그녀의 얼굴, 그리고 당연하다는 듯 그 미소를 받고 있던 남자의 모습, 두 사람 사이에 뭔가 알 수 없는 친밀감 같은 것이 느껴졌기 때문이다.

미치겠네.

태준에게 처음 사실을 듣게 되었을 때 그는 그 사실이 믿어지지도 않았고, 또 믿을 수도 없었다. 그런데 태준의 이야기를 듣고 난 후에 바로 연우와 남자의 다정한 장면을 봤기 때문일까, 성호는 생각이 복잡해졌다.

단 한 번도 연우에게 태준이 아닌 다른 남자가 있다는 느낌을 받은 적이 없었다. 그건 태준이 떠나고 나서도 마찬가지였다. 차라리 태준이 떠난 뒤 만난 남자라면 당연히 새 사람을 만난 연우를 축복해 줘야 마땅하지만……

만에 하나 태준의 말이 사실이고, 건너편 옆자리에 있는 남자가 그 남자라면.

아니야, 말도 안 돼.

성호가 머리를 흔들었다. 조금씩 꿈틀거리며 올라오는 의심의 마음을 떨쳐 버렸다. 필시 무슨 오해가 있을 것이다.

그래, 분명 오해일 거야.

성호는 도무지 믿을 수 없는 사실을 확인하고 싶은 마음에 연우를 찾아왔으면서도 어떤 식으로 말을 꺼내야 할지 난감했다. 밑도 끝도 없이 연우에게 태준이 외에 다른 남자가 있었던 것이 사실이냐고 물을 수는 없지 않은가. 조심스럽고 민감한 문제였다.

"자, 마셔."

"고마워."

김이 모락모락 올라오는 뜨거운 커피가 성호의 앞에 놓여졌다.

"손님이 계신 것 같은데, 내가 공연히 시간 뺏는 거 아니야?"

성호는 맞은편에 앉은 연우를 바라보며 물었다.

"아냐, 괜찮아."

"아, 저는 손님이 아니니까 신경 쓰지 마시고 편하게 대화 나누세요."

성호의 물음에 연우가 고개를 가로저었다. 그리고 곧바로 남자가 넉살 좋은 말투로 끼어들었다.

"아, 예."

예의상 띄운 성호의 미소가 잠시 남자를 향했다.

"그런데 연우야, 이분은 누구셔? 혹시…… 만나는 사람이 생긴 거야?"

성호는 최대한 자연스럽게 처음부터 궁금했던 점을 물어보았다. 그리고 긴장 섞인 마음으로 대답을 기다렸다. 어쩐지 이 질문 하나로 실마리가 조금이나마 풀릴 것 같은 그런 예감이 들었다.

"무슨 소릴 하는 거야, 선배. 아니야."

연우가 기막히다는 듯 웃으며 대답했고, 그 뒤를 이어 남자가 그녀와 같은 반응을 보이며 말했다.

"지금 무슨 말씀을 하시는 건지. 저와 연우는 절대 그런 사이가 될 수 없는 운명이에요. 그리고 저는 따로 임자가 있는 몸이기도 하고요."

"아……."

성호는 어지러운 표정으로 연우와 남자를 번갈아 쳐다보았다.

그런 사이가 될 수 없는 운명이라고? 대체 무슨 관계이기에 운명씩이나.

어째 실마리가 풀리기는커녕 점점 더 엉켜드는 것만 같았다. 단, 한 가지 정확한 건 태준이 말한 남자가 이 남자는 아니라는 거다.

"그럼?"

성호가 연우에게 다시 물었다.

"선배가 오해하기 전에 내가 진작 소개시켜 줬어야 했는데, 요즘 내 정신이 이래. 이 친구는…… 내 동생이야, 선배. 민호야, 너도 인사해. 내 대학 선배야."

연우가 중간에서 민호와 성호에게 서로를 소개시켜 주었다.

"동…… 생?"

두 눈이 휘둥그레진 성호를 보며 연우는 조용히 한숨을 내쉬었다. 성호는 민호에 대해 전혀 모르고 있었다. 놀라운 반응을 보이는 게 당연했다. 일부러 숨기려고 했던 건 아니었는데 민호를 받아들이고 난 후 성호에게는 말할 기회가 따로 없었다.

"안녕하세요, 강민호입니다."

민호가 먼저 성호에게 꾸벅 인사를 하며 자신의 소개를 했다.

"네, 박성호입니다."

얼떨떨한 얼굴로 민호의 인사를 받은 성호가 다시 연우에게 시선을 옮겼다.

"어떻게 된 거야? 네게 동생이 있었어? 친동생?"

"응."

"근데 왜 동생이 있다는 말을 안 했어?"

"3년 전에 만났거든. 한국에 있지도 않았고."

이건 또 무슨 말인지. 동생이 있었는데 3년 전에 만났다니. 한국에 없었다면, 어렸을 때 헤어졌던 동생을 3년 전에 만났다는 뜻인가?

성호는 아직까지 연우의 말이 제대로 이해가 가지 않았다. 그런 이유로 있는 동생을 없다고 숨긴 것은 말이 되지 않는다. 그러다 곧 한 가지 이상한 점을 느낀 성호의 눈썹이 살짝 일그러졌다.

강민호, 이연우.

분명 친동생이라고 했는데, 두 사람의 성이 달랐다. 또 한 가지, 동생이라고 했는데 동생이라는 남자는 누나라는 호칭 대신 연우의 이름을 불렀다. 성호의 의아한 시선이 연우에게 닿았다.

"하지만 성이……."

"그게…… 말하자면 좀 길어, 선배. 나중에 설명할게."

연우는 어색하게 웃으며 말을 아꼈다. 설명을 하다 보면 자연스레 아버지에게 받은 상처를 되새겨야 한다. 솔직히 그녀의 상처를 되새기는 건 문제가 아니었다. 하지만 굳이 이 자리에 있는 민호의 상처까지 들춰내면서 털어놓고 싶지는 않았다.

“그래, 그러자.”

성호는 무언가 사정이 있는 거겠지, 생각을 하며 연우의 말을 받아들였다. 하지만 그새 궁금증이 인 성호가 또다시 질문을 던지고 있었다. 태준이 했던 말이 번뜩, 하고 머릿속을 스쳐 지나갔기 때문이다.

“유정이가 호텔에서 그 남자랑 있는 연우를 봤다더라.”

3년 전이라. 태준이 연우에게 이별의 말만 남기고 떠난 것도 3년 전인데.

“쭉 외국에서 생활하다가 3년 전에 들어온 거야?”

“아니, 그땐 잠깐 왔던 거였어.”

흐음. 잠깐 들어왔던 거면 호텔에서 머물 가능성이 높을 테고.

“혹시…… 태준이도 알아?”

성호는 실례라는 걸 알면서도 질문을 멈추질 못했다. 어쩐지 엉킨 실마리가 곧 풀릴 것만 같은 느낌이 들어 멈출 수가 없었다.

“어?”

“아니, 태준이도 알고 있는지 궁금해서.”

“오빠는 몰라.”

갑자기 그게 왜 궁금하지?

연우는 뜬금없이 태준의 이름을 꺼내는 성호가 이상하다고
느끼며 대답을 해주었다.

"그래?"

"오빠 아버지가 편찮으셔서 잠시 미국에 들어갔을 때, 그때
만났거든."

"아, 그랬구나."

성호는 더 이상 묻지 않았다. 이제 물을 필요도 없었다. 역시
나 오해였다. 3년 전 유정이 호텔에서 본 남자는 연우의 동생이
라고 하는 민호일 확률이 높았고, 태준이 오해한 남자도 연우의
동생일 거라는 확신이 들었다. 여러 가지 정황들을 맞춰보면 모
든 게 맞아떨어졌다.

좀 전에는 민호가 태준이 말한 남자가 아닐 거라고 생각했지
만, 그 남자가 맞았다.

그러니까 결국은, 동생을 연우의 또 다른 남자라고 오해를 했
다는 것인가.

하! 하고 성호의 잇새로 어이없는 탄식이 터져 나왔다.

물론 태준이 연우와 이별을 한 이유가 단순히 그 오해 때문만
은 아니라는 걸 알고 있지만, 아예 아니라고도 할 수 없었다.

아직은 어떻게 없던 동생이 갑자기 나타나 만나게 됐는지 연
우의 사정에 대해서는 알지 못했다. 하지만 그 부분은 그보다는
태준이 들어야 할 것 같았다. 애초에 그의 목적은 오해가 있다
면 그 오해를 풀어줘야겠다는 것이었다. 나머지는 태준과 연우,

두 사람이 풀어나가야 할 문제였다.

달칵.

아파트 안으로 들어서자마다 태준은 안방 문을 열었다. 부모님이 한국으로 들어오시면 살게 될 남양주 집을 다녀오는 길이다. 아침부터 내려가 집을 둘러보며 손볼 것들 좀 보고 돌아왔더니 벌써 캄캄한 밤이었다. 몸이 피곤했다. 우선 편하게 옷부터 갈아입고 싶다는 생각에 막 드레스룸으로 몸을 움직이는데 휴대폰 벨소리가 울려댔다.

“여보세요.”

―너, 인마! 왜 이렇게 연락이 안 돼? 내가 몇 번이나 전화했는지 알아?

“남양주 갔다가 막 집에 왔다. 씻고 전화하려고 했어.”

정확히 성호에게서만 다섯 통의 전화가 와 있었다. 내내 진동으로 해두었던 바람에 미처 전화가 온 것을 모르고 있었다. 아파트 주차장에 차를 세워놓고 내리면서 확인을 했던지라 안 그래도 조금 후에 연락을 해보려던 참이었다.

“무슨 일인데 그래? 급한 일이었냐?”

―그래, 이 머저리 같은 자식아!

“뭐야?”

태준의 이마가 확 일그러졌다.

―나, 오늘 연우한테 다녀왔다.

“그런데?”

—동생이란다, 동생!

“다짜고짜 무슨 말이야?”

—너랑 유정이가 오해했던 연우의 그 남자 말이야. 그 남자가 연우 동생이라고, 자식아!

“너, 연우 찾아간 이유가…….”

말을 잇던 태준의 목소리가 일순 뚝 끊겼다. 설마 자신의 말을 듣고 연우를 찾아간 건가 싶어 화를 내려던 참이었다. 하지만 동생이라는 단어가 불쑥 머릿속에 파고들어 와 잠시 그의 사고를 정지시켰다.

“동…… 생이라니? 누가 누구의 동생이라는 거야?”

—네가 본 남자, 연우 친동생이라고.

“……!”

이어 들려오는 성호의 음성에도 태준은 아무런 말도 하지 않았다. 아니, 할 수 없었다.

—놀랐냐? 하긴, 나도 놀랐는데 넌 오죽하겠냐.

말도 안 돼.

태준은 무너지듯 침대에 걸터앉았다.

동생이라니?

그는 성호가 무슨 말을 하고 있는 것인지 도통 이해할 수가 없었다. 사촌 동생도 하나 없는 그녀에게 친동생이 있다니. 말도 안 된다. 성호가 잘못 전해 듣고 온 게 분명하다.

"네가 잘못 들은 거야."

성호에게 전하는 그의 목소리가 흔들렸다.

―아니, 제대로 들었어. 내 눈으로 오늘 그 동생이라는 남자를 봤거든. 카페에 연우랑 같이 있더라고.

카페에서 그 남자를 봤다고?

그의 마음이 뒤죽박죽으로 뒤엉킨 가운데 성호의 음성이 이어졌다.

―나도 잘은 모르겠는데, 무슨 사정이 있는 것 같더라…….

성호는 민호와 연우에 대해서 들은 것들만 태준에게 설명해 주고 전화를 끊었다. 끊겨진 휴대폰을 손에 든 태준은 한동안 그 자리에서 움직일 수가 없었다. 갑작스럽게 받은 충격에 심장이 멎는 것 같았다.

없던 동생이 갑자기 하늘에서 뚝 떨어질 리가 없다. 성호의 말을 모두 들었는데도 도무지 믿어지지가 않았다.

왜 거짓말을 했을까. 정말 동생이라면 왜, 어째서!

얼마를 그러고 있었을까.

혼란스러운 심정으로 꼼짝도 않던 그가 갑자기 벌떡 일어나 집 밖으로 뛰쳐나갔다. 연우에게 확인을 하고 싶었다. 하지만 그녀의 카페 근처에 도착한 태준은 선뜻 그 안으로 발을 들이지 못하고 있었다.

태준의 시선은 약 50미터 앞에 있는 연우의 카페를 향해 있었다. 그곳을 바라보고 있는 그의 얼굴에는 복잡하고 혼란스러운 감정이 서려 있었다.

아니야. 동생일 리 없어.

주먹 쥔 두 손이 부들 떨려왔다.

하지만 사실이라면…….

심장이 불규칙하게 움직였다.

확인, 얼른 들어가서 확인을 해봐.

감정을 가다듬고 태준이 힘겹게 한 걸음 앞으로 나아갈 때였다. 어느 한 여자의 음성이 머뭇거리며 말을 걸었다.

"저, 혹시……."

태준이 고개를 돌리자 그와 눈이 마주친 여자가 반색하며 인사를 건넸다.

"어? 안녕하세요. 혹시나 했는데 맞네요. 저 기억하세요?"

"아, 네."

크리스마스이브에 연우의 집을 찾아왔던 여자였다.

"이렇게 또 보니 반갑네요. 그런데 여긴 어쩐 일로……."

"소연아!"

그 순간, 한 남자가 여자의 이름을 부르며 다가왔다. 여자가 해맑은 미소를 머금고 옆에 다가온 남자에게 말했다.

"추운데 뭐하러 나왔어?"

"너 마중 나왔지."

남자는 부드러운 어조로 답하며 다정하게 여자의 손을 잡았다. 그때였다. 자연스럽게 남자의 얼굴을 본 그의 표정이 눈에 띄게 경직되었다.

이 남자는……!

"그런데 누구……?"

남자가 그를 쳐다보며 여자에게 물었다.

"아, 연우 언니 앞집에 사시는 분이야. 여기서 우연히 만났어."

"아, 그래?"

"오빠도 한 번 봤다고 했나?"

태준과 남자의 시선이 다시 한 번 허공에서 맞부딪쳤다.

"안녕하세요?"

남자가 인사를 건네왔다. 3년 전 그때, 그리고 얼마 전에도 연우의 집을 찾아왔던 그 남자가 분명했다.

서서히 아래로 내려간 태준의 눈이 남자와 여자가 다정하게 맞잡고 있는 손에 가 닿았다.

설마, 성호의 말이…….

태준의 검은 눈동자가 불안하게 흔들렸다. 간신히 진정시킨 가슴도 다시금 빠르게 뛰기 시작했다.

따뜻한 허브티가 소연의 앞에 놓여졌다.

"아, 좋다."

연우가 가져다준 허브티를 한 모금 들이켠 소연의 얼굴에 웃음 꽃이 피어올랐다. 추위에 얼었던 몸이 스르르 녹는 기분이었다.

"오빠도 마셔봐."

"난 됐어."

소연이 권하자 민호가 고개를 저었다.

"민호 씨, 오늘 고생 많았어요."

하진이 고마움이 담긴 미소로 민호에게 말했다. 집안 행사가 있어 본가에 갔던 하진은 소연이 카페에 들어오기 직전에 돌아왔다. 카페 문을 닫을 시간도 얼마 남지 않아 굳이 카페로 다시 올 필요가 없다는 연우의 말에도 기어코 온 하진이었다.

"뭘요. 전 별로 한 것도 없는데요."

민호가 멋쩍다는 듯 웃어 보였다.

"아, 맞다. 연우 언니."

"응?"

민호에게 머물렀던 연우의 눈이 소연에게로 옮겨졌다.

"방금 요 앞에서 앞집 남자분이랑 우연히 마주쳤어요, 저."

"앞집 남자?"

"왜, 언니 앞집 사는 남자 말이에요."

되물어오는 연우를 보며 자신의 말을 못 알아들었다고 받아들인 소연이 더 정확하게 말해주었다.

"그…… 래?"

연우의 얼굴에 어색한 웃음이 지어졌다.

"네, 인사도 짧게 나눴어요."

"연우 앞집에 사는 남자하고? 서태준 씨 말하는 거야?"

하진이 이마를 좁히며 끼어들었다.

"어? 그분 이름이 서태준이에요? 하진 언니는 그분하고 벌써 통성명까지 했나 봐요."

"한 게 아니라……."

"하진아."

연우는 낮은 목소리로 하진의 입을 막았다. 하진의 입에서 무슨 말이 나올지 빤히 알기 때문이었다. 태준과는 이미 끝난 사이였다. 이제 와서 과거가 되어버린 그와의 관계를 들춰낼 필요는 없었다.

"휴우, 알았어."

하진이 한숨을 내쉬며 어깨를 으쓱거렸다. 연우의 목소리에서 숨은 의미를 단번에 알아차린 것이다.

"어, 두 분 이상해요. 말을 하시다 말고 왜."

소연이 수상하다는 눈빛으로 연우와 하진을 번갈아 쳐다보았다. 하진의 말을 연우가 중지시켰고, 이어 연우와 무언의 눈빛을 주고받은 하진이 입을 다물었으니 그럴 만도 했다.

"이상하긴 뭐가. 그런데 그 남자가 카페 근처에 있었다고?"

"……네."

하진이 은근슬쩍 말을 돌리자 소연이 고개를 갸웃거렸다.

"왜?"

"그거야 저도 모르죠."

"볼일이 있었겠지."

연우가 간단하게 정리하듯 대답했다. 이 자리에 없는 사람의 이야기를 하고 싶진 않았다. 그 사람이 태준이라면 더욱이.

"그 남자야말로 이상하던데?"

가만히 듣고만 있던 민호가 불쑥 말을 꺼냈다.

"이상하다뇨? 뭐가요?"

다시 하진이 물었다.

"내가 인사를 하니까 알 수 없는 눈으로 쳐다보더라고요. 표정도 별로 좋지 않았고. 소연이가 커피 한잔 마시고 가라는……."

그때였다. '딸랑' 하고 카페 문 열리는 소리에 민호는 하던 말을 멈추었다. 문 닫을 시간이 다 되었는데 손님이 들어온 모양이다.

"어?"

카페 안으로 들어서는 남자를 본 소연의 눈이 휘둥그레졌다. 민호의 눈썹 역시 슬쩍 찌푸려졌다. 호랑이도 제 말 하면 온다더니. 소연의 커피 한잔 마시고 가라는 제의에는 아무 반응도 보이지 않더니만, 불과 10분밖에 지나지 않았는데 제 발로 찾아 들어왔다.

"저 남자가 여긴 웬일이라니?"

하진이 연우의 옆구리를 쿡 찌르며 작게 속삭였다.

"근처에 왔다더니, 너 만나러 온 거 아냐?"

두 사람의 말을 뒤로하고 연우는 자리에서 일어섰다. 태준의 깊은 눈빛이 그녀를 찌를 듯이 바라보고 있었다.

무슨 일이지?

방금 전 민호의 말대로 그의 얼굴은 좋아 보이지 않았다. 입매와 눈빛이 딱딱하게 굳은 상태였다. 연우가 천천히 그에게로 다가가며 입을 열었다.

"여긴 어쩐 일이야?"

그녀가 물었지만, 그의 입술은 열리지 않았다. 그렇다고 그녀에게 닿은 시선을 거둔 것도 아니었다. 그의 눈빛을 고스란히 받고 있던 연우는 이상하게 입이 바짝 말라왔다. 무언가 심상치 않은 기운이 느껴져 저도 모르게 긴장이 된 것이다.

"서태준 씨."

연우가 나지막하게 그의 이름을 불렀다.

"할 말이 있어. 물어볼 것도 있고."

마침내 태준의 입술이 떨어졌다.

8

고요한 침묵 속에 도로 위를 달리던 태준의 차가 멈춰 선 곳은 집 근처 공원이었다. 할 말과 물어볼 말이 있다던 태준을 따라나선 연우는 차창 너머로 공원의 야경을 바라보며 침묵을 깨뜨렸다.

"할 말이 뭐야? 물어보고 싶은 건 또 뭐고."

여전히 딱딱하게 굳어 있는 그의 모습에, 결코 가벼운 얘기는 아닐 거라는 짐작은 어느 정도 하고 있었다.

"카페에 있던 남자."

목이 잠긴 듯한 음성으로 태준이 입을 열었다. 차창 밖으로 시선을 두고 있던 연우가 그를 돌아보았다. 왜 처음 말문을 연 그의 입에서 민호의 존재가 흘러나오는 것인지 모르겠다는 표정으로.

"네 동생이라는 게 사실이야?"

말하지 않은 것을 그가 알고 있다는 것에 대해 연우는 놀라지 않았다. 낮에 다녀간 성호에게 충분히 들을 수 있는 일이니까.

물어보고 싶다는 것이 민호의 존재였나?

"응."

연우는 짧게 대답했다.

"오늘 성호가 본 사람도, 네 동생이라는 그 남자가 맞아?"

"어."

연우의 시선이 다시 앞을 향했다.

어째서 계속 민호에 대해서 묻는 걸까? 동생이 있다는 사실을 과거에 미리 밝히지 않아서 기분이 안 좋은 건 아닐 텐데. 그녀에게 없는 줄 알고 있었던 동생의 존재를 이제야 알게 되었다는 것만으로는, 그가 이토록 심각한 모습을 보이는 이유가 되지 못했다.

"하아."

태준이 무거운 숨을 몰아쉬며 천천히 두 눈을 감았다. 심장이 따끔거렸다.

그녀의 입으로 사실을 인정하는 대답을 듣게 된 지금, 또다시 그는 가슴이 미어지고 찢어지는 듯한 아픔을 느꼈다.

동생이라는 게 사실이라니. 연우와 만나는 3년 동안 동생에 대해서는 아무것도 들은 것이 없었는데. 왜 아무런 말도 하지 않은 거지? 어째서 거짓말을 한 거야, 왜.

"후우."

나오는 건 한숨뿐. 묻고 싶은 것도, 하고픈 말도 많았다. 하지만 태준은 무슨 말을 어떻게 시작해야 할지가 막막했다. 단 하나, 우선은 그 어떤 말보다 그녀에게 먼저 용서를 구해야 한다는 것은 알고 있었다.

"미안하다."

고통 섞인 태준의 말이 연우에게 전해졌다. 갑작스런 사과에 그녀의 눈이 찬찬히 그에게로 옮겨졌다.

미안하다니, 무엇에 대한 미안함을 말하는 것일까. 헤어지자는 말 한마디만 던져 놓고 떠나 버린 것에 대한?

연우는 고개를 저었다. 그것에 대한 미안함을 이제 와, 그것도 돌아온 지 한 달이 지난 이 시점에 전하는 건 아닐 것이라고 생각했다. 더구나 민호의 이야기를 물어보다 말고 말이다.

"내가 널…… 오해했어."

그것도 너무나 큰 오해를, 쉽게 용서받지 못할 오해를.

"미안해."

그의 음성이 다시 한 번 그녀의 귀를 파고들었다.

"오해라니?"

이 순간 '오해' 라는 단어를 이해할 수 없다는 듯 연우가 그에게 물었다. 아직 대답을 듣기도 전인데 왠지 모르게 마음이 불안했다.

"네 동생이라는 그 남자."

또다시 그의 입에서 민호가 언급되었다.

"3년 전에 봤어."

3년 전에 민호를 봤다니. 연우의 눈이 가늘게 좁혀졌다.

"어떻게……."

"우리 아파트 앞에서."

"아파트 앞……?"

"나, 미국에서 돌아오던 날 밤에."

그날은 그녀의 기억에도 여전히 남아 있었다. 민호를 찾아가 두 번 다시는 자신의 앞에 나타나지 말라는 말을 던지고 왔던 날 밤, 민호가 술에 취한 채 아파트 앞에서 그녀를 기다리고 있었고, 술에 취해 몸을 제대로 가누지 못하는 민호를 집 안으로 들였다.

그런데 얼마 지나지 않아 태준이 초인종을 눌렀다. 쓰러지셨다는 아버지의 소식을 듣고 미국에 갔던 그가 예정보다 하루 먼저 들어온 것이다.

그때, 또 하나의 기억이 그녀의 머릿속을 번뜩 스쳐 지나갔다.

"누가 있어?"

현관문을 열고 서 있는 그녀에게 그가 집 안을 가리키며 물었었다.

"아, 아니, 지금 청소 중이었어. 그래서 좀 안이 어지러워. 오빠 집으로 가."

순간, 그녀는 저도 모르게 거짓말을 해버렸다. 예기치 못한 상황에 당황했던 것이다.

혹시…… 오해를 했다는 것이?

심장이 빠르게 고동치기 시작했다. 연우는 부들부들 떨리는 손끝을 모아 쥐었다. 하지만 떨림은 쉬이 진정되지 않았다.

"그 애를, 오해했다는 말을 하는 거야?"

그녀가 간신히 끄집어낸 듯한 목소리로 그에게 물었다.

"……어."

"내가 다른 남자를 만났다고 생각한 거야? 그것도 오빠가 없는 틈을 타?"

어떻게 그런 오해를 할 수 있었을까. 자신을 고작 그 정도의 여자로밖에 생각 안 한 거야?

그럼, 설마…….

연우의 차가운 눈빛이 그에게 향했다.

"하나만 물을게."

"……."

"헤어지자고 한 이유가, 그 애 때문이었어?"

연우는 그의 입에서 부정의 대답이 흘러나오길 바라며 물었다. 제발 자신을 떠난 이유가 그 사실은 아니기를 바랐다.

"그 이유가 다는 아니지만, 아니라고는 말 못해."

바람과 달리 그는 부정하지 않았다. 그녀는 떨리는 입술을 아프게 베어 물었다.

그는 왜 헤어지자고 했을까. 그는 왜 떠난 것일까. 그가 떠난 후 수백 번, 수천 번 생각하고 또 생각 했었다. 그런데 그 이유를 오늘에서야 알게 되었다.

가슴이 답답하다. 아니, 아픈 건가?

연우는 이 자리를 견디기가 힘들었다. 그와 함께 있는 이 공간이 숨이 막히도록 갑갑해졌다.

연우는 조수석 문의 잠금장치를 풀어버렸다. 태준이 차에서 내리려는 그녀의 손목을 황급히 붙잡았다.

"이연우."

"이거 놔."

그녀가 그에게 잡힌 손을 빼내려 했지만 소용없었다.

"아직 얘기 다 안 끝났어."

떠난 이유를 알게 된 것만으로도 힘들고 괴로운데, 무슨 말을 더 들으라고.

"놔줘."

연우가 얼음장 같은 목소리로 말했다.

“연우야.”

“무슨 말을 더 해? 결국 나에 대한 믿음이 없었다는 거잖아.”

“너에게 믿음이 없었던 게 아니야.”

“아닌데 그런 오해를 해?”

자그마치 3년이다. 그 시간을 어떻게 보내고 어떻게 견뎠는데. 얼마나…… 아팠는데.

“그날, 유정이한테 호텔에서 남자와 함께 있는 너를 봤다는 말을 들었어.”

예상치 못한 소리에 연우가 고개를 돌려 그를 바라보았다. 또 다른 사실을 알게 되어버린 연우의 마음이 점점 더 속도를 내어 요동을 쳐댔다.

“남자와 너의 분위기가 심각해 보이더라고 했어.”

그리고 그다음 그의 입에서 흘러나온 말은, 그가 미국으로 간 후로 매일같이 그녀에게 남자가 찾아온다는 소문에 대해서였다. 그녀는 민호가 찾아옴으로써 아파트에 그런 소문이 나 돌았다는 것은 꿈에도 몰랐었다.

그래서 오해의 시작이 거기서부터냐고 따져 묻고 싶었지만, 마치 벙어리가 된 듯 목소리가 나오지 않았다.

“믿지 않았어. 말도 안 되는 헛소리라고 치부해 버리면서 왔는데, 아파트 앞에서 네가 남자랑 있는 걸 봤어. 처음엔 너를 붙잡는 남자에게 거절의 몸짓을 보이는 네 모습에 당장에 달려가 그 자식을 떼어놓으려 했어. 그런데 끝내는 너도 그 남자를 안

아주었어. 그 남자를 바라보는 너의 눈빛이……."

태준이 잠시 말을 멈추고 숨을 골랐다. 그 역시 그때의 순간을 떠올리는 것이 고통스러웠던 것이다. 긴 한숨을 토해내며 그가 다시 말을 이었다.

"그 눈빛에 차마 난 다가가지 못하고 있는데, 연우 네가…… 그 남자를 집으로 데리고 들어가더라."

"왜, 왜 묻지 않았어?"

연우의 목소리가 갈라졌다. 그가 돌아보는 것이 느껴졌다. 그녀는 거짓말한 것을 알면서도 왜 모른 척했냐고 물었다.

"처음 내 마음을 받아주던 날, 네가 말했어. 남자의 사랑 같은 거 믿지 않는다고. 그 말에 난 네게 나 이전에 만났던 남자에게서 지독한 상처가 있는 줄 알았어. 그 상황에서 난 그 남자가 네게 상처를 남긴 남자일 거라는 판단을 했고, 그래서 네가 말하고 싶지 않은 거겠지 생각했어. 그게 아니라면 네가 거짓말은 하지 않았을 테니까."

이어 태준은 스스로를 믿지 못한다는 이유로, 영원을 믿지 못한다는 이유로 그와의 결혼을 끝끝내 거절한 그녀에게 느꼈던 서운함, 절망감, 배신감, 그리고 상처까지 솔직하게 모두 털어놓았다.

"하아."

숨이 막혔다. 그의 독백과도 같은 말이 끝나자 무언가 가슴을 옥죄는 듯한 느낌이 들었다.

연우는 조수석의 문을 열고 차에서 내렸다. 겨울의 차가운 바람이 온몸으로 스며들었다. 찬 기운에도 꽉 막힌 가슴은 좀처럼 트이지가 않았다.

"연우야."

뒤따라 차에서 내린 그가 그녀의 앞을 가로막았다.

"비켜."

그녀의 서늘한 눈빛이 그를 올려다보았다.

"이연우."

"부탁이야. 이대로 보내줘."

모든 것이 혼란스러웠다. 지금은 더 이상 그를 마주하고 있기가 힘에 겨웠다. 1초라도 빨리 이곳을 벗어나고 싶은 마음뿐이었다. 그렇게 그대로 그를 지나친 연우는 무작정 걸었다. 어디로 갈 것인지, 목적지도 정해놓지 않고 걷고 또 걸었다.

시간은 거의 자정을 향해 달려가고 있었다. 샤워를 마치고 편한 옷으로 갈아입은 하진은 곧장 침대 속으로 뛰어드는 대신 소파를 택했다. 그녀의 손에는 막 냉장고에서 꺼낸 맥주 한 캔이 들려 있었다. 몸이 조금 고단하기는 했지만 쉽게 잠이 올 것 같지 않아 캔 맥주를 딱 한 개만 마시고 잠자리에 들 생각이었다.

"캬아, 좋다!"

리모컨으로 채널을 이리저리 돌려가며 시원한 맥주 한 모금을 들이켠 하진의 입에서 감탄사가 절로 터져 나왔다.

“그나저나, 연우는 집에 들어갔으려나?”

카페로 찾아온 태준과 함께 나간 후로 연우에게서 아무런 연락이 없었다. 평소라면 카페 문은 잘 닫았냐고 전화가 왔어도 벌써 왔을 텐데 감감무소식이었다.

“한번 해볼까?”

캔을 테이블 위에 내려놓은 하진은 휴대폰을 찾아 연우에게 전화를 걸어보았다.

─전화를 받지 않아 음성사서함으로 넘어갑니다…….

아직 집에 안 들어간 건가? 연우가 전화를 받지 않았다.

“어? 왜 전화를 안 받지?”

하진이 고개를 갸웃거렸다.

“뭐, 무슨 일이야 있겠어.”

하진은 마음을 편히 먹었다. 걱정이 안 되는 건 아니었지만 그래도 한때는 연인이었고, 지금은 이웃사촌이니 크게 걱정할 문제는 없을 것이다.

“그건 그렇고, 소연 씨는 어떻게 그런 생각을 했을까?”

생각할수록 어처구니가 없어서 절로 웃음이 나왔다. 태준이 연우를 데리고 나갔을 때 소연의 표정은 가관도 아니었다. 쩍 벌어진 입을 한동안 다물지를 못했다. 민호는 이 상황을 가늠해 보는 듯 혼자만의 생각에 빠져 있었다.

“저…… 하진 언니, 앞집 남자가 왜 연우 언니를…….”

사태 파악이 쉽게 되지 않는지 소연이 멍한 눈으로 하진을 바라보았다.

"아니, 연우 언니랑 앞집 남자…… 서로 아는 사이인 거예요?"

"아마도요."

하진이 어깨를 들었다 내리며 인정했다.

"어떻게요?"

소연의 물음에 하진은 고민했다. 어쩐지 연우가 별로 알리고 싶지 않은 것 같은 눈치를 보였기 때문이다. 그러다가 곧 그건 태준이 연우를 찾아오기 전의 일이었고, 두 사람이 함께 나간 이상 어차피 알게 될 일이라는 생각에 하진은 입을 열었다.

"연우, 전 애인이에요."

"네에? 저, 전 애인이오?"

소연의 눈동자가 화등잔만 하게 커졌다. 하지만 그것도 잠시뿐이었다. 소연은 곧 울상을 지으며 중얼거렸다.

"나, 난 그것도 모르고."

"왜요?"

"왠지 연우 언니랑 앞집 남자분이랑 잘 어울릴 것 같아서, 서로 잘되게 해주면 어떨까 하고 오빠한테 얘기한 적이 있었거든요."

"연우 있는 자리에서요?"

"네. 언니도 좋은 남자 만났으면 하는 바람에. 앞집 남자분, 좋으신 분 같아 보이셔서."

소연이 축 늘어진 어깨로 힘없이 대답했다.

“하긴 겉으로 보기엔 완벽한 남자이기는 하지, 그 인간이.”

별로 인정하고 싶지는 않지만 사실은 사실인지라 쿨하게 인정했다.

생각에서 벗어나 다시 채널을 돌려대던 하진은 입담 좋은 MC가 진행하는 예능프로에 채널을 고정시켰다. 그리고 아직 다 못 마신 맥주에 손을 뻗으려고 하는데 초인종 벨소리가 울렸다.

느닷없이 울리는 초인종 소리에 하진의 눈썹이 살짝 찌푸려졌다.

하진의 빌라를 찾는 사람은 극소수였다. 특히나 자정이 다 되어가는 시간에 그녀를 찾아올 사람은 더더욱 없었다.

누구지, 이 시간에?

하진이 소파에서 일어나 현관으로 걸어갔다. 이어 현관문에 달린 조그만 구멍으로 늦은 시간에 찾아온 방문자를 확인한 순간 한 치의 망설임도 없이 문을 열었다.

“너…….”

방문자는 다름 아닌 연우였다.

“너, 대체 이게 무슨 꼴이야?”

하진은 깜짝 놀란 표정으로 서둘러 연우를 집 안으로 데리고 들어왔다. 이 추운 겨울날 밖에서 얼마나 떨고 있었던 것인지 그녀의 몸이 꽁꽁 얼어 있었다. 하진은 우선 보일러 온도를 더 높이고 이불로 그녀의 몸을 덮어주었다. 그리고 바로 주방으로 가 보리차를 뜨겁게 끓여 가지고 나왔다.

"이것 좀 마셔봐."

연우가 느릿하게 고개를 저었다.

"몸을 녹여야 할 것 아냐."

하진이 말했지만 소용없었다. 몇 번 더 건네봤지만 도무지 말을 들어먹지를 않았다. 그렇다고 뜨거운 걸 억지로 입안으로 떠 넣을 수도 없었다.

이 고집불통 같으니!

하진은 하는 수 없이 잔을 테이블 위에 내려놓았다.

"전화는 받지도 않더니, 무슨 일 있었던 거야?"

불과 5분도 되지 않았다. 전화를 받지 않아 신경이 쓰이긴 했지만, 그래도 믿을 만한 사람하고 같이 있으니 별걱정 안 하고 있었는데.

"하진아……."

연우가 처음으로 새파랗게 질린 입술을 움직였다.

"그래, 나야. 무슨 일이야, 응?"

차라리 소리 내어 울기라도 하지.

금방이라도 눈물을 흘릴 것 같은 얼굴을 하고 있었지만 애써 참고 있는 것 같은 연우의 모습이 너무 애처로웠다.

할 말이 있다고 데리고 나가더니, 대체 무슨 소리를 했기에 애가 이러는 거야?

모든 원망이 고스란히 태준에게로 향했다. 정말이지 하나부터 열까지 모든 것이 마음에 차지 않는 인간이었다.

"얼마나 밖에 있었던 거야? 또 몸살을 앓고 싶어서 그래?"

걱정스럽고 속상한 마음에 하진이 다그치듯 말했다.

"그 사람이 뭐라고 했기에 네가 이 꼴로 날 찾아왔냐고."

하진이 물었지만 연우는 다시 말문을 닫아버렸다. 뭐라고 말해야 할까. 그녀도 아직까지 정리가 다 되지 않는 사실들을 어떻게 말해야 할까.

"후우."

여전히 무거운 돌덩이가 가슴을 짓누르고 있는 듯한 기분이다. 답답하고 아프다. 괴롭기도 하고 화도 났다.

그런데 이연우, 네가 화를 낼 자격이 있는 거니? 너를 믿지 못하고 오해했던 그를 원망할 자격이 있는 거야?

당황스러움이 가져온 한순간의 거짓말이 큰 오해를 불러왔다. 아버지가 편찮으시니 결혼을 서두르고 싶다는 그의 말에도 결혼만큼은 싫다고 했다. 그녀는 결혼한 후 사랑이 식어버리는 것에 대한 두려움이 있었다. 사랑했던 마음이 시들어 엄마처럼 아버지에게 버림을 받지는 않을까, 반대로 그녀가 그를 버리고 싶어지면 어쩌나 하는 그런 두려움 같은 것 말이다. 모든 상황을 듣고 나니, 수없이 그의 입장에서 생각을 돌이켜 보니 그의 상처도 아픔도 이해는 되었다.

하지만…… 이해는 되지만, 그래도 그런 식으로 이별을 고하고 떠나 버린 그에게 원망스러운 마음이 드는 건 어쩔 수가 없었다.

차라리 말을 하지 말지. 지난 3년처럼 그랬듯이 아무 말도 하지 말지. 이제 와 말한다고 해서 뭐가 달라진다고.

어차피 이미 끝나 버린 사랑이다. 3년 전으로 되돌아갈 수도, 되돌릴 수도 없었다.

"하진아."

하진의 이름을 부르는 그녀의 음성이 구슬프게 울렸다.

"그래, 말해."

"나, 바람 쐬고 싶어."

"바람?"

"응."

답답한 가슴을 시원하게 트이게 해줄 수 있는 곳이라면 어디든지 좋았다. 아니, 지금 당장은 서울을 벗어날 수만 있다면 그게 어디든 상관없었다.

"바람이라…… 그럼, 바다 보러 갈래?"

바람을 쐬고 싶다는 연우의 한마디에 하진은 두 번 고민하지 않았다. 다음날 늦은 아침, 바로 행동으로 옮겼다. 카페 문에는 '이틀간 임시 휴업'이라는 메모를 남겨놓았고, 연우가 집으로 가서 갈아입을 옷가지들을 챙겨오는 번거로움 대신 가까운 매장에서 옷과 속옷을 구입해 바로 1박 2일의 짧은 여행길에 올랐다. 여행지는 강릉이었다.

"어때? 기분이 좀 나아졌어?"

커피를 뽑으러 갔다가 돌아온 하진이 연우에게 물었다. 그리고 막 자판기에서 뽑은, 김이 모락모락 올라오는 커피가 든 종이컵을 건네주었다.

"어, 좋아."

연우는 입가에 잔잔한 미소를 띠어 보였다. 눈앞에 펼쳐진 아름다운 바다의 전경에 꽉 막힌 듯 답답했던 가슴이 한결 나아졌다.

"다행이네."

역시 1박 2일의 여행은 너무 짧아 아쉬움도 많았다. 고작 하루 머물렀을 뿐인데, 이 커피 한 잔만 마시고 나면 다시 서울로 돌아가야 했다.

"고마워, 유하진 양."

"뭐가?"

하진이 동그랗게 뜬 눈으로 그녀를 돌아보았다.

"바다에 데리고 와줘서."

"난 또 뭐라고."

하진은 싱겁다는 듯 피식 웃었다. 그래도 어제보다 얼굴빛이 좋아 보이는 연우를 보니 그녀의 속상했던 마음도 조금은 가라앉았다.

그제 밤, 하진은 태준에게 무슨 이야기를 듣고 이토록 아파하는 거냐고 더 이상 묻지 않았다. 겉모습만으로도 충분히 태준과 나눈 대화가 좋지 않았다는 것을 짐작할 수 있었고, 궁금했지만 참기로 했다. 힘들어하는 연우의 모습에 속이 상하긴 했지만 그녀가 입을 열 때까지 기다리기로 했다. 그리고 하루가 지난 어젯밤이 되어서야 모든 상황들을 듣게 되었다.

"와, 무슨 그런 인간이 다 있어? 3년을 만났으면서 제 여자를 믿지 못하고 오해했단 말이야? 그것도 민호 씨를?"

처음에는 격분하며 화를 냈다. 그럴 수밖에 없었다. 그녀는 연우의 친구였고, 아무래도 연우보다는 남자 쪽인 태준의 실수만 귀에 쏙쏙 들어왔던 것이다. 말도 없이 떠난 그를 잊지 못하고 오래토록 아파했던 모습을 고스란히 옆에서 지켜보았기 때문에 연우가 받은 상처만 생각했다. 태준만 못된 놈이라 욕했다.

가까스로 흥분된 마음을 진정시키고 잠자리에 누웠지만 쉽게 잠이 오지 않았다. 연우도 그러한 듯 몸을 이리저리 뒤척이는 게 느껴졌다.

하진은 다시 한 번 연우가 털어놓은 사실들을 머릿속에 떠올렸다. 연우와의 관계를 벗어나 순전히 제삼자의 입장에서 생각해 보았다.

그리고 그 결과가 무조건 이전처럼 태준만을 나쁜 놈이라 욕할 수가 없다는 것이었다. 그의 잘못이 크긴 하지만, 결혼을 거절할 수밖에 없었던 사정이나 민호에 대해서 솔직하지 못했던 연우도 책임은 있었다. 모든 정황을 정리해 보니 전부는 아니지만 그래도 조금은 태준의 입장도 이해는 되었다.

"연우야."

"응?"

연우가 하진에게 고개를 돌렸다. 바다에서 불어온 찬바람이 그녀의 긴 머리카락을 흐트러뜨렸다.

"너도 그 사람한테 말해줘야 하지 않을까?"

"……."

"네가 왜 결혼을 거절했는지, 왜 민호 씨에 대해 사실을 말하기 싫었는지."

연우는 아무 말 없이 잠잠히 듣고만 있었다. 그런 그녀를 쳐다보다 바다로 시선을 돌린 하진이 말을 계속 이어나갔다.

"네 남자에게 솔직하지 못했던 너도 잘했다고 볼 수는 없으니까. 이미 시간도 많이 흘렀고, 이제 와 사실을 말한들 그때로 돌아갈 수는 없지만… 연우야, 사랑하는 여자에게 프러포즈도 거절당하고, 사랑하는 여자를 오해하고 떠났던 그 사람도 지난 3년 동안 마음이 편하지만은 않았을 거야. 그런데 그 오해가 사실이 아니라는 걸 알게 되었으니, 그 사람 심정도 말이 아니겠지. 늦었지만 그 사람도 네 사정을 알아야 하지 않을까?"

"그래야겠지?"

연우는 잔잔하게 물결치는 넓고 푸른 바다를 바라보았다.

하진의 말이 아니었더라도 서울로 돌아가면 그를 만나야겠다는 마음을 가지고 있었다. 처음에는 원망만 했던 그녀도 하진처럼 그의 입장을 어느 정도 이해하게 되었으니까. 그가 그러했듯이, 이제는 그녀가 말할 차례였다.

"하아."

연우의 입에서 한숨이 흘러나왔다. 조용히 내쉰 그녀의 한숨은 불어오는 바람에 실려 날아갔다.

쪼르륵.

태준의 착잡한 마음과는 달리 소주가 맑은 소리를 내며 잔에 채워졌다.

벌써 어제부터 오늘까지 이틀째다. 아니, 정확히 그저께 밤 그와 헤어진 후부터였다. 어디로 간 것인지 연우의 모습이 보이지가 않아 애가 탔다. 혹시나 하고 카페에도 찾아가 봤지만 카페 문은 '임시 휴업'이라는 메모만 걸린 채 굳게 닫혀 있었다.

"그렇게 혼자 보내는 게 아니었는데."

하지만 단호한 얼굴로 보내달라는 그녀를 그는 차마 붙잡을 수가 없었다.

"무슨 일 있는 건 아니겠지?"

"걱정하지 마."

태준의 혼잣말을 들은 성호가 불쑥 위로 아닌 위로의 말을 건넸다. 그의 눈썹이 단번에 찌푸려졌다.

“하진 씨랑 같이 있을 거니까, 걱정 그만하라고.”

“네가 그걸 어떻게 알아?”

“카페 문도 닫혔다며? 연우 혼자 어딜 간 거라면 카페 문이 왜 닫혔겠냐? 둘이 같이 간 거니까 닫힌 거야.”

성호는 차마 그 뒤에 이어질 ‘답답한 자식아’ 라는 말은 하지 못하고 소주와 함께 목구멍 안으로 삼켜 버렸다.

“그래도 정 안 되겠으면 전화라도 걸어보던가.”

“전화?”

“그래. 휴대폰 뒀다 뭐에 쓸래? 그리고 너 안절부절못하는 모습 더는 못 봐주겠다. 그러게 있을 때 잘하지.”

태준이 사나운 눈으로 성호를 노려보았다. 소주나 한잔하자고 성호에게 전화가 걸려온 게 한 시간 전이었다. 그가 나간 사이 혹시나 연우가 돌아오지는 않을까 하는 마음이 들었고, 그렇잖아도 술을 한잔하고 싶었던 그는 성호를 집으로 불렀다. 그런데 지금은 후회가 막심했다. 오자마자 기회를 잡았다는 듯이 그의 심기를 살살 건드리고 있었다.

태준은 테이블에서 휴대폰을 집어 들었다. 하지만 선뜻 전화를 걸지 못하고 애꿎은 휴대폰만 만지작거리고 있었다.

“뭐하냐?”

“그게…….”

태준이 머뭇거리며 말을 꺼냈다.

“연우, 번호가 뭐냐?”

“뭐?”

“연우 바뀐 전화번호가 뭐냐고.”

그러니까 휴대폰 번호를 몰라서 못 걸고 있었던 거다? 성호가 기가 차다는 듯 헛웃음을 터뜨렸다.

“연우 번호 그대로야, 인마.”

“뭐?”

“3년 전에 쓰던 번호 그대로라고.”

“번호, 안 바뀌었어?”

“그래.”

태준은 말없이 손에 든 휴대폰을 내려다보았다. 흐른 시간이 있는 만큼 당연히 바뀌었을 거라 생각했는데.

“설마, 그 번호도 잊어버린 거냐?”

아니, 천만에. 잊어버리지 않았다. 3년 전에 쓰던 그 번호 그대로라면 아직까지 그의 머릿속에 뚜렷하게 남아 있었다.

태준은 빠르게 그녀의 번호를 누르고 휴대폰을 귀에 가져갔다. 그러나 1초도 채 지나지 않아 통화를 종료했다.

“왜?”

휴대폰을 제자리로 내려놓고 한숨짓는 그를 바라보며 성호가 물었다.

“꺼져 있어.”

“그래? 기다려 봐, 하진 씨한테 한번 해볼게.”

하나 잠시 후 성호도 마찬가지로 하진의 목소리를 들을 수는 없었다.

"둘 다 배터리가 다 됐나 보네. 거봐, 둘 다 휴대폰 꺼져 있는 거 보면 같이 있는 거라니까."

성호는 다시 한 번 하진을 강조하며 그의 마음을 안심시켰다.

"그나저나, 이제 어떻게 할 거야?"

"뭘?"

"연우하고 말이야."

태준은 대답 대신 쓰디쓴 소주를 들이켰다.

"후회돼?"

"후회…… 되면?"

후회한다. 미치도록 후회하고 또 후회되었다. 하지만…… 만약, 만에 하나 그녀가 거짓말을 하지 않았다면, 동생의 존재를 사실대로 말해주었다면 상황이 달라졌을까. 지치지 않을 수 있었을까. 그녀의 마음이 결혼을 받아주기만을 바라며 기다릴 수 있었을까. 생각하고 또 생각해 보았다. 그리고 그 생각의 끝은, 다른 남자에게 받은 상처 때문에 그를 계속 밀어낸다는 느낌을 받지 않았더라면 기다렸을 거라는 것이었다. 그 느낌은 그녀가 준 것이 아니라, 그 스스로 혼자 느낀 느낌이었다. 그런 이유 때문에 거절하는 건 아닐 거야, 아니겠지 하면서도 자꾸만 드는 생각에 괴로웠었다.

"다시 시작하고 싶은 거냐?"

"연우가 날 용서하고 받아줄까?"

성호의 물음에 그가 자조적으로 쓰게 웃음을 흘렸다. 그녀에게 깊은 상처를 남긴 주제에 다시 시작하고 싶은 자신의 마음을 비웃었다.

"쉽지는 않겠지. 3년이란 시간은 결코 짧은 시간이 아니니까. 하지만 연우에 대한 네 마음이 변하지 않았다면, 다시 시작하고 싶다면 매달려야지."

"매달리면 받아줄까?"

"그거야 너 하기……."

그때였다. 갑자기 울리는 초인종 소리로 인해 성호의 말이 중단되었다.

"누구 올 사람 있어?"

"아니."

짧게 대꾸하며 태준은 소파에서 일어났다. 거실 벽면에 부착되어 있는 월패드로 방문자를 확인한 순간, 그의 심장이 두근두근 뛰기 시작했다.

"너……."

태준이 급하게 현관문을 열자, 그 앞에 연우가 서 있었다. 안절부절못하고 기다리던 그녀가 이틀 만에 돌아왔다.

"잠깐 들어가도 돼?"

연우는 이틀 전과는 달리 담담한 어조로 그를 올려다보며 물었다.

"들어와."

태준은 옆으로 살짝 비켜서며 그녀를 안으로 들어오게 했다. 그녀가 거실로 들어서자 소파에 앉아 있던 성호가 몸을 일으켰다.

"연우야."

"선배, 있었네?"

성호가 와 있는 줄 몰랐던 연우의 눈가에 다소 어색한 미소가 걸렸다.

"응. 이제 막 가려던 참이야."

성호는 거짓말을 했다. 태준에게 할 말이 있어 찾아온 것 같아 알아서 자리를 비켜주려는 의도였다.

"어디 다녀와? 이 자식 말로는 카페 문도 닫혀 있었다던데."

또 일부러 태준이 카페로 찾아갔었다는 말도 흘려주었다.

"휴대폰도 꺼져 있고. 태준이 녀석 네 걱정 많이 했어."

성호가 말하자 그녀의 건조한 눈빛이 태준을 향했다. 그러자 미간을 좁힌 태준이 쓸데없이 말을 길게 늘어놓는 성호를 매섭게 쏘아보았다.

"아무튼, 난 이만 간다. 연우는 조만간 또 보자."

"조심히 가, 선배."

연우의 인사에 성호가 손을 휘휘 흔들며 집을 나섰다. 한참을 혼자 떠들어대던 성호가 돌아가자, 두 사람만 남게 된 거실 안에는 무거운 정적이 찾아들었다.

태준의 음성이 거실 안의 고요한 적막을 깨뜨렸다.

“이쪽으로 와 앉아.”

연우는 조용히 그가 가리킨 자리에 앉았다. 그사이 태준은 테이블 위에 널려 있는 소주병과 안줏거리를 바닥에 내려놓았다.

“커피 줄까?”

“아니, 괜찮아.”

연우가 작게 고개를 내저으며 사양했다.

“커피 마시기엔 시간이 좀 늦었나? 그럼 주스라도 가져다줄게, 기다려.”

“아…….”

이번에도 괜찮다는 말을 하려고 입을 열려 하는데, 이미 등을 돌린 그는 주방으로 들어가고 있었다.

“휴우.”

나직하게 한숨을 토해낸 그녀는 가만히 거실을 둘러보았다. 변한 것 없이 그대로였다. 장식장, TV, 시계, 그리고 지금 그녀가 앉아 있는 소파까지. 모두 그녀와 함께 고르고 구입한 것들이었다. 그래서 그런가. 세월이 흘렀음에도 불구하고 이 집이 낯설지가 않았다. 여전히 익숙하게만 느껴졌다. 그 익숙함을 느낀 그녀는 기분이 이상했다. 씁쓸하기도 하고, 허탈하기도 하고, 또…… 아프기까지도 한. 여러 가지의 감정들이 밀려들었다.

“마셔.”

어느새 주방에서 나온 태준이 그녀의 앞에 오렌지 주스가 담긴 잔을 내려놓으며 일인용 소파에 앉았다.

"고마워."

입에서 흘러나온 말과 달리 연우의 손은 주스잔으로 뻗어나가지 않았다.

"어디, 다녀오는 거야?"

태준이 그녀를 바라보며 물었다. 확실히 이틀 전보다 야윈 얼굴에 그의 심장이 따끔거리며 아파왔다.

"응. 바람 좀 쐬고 싶어서."

"그 하진이라는 친구랑?"

"응."

역시 성호의 말이 맞았다.

"할 말이 있어서 왔어."

연우의 건조한 시선이 그에게 닿았다.

"그래."

태준은 느리게 고개를 두어 번 끄덕거렸다. 이틀 동안 보이지 않아 그의 마음을 몹시 애태우고 초조하게 만들었던 그녀가 스스로 찾아온 순간, 이미 어느 정도 예상은 하고 있었다. 할 말이 있어 찾아온 것이라는 것을.

"얘기해."

벌써부터 입이 바짝 말라오는 것이, 그의 마음이 긴장으로 물들기 시작했다.

“오빠가 본 그 아이…….”

연우가 담담한 목소리로 말문을 열었다.

“내 이복동생이야. 아버지가 외도로 낳은, 동갑내기 동생.”

태준은 가만히 두 눈을 감았다 떴다. 그녀에게 없던 동생이 있다는 사실을 듣고 생각에 생각을 거듭해 보다가, 어쩌면 그럴 지도 모른다는 짐작을 하고 있었다.

“그럼 네게 동생이 있다는 사실을, 너도 그 무렵에 알게 된 거야?”

“아니.”

“아니라고?”

“응.”

태준의 미간이 좁게 모아졌다. 진작부터 알고 있었다는 뜻인가?

“내게 동생이 있다는 건 고등학교 때 알게 됐어.”

“고등학교?”

“어. 엄마는 혼자 남겨질 나를 내내 걱정하셨거든.”

태준이 속으로 무거운 숨을 내쉬었다. 그녀가 고등학교 때 어머니가 암 투병 끝에 돌아가셨다는 이야기는 그녀에게 들어 알고 있었다.

“그 아이라도 옆에 있으면 의지할 곳이 생길 거라며 알려주셨어. 찾아가 보라고. 난 끝내 그 아이에게 연락하지 않았고, 기억에서 완전히 지우고 살았어. 근데 3년 전 그때 그 아이가 날 찾아온 거야. 그 모습을 오빠가 본 거고. 난…… 그 애에 대해 차마 오빠에게 말할 수가 없었어. 아니, 솔직히 하기 싫었어. 내 마음도 받아들이지 못하고 끔찍하게만 생각했던 그 애의 존재를 말하고 싶지 않았어.”

연우는 엄마가 암 투병 중에 알려주었던 민호에 대한 사실들을 전부 꺼내놓았다. 민호를 거부하며 끔찍하게만 여겼었던 자신의 감정들을.

그녀의 말이 계속 이어졌다. 그다음은 아버지에 관한 것이었다. 아버지를 왜 그토록 원망하고 증오하는지, 왜 그의 프러포즈를 거절할 수밖에 없었는지 하나도 빼지 않고 그에게 모두 들려주었다.

연우의 긴 이야기가 끝나자 태준의 고개가 서서히 아래로 떨어졌다.

그런 것도 모르고, 그런 줄도 모르고…….

괴로움이 밀려들었다. 가슴이 저릿하게 아려왔다. 안 그래도 힘들고 괴로웠을 텐데, 곁에서 지켜주지 못한 것도 모자라 무참히 떠나 버렸던 것에 대한, 그로 인해 그녀에게 또 한 번의 상처를 남긴 것에 대한 죄책감이 그의 심장을 날카롭게 할퀴고 지나갔다.

“그럼…… 아버지가 살아 계셔?”

태준의 낮은 음성에 고통이 배어 있었다. 어머니와 달리 아버지에 대해선 유난히 말을 아끼던 연우였다. 돌아가신 어머니의 이야기를 하던 중 그가 아버지에 대해 물었었다.

　"아버지는?"
　"안 계셔."

　안 계시다는 그녀의 대답에 태준은 아버지도 돌아가신 거라고 받아들였다. 그런데 지금 그녀의 말을 들어보니 그것 또한 그가 착각하고 있었다는 느낌이 들었다. 돌아가신 것이 아니라는 것을.
　"어딘가에."
　"어딘가에? 그럼, 어디 계시는지 몰라?"
　"알고 싶지 않아."
　연우의 표정이 차갑게 변했다. 아버지는 그녀가 어디서 무엇을 하고 살고 있는지는 알고 있었지만, 정작 그녀는 아버지가 어디 살고 있는지 아무것도 알지 못했다. 알려고 하지도 않았다. 서로 이대로 평생 보지 않고 살기를 바랐다.
　다행이라고 해야 할까. 아버지 역시 그녀를 찾아오는 일은 하지 않았다. 다만, 몇 년에 한 번씩 잊으려고 하면 전화를 걸어왔다. 이유는 안부가 궁금해서라고 했다. 그때마다 그녀는 실소를 머금었다.
　비참하게, 매몰차게 버리고 가버린 주제에 그녀의 안부가 궁금하다니.

마음 같아서는 휴대폰 번호를 바꿔 버릴까도 생각했다. 하지만 그녀의 카페와 집을 알고 있는데 전화번호만 바꾼다는 건 무의미했다. 그래서 아버지에게 전화가 오면 그냥 끊어버릴 때가 많았다.

"이 말 하려고 온 거야. 나도 해야 할 것 같아서."

아버지의 기억을 되새기며 점점 격해지고 있는 속과 달리 겉으로 드러낸 연우의 음성은 차분했다.

"내 사정들 오빠에게 솔직하게 털어놓지 못한 거, 난 미안해하지 않을 거야."

"연우야."

"그러니까 오빠도 미안해하지 않아도 돼. 죄책감 같은 거 가지지도 마. 그냥…… 우리의 인연이 거기까지였다고 생각하자."

할 말을 모두 마치고 소파에서 일어난 연우는 현관으로 걸어갔다.

"아니, 이연우."

문득 등 뒤에서 들려오는 그의 목소리에 그녀의 걸음이 잠시 멈칫했다.

"우리 인연은 아직 끝나지 않았어."

심장이 쿵, 하고 떨어졌다. 그녀는 두근대는 마음을 숨긴 채 단호하게 말했다.

"아니, 끝났어."

그리고는 그대로 그의 집을 빠져나왔다.

“하아.”

자신의 집으로 들어와 현관문에 기대선 연우는 깊고 긴 한숨을 몰아쉬었다.

“우리 인연은 아직 끝나지 않았어.”

자꾸만 그의 음성이 메아리치듯 귓가에서 울렸다.

“아니야……. 끝났어.”

그녀가 그에게 했던 대답을 다시 한 번 중얼거렸다. 스스로에게 하는 다짐이기도 했다.

그 순간, 마치 누군가 심장을 쥐어짜는 것만 같았다. 가슴이 너무 아팠다.

끝내 그녀의 눈에서 참고 참았던 눈물이 볼을 타고 흘러내렸다.

9

연우의 일상은 다시 제자리로 돌아왔다. 어김없이 카페 문을 열었고, 이틀 동안 청소를 하지 못해 쌓인 먼지들을 깨끗하게 닦아내었다. 그리고 하루 종일 바쁘게 움직이다가 한가해진 틈을 타 창가에 앉아 커피 한잔의 여유를 즐기고 있었다.

문득문득 태준을 마주했던 어제의 기억이 머릿속으로 비집고 들어왔지만, 그럴수록 그녀는 굳이 하지 않아도 될 일을 찾아서 해가며 애써 생각을 떨쳐 버렸다.

"하진인 좀 괜찮아졌나?"

아무래도 무리를 한 모양이다. 그동안 제대로 쉬지 않고, 또 바람이 쐬고 싶다는 그녀의 말 한마디에 느닷없이 떠난 여행으로 이틀 동안 장거리 운전을 했으니 병이 날 만도 했다. 오늘 아침, 온몸이 춥고 떨린다며 조금만 더 자고 일어나서 출근하겠다는 하진의 전화가 걸려왔다.

목소리도 쉬고 별로 좋지 못한 것이 몸살이 제대로 걸린 것 같았다. 하진에 대한 걱정으로 전화를 끊자마자 그녀는 집을 나섰다. 그리고 제일 먼저 약국에서 약을 구입하고, 바로 죽 전문점으로 가서 죽을 포장해 하진의 빌라로 향했다.

“뭐하러 왔어.”

이불을 뒤집어쓴 채로 문을 열어주며 한 하진의 첫마디였다. 연우는 우선 하진을 데리고 들어가 소파에 앉힌 뒤 죽을 먹이고 약도 먹였다. 그러고 난 후 한숨 푹 자도록 하게 하기 위해 다시 침대에 눕혔다.

“넌 얼른 가서 카페 문이나 열어.”

하진의 말에 그녀는 오늘까지 아예 카페 문을 닫자고 했다. 몸져누운 하진을 두고 발길이 떨어질 것 같지 않았다. 하진이 몸살에 걸린 것이 꼭 자신의 탓인 것만 같아 미안했다. 옆에서 간호를 해주고 싶었다. 하지만 하진은 그건 안 된다며 기어이 그녀의 등을 떠밀었다.

‘이틀간 임시 휴업’ 이라고 메모를 남겨놓았는데, 오늘까지 쉰다면 그건 약속을 어기게 되는 것이라면서 말이다. 미련하게도 아픈 주제에 카페 걱정부터 하고 있었다.

하는 수 없이 연우는 카페로 올 수 밖에 없었다. 대신 하진에게는 오늘 하루 푹 쉬고 카페 근처에는 얼씬도 하지 말라고 일러두었다. 그리고 카페 문 닫는 대로 다시 오겠다는 말을 남기고 하진의 빌라를 나섰다.

"전화 한번 해봐야겠다."

연우는 휴대폰을 꺼내 하진의 단축번호를 눌렀다.

─응, 나야.

신호음이 한두 번 울렸을까, 하진이 금세 전화를 받았다.

"몸은 좀 어때?"

─좋아졌어.

"죽 남은 거 데워 먹었어?"

─당근. 하나도 남기지 않고 싹 먹어치웠어.

다행히 하진의 음성이 아침보다 맑았다. 그녀의 걱정이 조금은 가라앉았다.

"약은?"

─약도 먹었으니 걱정 그만하셔, 이연우 양.

"알았어. 더 쉬고 있어. 카페 문 닫으면 갈게."

─그럴 필요 없어.

"뭐?"

─오지 않아도 된다고.

"왜?"

─왜냐면, 내가 왔으니까. 하하하.

전화기 너머로 들려오는 하진의 웃음소리와 동시에 카페 문이 활짝 열렸다.

"너, 너, 뭐야?"

깜짝 놀라 일어서는 연우에게 하진이 웃으며 다가왔다.

"뭐긴 뭐야, 출근하는 거지."

"6시 넘어서? 오늘은 나오지 말라고 했잖아."

연우가 짐짓 엄한 표정을 지으며 말했다. 확실히 얼굴빛이 좋아 보이긴 했다. 그래도 오늘 하루는 집에서 쉬기를 바랐건만.

"약 먹고 한숨 푹 자고 일어나니까 아주 말짱해졌어. 그래도 네 말대로 하루 쉬려고 했는데, 집에만 있으려니 좀이 쑤셔서 말이야."

"정말 괜찮은 거야?"

"그러엄."

하진은 아주 팔팔하다는 걸 보여주기 위해 두 팔을 번쩍 올렸다 내렸다 하며 두어 번 반복해서 움직였다.

"앉아 있어. 유자차 한 잔 만들어줄게."

"땡큐, 친구."

하진이 눈웃음을 치며 자리에 앉자, 연우가 어이없다는 듯 픽 웃으며 몸을 돌렸다. 그리고 얼마 지나지 않아 돌아온 연우가 유자차 잔을 하진에게 건네주었다.

"아, 내가 아침엔 정신이 없어서 못 물어봤는데, 어제 서태준 씨 잘 만났어?"

따뜻한 유자차를 한 모금 들이켜며 하진이 물었다.

“응.”

“괜찮아?”

“뭐가?”

“너…… 그 사람 다 못 잊었잖아.”

연우의 입매에 씁쓸한 미소가 어렸다.

“서로 미안해하지 말자고 했어. 나한테 죄책감 가지지 말라고도 했고. 그냥 인연이 거기까지였다고 생각하자고, 그러고 나왔어.”

“완전히 끝낸 거야?”

“……응.”

하진은 말없이 그저 고개를 천천히 끄덕거렸다. 그리고는 다시 유자차 잔을 입으로 가져가는데, 카페 문이 열렸다. 이어 카페 안으로 들어오는 사람을 정면으로 보게 된 하진의 눈이 가느다랗게 변했다.

“근데, 연우야.”

“응?”

“저 사람도 완전히 끝내자고 한 거니?”

“뭐?”

연우는 하진이 턱짓으로 가리킨 곳으로 고개를 돌렸다. 순간, 그녀의 가슴이 덜컥 내려앉았다. 그곳엔 태준이 서 있었다. 그가…… 시선이 마주친 그녀를 보며 미소를 지어 보였다.

“왔어? 꽤 춥지?”

카운터에 앉아서 컴퓨터를 보고 있던 하진이 고개만 빼꼼히 내민 채 볼일이 있어 잠시 외출을 했다가 돌아온 연우에게 말을 건넸다.

“응, 조금.”

“민호 씨 왔어.”

“그래?”

“연우야.”

그때, 연우는 자신의 이름을 부르는 소리에 고개를 돌렸다. 그녀의 시선이 닿은 곳에 민호가 앉아 있었다.

“언제 왔어?”

연우가 눈가에 따스한 미소를 띠우며 민호에게 다가갔다.

“한 30분 전?”

“그래? 그럼 나 나가고 바로 왔나 보네.”

“하진 씨가 그러더라, 나 보더니 너 나간 지 1분도 안 됐다고.”

연우는 픽 웃으며 민호의 맞은편에 자리했다.

“여행은 잘 다녀왔어?”

“응.”

“기분은 어때?”

“좋아.”

“기분은 좋은데 왜 얼굴은 며칠 전보다 마른 건데?”

“마르긴, 그대론데.”

부정하듯 손바닥을 볼에 가져다 대며 웅얼거리는 연우를 바라보던 민호는 속으로 걱정스런 한숨을 삼켰다.

앞집 남자가 연우를 데리고 나간 날, 하진에게 그 남자가 연우의 옛 연인이라는 말을 전해 들었다. 연우에게 만나던 사람이 있었다는 걸, 그것도 그 사람이 앞집에 살고 있는 남자였다는 사실을 처음 알게 된 그는 소연만큼이나 놀랐었다. 더 자세한 이야기는 연우에게 들어야겠다고 생각하고 있었는데, 다음날 여행을 간다며 연우에게 전화가 걸려왔다. 그는 아무것도 묻지 않고 ‘그래, 잘 다녀와’ 라는 말만 짧게 한마디 건넸지만 신경이 쓰였다. 앞집 남자와 나갔던 그녀가 바로 다음날 계획에도 없던 여행을 떠난다는 사실에 혹시 무슨 일이 있었던 건가 싶어 걱정이 되었다.

사실 연우가 볼일을 보러 나갔다는 소리를 들었을 때 민호는 차라리 잘됐다 싶은 마음이었다. 정말 무슨 일이 있었던 거라면, 어쩌면 연우는 그에게 걱정을 주기 싫다는 이유로 사실 그대로를 말하지 않을 수도 있을 거란 생각이 들었다. 그렇다면 연우보다는 하진에게 물어보는 것이 나았다. 그러나 하진도 정확한 건 잘 모른다는 말을 해왔다. 그저 남녀가 하는 이별의 이유 중 하나인 성격 차이로 헤어진 걸로만 안다, 라는 것뿐이었다. 그 이상은 하진 역시 연우에게 듣지 못했다고 했다.

“앞집 남자, 만나던 사람이라며?”

“응.”

연우의 얼굴에 어색한 미소가 지어졌다. 한 번쯤 민호가 태준에 대해 물어올 거라고 예감하고 있었다.

“근데 왜 아무 말 안 했어?”

“이미 지난 일인데 뭐하러.”

“미국에서 돌아온 지 얼마 안 됐다면서, 왜 하필 그 집으로 들어온 거래? 서로 불편하게.”

“글쎄.”

“너랑 다시 만나고 싶다거나 그런 거 아냐?”

민호는 머릿속에 카페로 찾아왔던 앞집 남자를 떠올리며 물었다. 혹시나 남자 쪽에서 연우와 다시 시작하고 싶은 마음을 품고 있는 건 아닐까 하는 생각이 들어서였다. 하지만 그녀가 고개를 저으며 부정했다.

“아니야, 그런 거.”

“그래?”

“그나저나, 결혼식이 보름도 안 남았네?”

“응.”

연우의 물음에 민호는 고개를 한 번 까딱했다. 더 이상 말하고 싶지 않다는 듯 그녀가 바로 화젯거리를 돌려 버리자, 궁금한 건 많았지만 더는 물어보지 않았다. 하긴, 하진에게조차도 단순히 성격 차이로 헤어졌다는 말만 해주었다면 그에게도 마찬가지일 것이다.

"결혼 준비는 잘 되어가?"

"이제 식만 올리면 돼. 사실 우린 별로 준비할 것도 없었고."

민호는 아메리카노가 든 잔을 입으로 가져가며 어깨를 으쓱거렸다.

"신혼여행은?"

"제주도로 가기로 했어. 나 아직 제주도 한 번도 안 가봤거든."

"제주도 좋지."

"어? 벌써 시간이 이렇게 됐네?"

민호가 왼쪽 손목에 차인 시계를 한 번 들여다보더니 서둘러 가방을 챙겼다.

"나, 이만 일어나야겠다."

"왜, 약속있어?"

코트를 걸치고 자리에서 일어나는 민호를 보며 연우도 따라 일어섰다.

"응. 저녁 약속이 있어. 가는 길에 네 얼굴이나 보려고 잠깐 들른 거였어."

"어디로 가는데?"

"일산. 내일 또 들를게."

"알았어. 조심히 다녀와."

다독이듯 연우의 어깨를 두드리며 지나친 민호는 하진에게도 인사를 남기고 카페를 나섰다.

민호가 나가자 기다렸다는 듯이 하진이 그녀에게 다가와 맞은편에 앉았다.

“민호 씨가 그 남자 얘기 안 물어보디?”

“물어보더라.”

“그렇지? 아까 너 없을 때 나한테도 물어보더라고.”

“그랬어?”

“응. 너, 그 사람이랑 무슨 일 있었던 거 아니냐고. 네가 그 사람 만나고 다음날 바로 여행 간 걸 이상하게 생각했나 봐. 걱정하는 눈치더라고.”

하진은 태준과 연우에 대해 민호가 이것저것 물어보는데, 아주 난감해서 혼이 났었다.

“아무 말 안 했지?”

“당연하지. 나도 그 정도 눈치는 있어, 야. 그리고 너도 아무 말 말라고 했잖아.”

연우가 태준과 헤어진 이유 중 하나에 자신이 속해 있다는 걸 알게 된다면 민호는 분명 미안해서 어쩔 줄을 몰라 할 것이다.

연우는 민호에게 그런 죄책감을 느끼게 하고 싶지 않았다. 무엇보다 태준이 민호를 오해한 건 민호의 잘못이 아니었다. 그래서 민호가 태준에 관해서 물어올 거라는 걸 예상한 그녀는 미리 하진의 입단속을 시켜놨던 것이다.

“근데 너, 어떻게 할 거야? 그 사람 오늘도 올 것 같던데.”

어제 태준이 카페로 찾아왔던 순간을 떠올린 연우의 가슴이 어둡게 가라앉았다.

"다시는 카페로 찾아오지 마."

커피를 마시며 한 시간쯤 앉아 있다가 일어나는 그에게 그녀가 냉정하게 말했다. 그러자 그의 입에서 흘러나온 대답은 그녀의 마음을 흔들어놓았다.

"아니, 내일도 올 거고 모레도 올 거야. 앞으로…… 매일 올 거다, 이연우."

그녀는 그런 그에게 차갑게 등을 돌렸다. 이미 끝난 인연이라고 말했음에도 불구하고 불쑥 찾아온 그에게 화가 났다. 그리고…… 여전히 태준의 말 한마디 한마디에 두근거리는 자신의 심장에게 화가 났다.
"그 사람은 너하고 다시 시작하고 싶은 거 맞지?"
"……."
하진이 물었지만, 연우의 입에서 흘러나온 건 기다란 한숨뿐이었다.

식사를 마친 태준이 젓가락을 내려놓았다. 40분여 전쯤 일의 진행을 보기 위해 현장에 들렀던 그는 성호와 함께 즐겨 찾는 일식집으로 들어와 저녁을 먹었다.

“앞으로 20일이면 끝난다고 했나?”

태준이 인테리어 공사 진행에 대해 성호에게 물었다.

“응. 어쩜 2, 3일 더 플러스될 수도 있고.”

12월 초 무렵부터 시작한 태준이 오픈할 ‘한식 레스토랑’의 인테리어 공사가 거의 막바지에 접어들고 있었다.

“부모님은 언제 들어오셔?”

“원래 보름 후 예정이었는데, 다음 달 초로 연기하신대.”

“하긴, 그곳에서 10년 넘게 사셨으니 정리할 것도 많으실 거야. 그럼 윤희도 그때 같이 오는 건가?”

윤희는 태준의 여동생이었다.

“아니, 윤희는 매제하고 예정대로 들어올 거야.”

태준보다 두 살 아래인 윤희는 1년 전에 결혼식을 올렸다. 그녀의 남편은 레스토랑 셰프로 서른둘의 그의 나이보다 세 살 위였다.

“윤희 중학교 때 오빠, 오빠 하면서 결혼은 나랑 한다고 하더니만. 날 버리고 다른 남자한테 시집을 가?”

성호의 농담 섞인 말에 태준이 피식 웃으며 한 가지 일러주었다.

“행여라도 매제 만나게 되면 그 소리는 절대 하지 마라.”

“왜?”

“나하고 10분 이상 붙어 있는 것도 못 보는 사람이다, 윤희 신랑이.”

“그 정도야?”

성호는 놀란 눈으로 그를 보며 물었다.

“그래, 그러니까 윤희의 첫사랑이 너라느니 그런 말은 절대 입 밖으로 내지 마. 부부 싸움하게 만들고 싶지 않으면.”

“오케이.”

성호가 고개를 끄덕였다. 친오빠인 태준에게까지 질투를 느끼다니, 그를 첫사랑으로 간직하고 있는 윤희의 남편이 어떤 남자인지 점점 궁금해졌다.

똑똑.

그때, 노크 소리가 들리더니 미닫이문이 스르르 열렸다.

“포장 주문하신 초밥 나왔습니다.”

“감사합니다.”

태준이 초밥이 포장된 종이가방을 건네받았다.

“근데 초밥은 왜?”

“연우 먹이려고.”

태준은 종이가방을 옆에 내려놓으며 짧게 대꾸했다.

“연우한테 가려고?”

“가야지.”

“가도 상대 안 해준다며?”

태준이 쓸쓸하게 웃었다. 그녀의 카페를 찾아가기 시작한 지 5일이 지났다. 첫날 이후로 그녀는 철저히 그를 외면했다. 인사는커녕 눈도 마주쳐 주지 않았다. 말을 걸어도 돌아오는 대답은 없었다. 그녀에게 외면당하는 그가 불쌍해 보이는지 하진이 가끔 몇 마디 걸어주는 게 다였다.

“연우 마음, 돌릴 수 있겠어?”

“…….”

“며칠째 상대조차 안 해주는 거 보면 쉽지 않은 것 같은데.”

“쉽게 돌릴 수 있을 거란 생각, 안 했어.”

조용히 한숨을 흘린 태준은 물을 한 모금 들이켰다. 서두르지 않고 천천히 다가갈 것이다. 그녀의 마음이 다시 그에게 향하도록 노력할 것이고, 그녀가 자신의 손을 잡아주면 두 번 다시는 그 손을 놓지 않을 것이다. 그리고 그녀가 아버지에게 받은 깊은 상처와 그에게 받은 아픈 상처를 그의 사랑으로 치유해 줄 것이다.

“내가 같이 가줄까?”

“네가?”

태준이 눈썹을 치켜세웠다.

“내가 가면 연우가 모른 척하지는 않을 거 아냐. 그래도 말을 섞어가면서 마음을 돌리든지 해야지, 얼굴만 본다고 돌려지냐?”

성호의 말도 일리는 있었기에 그는 잠시 생각을 했다. 그리고 잠시 후 고민을 마치고 자리에서 일어난 그가 성호에게 한마디 던졌다.

“일어나.”

오늘도 어김없이 태준이 카페 안으로 들어서고 있었다. 일부러 더 외면하고 모른 척 무시했건만, 그는 지치지도 않는 모양이었다.

연우는 지난 5일 동안 그래 왔듯 차갑게 그를 외면하며 등을 돌리려 했다. 하지만 태준의 뒤로 보이는 성호의 모습에 움직임을 멈출 수밖에 없었다.

“오늘은 성호 씨까지 왔다, 야.”

연우의 귀에 대고 작게 중얼거린 하진이 태준과 성호에게로 걸어갔다.

“성호 씨, 왔어요? 오랜만이네요?”

“하진 씨도 잘 지냈어요?”

“그럼요. 오늘도 오셨네요?”

성호와 먼저 반갑게 인사를 나눈 하진은 태준에게도 슬쩍 인사를 건넸다. 예전에 연우를 이웃이네 어쩌네 하던 걸 생각하면 그녀 역시 모른 척하고 싶은 마음이 굴뚝같았지만, 요즘은 올 때마다 연우에게 외면당하는 태준을 보면 한편으론 안쓰럽기도 했다.

“네.”

하진의 인사에 태준도 가볍게 머리를 숙였다.

“연우야.”

"왔어, 선배?"

성호가 이름을 부르자 연우는 눈가에 미소를 만들어냈다.

"응. 마침 태준이가 여기 온다고 하길래. 나도 모처럼 만에 너랑 커피나 한잔할까 싶어서 왔지."

"그래, 앉아 있어. 커피 가지고 갈게."

성호에게 말을 건넨 연우는 태준에게는 눈길도 주지 않은 채 몸을 돌렸다.

"나도 한 잔 마실 거야."

"알았어."

하진이 커피 바 앞에 다가와 서자, 그녀는 고개를 끄덕이며 커피잔 네 개를 꺼내놓았다.

"태준 씨 말이야."

하진은 마치 비밀 이야기라도 하는 것처럼 목소리를 낮췄다.

"성호 씨 일부러 데리고 온 거 아니겠지?"

"뭐하러."

연우는 무심한 얼굴로 잔에 커피를 따르며 대꾸했다.

"네가 하도 상대를 안 해주니까. 그래도 성호 씨라도 있으면 네가 마냥 모른 척하진 않을 테니까 그걸 노린 거지."

"또 쓸데없는 소리 한다. 노리긴 뭘 노려?"

연우가 하진을 향해 밉지 않게 눈을 흘겼다.

"그리고 선배가 언제 커피 마시러 안 왔어?"

"그런가?"

　연우의 말을 바로 수긍하듯 하진이 어깨를 살짝 들었다 올렸다. 그녀는 조용하게 한숨을 토해냈다. 어느새 그를 옹호하고 있는 자신을 느끼자 쓴웃음이 올라왔다. 솔직히 그녀도 하진과 같은 생각을 잠시 했었다. 그러다가 아무렴 그렇게까지 했을까, 싶은 마음에 처음 들었던 생각을 다른 한편으로 밀어두었던 것이다. 하지만 정말 하진의 생각과 그녀의 생각대로 태준이 성호와 함께 온 것이 의도적이라면 그는 어느 정도 성공은 한 것이다. 그의 친구인 성호의 앞에서까지 그를 모른 척 무시할 정도로 그녀는 모질지가 못하니까.

　"이리 줘."

　자리에서 일어난 태준은 연우가 들고 오는 쟁반을 받아 들었다. 그가 갑작스럽게 가져가 버리는 바람에 다른 사람이 보기엔 그녀가 순순히 건네주는 것처럼 보였을 것이다.

　태준이 쟁반을 내려놓으며 자리에 앉자, 자연스러운 동작으로 성호가 커피잔을 각자의 앞에 놓아주었다. 그사이 하진이 먼저 안으로 들어가 성호의 앞에 앉아버리자, 연우가 별수 없이 그의 맞은편에 앉게 되었다.

　"아직 저녁 전이지?"

　태준이 연우를 보며 물었다. 커피에 닿아 있던 그녀의 시선이 그의 눈과 마주쳤다. 그 순간 그는 가슴이 잔잔하게 물결치듯 움직이는 기분을 느꼈다. 5일 만에 처음이었다. 그녀와 같은 자리에 앉아 커피를 마시고, 그녀가 그와 시선을 맞춰온 것은.

“초밥 포장해 왔어. 너, 초밥 좋아하잖아.”

태준은 초밥을 테이블 위에 올려놓고 포장을 풀었다.

“별로 생각없어.”

물론 거절이었지만 그녀가 이번엔 그가 건넨 말에 대답도 해 주었다. 아무래도 성호를 데려오길 잘한 것 같았다.

“야. 그동안 너 상대도 안 해줬다면서 네가 사 온 초밥을 먹겠어, 연우가? 내가 사 온 것처럼 할 걸 그랬다.”

성호는 입을 가리며 상체를 태준에게로 기울이더니, 약 올리는 듯한 말투로 아주 조용히 속삭였다. 그러자 바로 태준의 매서운 눈초리가 성호에게로 향했다.

“그래도 저녁은 먹어야 할 거 아냐. 생각없어도 조금만 먹어.”

성호를 쏘아보던 태준이 다시 연우에게 시선을 돌리며 말했다.

“정⋯⋯.”

“설마, 연우 것만 사 온 건 아니겠죠?”

또다시 연우의 입에서 거절의 말이 나올 것 같아 하진이 불쑥 끼어들었다.

“그럴 리가요. 넉넉하게 포장해 왔으니까 같이 드세요.”

태준의 입가에 하진에 대한 고마운 미소가 스쳐 갔다. 그래도 옆에서 하진이 거들어주면 그녀가 못 이기는 척 먹을 테니까.

“안 그래도 배고팠는데, 잘 먹겠습니다.”

하진이 나무젓가락 두 개를 뜯어 하나를 연우에게 건넸다.

“먹자.”

“나, 정말 생각없어. 너 많이 먹어.”

진심으로 입맛이 당기지 않았던 연우는 이번에도 사양했다. 그러자 하진이 짐짓 엄한 표정을 지어 보였다.

“내가 이걸 어떻게 다 먹어? 먹다 남으면 아깝게 버려, 이걸?”

“······.”

“그러지 말고, 사 온 사람 성의를 생각해서 입맛없어도 조금만 먹어. 그리고 너 요즘 뭘 제대로 먹는 걸 못 봐서 그래, 내가.”

하진의 성화에 후우 하고 한숨을 내쉰 연우는 마지못해 초밥 하나를 입에 넣었다. 그제야 하진도 흐뭇하게 웃으며 초밥을 먹기 시작했다.

“같이 드세요.”

“저희는 먹고 왔어요. 신경 쓰지 말고 많이 드세요.”

하진이 태준과 성호에게도 초밥을 권하자 성호가 하하거리며 손을 흔들었다.

“근데 여기 초밥 진짜 맛있네요. 어디서 사 오셨어요?”

“압구정동에 이 녀석하고 유정이라는 친구랑 자주 가는 일식집이 있거든요. 거기서 포장해 왔어요.”

“아, 그렇구나.”

입을 우물우물거리며 하진이 머리를 끄덕거렸다.

"그러고 보니 유정이가 요즘 연락도 없고 조용하다. 너한테도 없어?"

성호가 묻자 태준이 고개를 저었다. 성호의 말대로 유정이 잠잠했다. 기억을 더듬어보니 거의 2주 전쯤 술을 마시고 집으로 찾아왔을 때가 마지막이었다. 그날 서로 목소리를 높이며 말다툼을 하기는 했는데, 그 일로 마음이 상한 건가?

"유정이란 친구는 누구예요?"

두 남자의 입에서 나온 여자의 이름에 하진이 궁금한 듯 물어보았다.

"고등학교 동창이에요. 유일하게 연락하고 가깝게 지내는 여자 동창."

"아, 그래요? 유일하게 친한 여자 동창이면……."

과거의 기억을 떠올리는 듯한 하진의 미간에 주름이 생겼다.

"혹시…… 그 여자 아니야, 연우야? 왜, 태준 씨 떠나고 태준 씨 부탁으로 집 정리 해주러 왔던 친구 말이야."

마침내 기억을 해낸 하진이 연우를 쳐다보았다.

"그치?"

"지금 그게 무슨 소립니까?"

연우가 입을 열기도 전 나지막하게 깔린 태준의 음성이 가로막았다.

"네?"

하진이 눈을 동그랗게 뜨고 되물었다.

“집 정리라는 게, 혹시 제 집을 두고 하는 말인가요?”

“네? 네……. 그럼 누구 집이겠어요, 태준 씨 집이죠.”

태준이 물어오자 하진의 얼굴이 어리둥절해졌다.

“사실이야?”

태준의 눈이 이번엔 연우에게로 옮겨졌다. 태준과 시선을 마주한 연우는 그에게서 뭔가 심상치 않은 분위기를 감지했다.

“정말 태준이가 말 안 했나 보구나? 어쩐지 이상하다 했어. 왜 집 안 정리를 연우 씨 두고 나한테 해달라고 부탁하고 떠났는지.”

분명 유정은 그렇게 말했었다. 하지만 지금 그의 표정과 음성으로 봤을 때 그는 전혀 그런 부탁을 한 적이 없었고, 또 유정이 집으로 왔던 사실조차 모르고 있는 듯했다.

그럼 유정이 거짓말을 했다는 건가? ……왜?

문득 든 의문이 연우의 머릿속을 스쳤다.

“너, 유정이한테 미국 가면서 집 정리 해달라고 했어?”

성호 역시 처음 알게 된 사실이 좀 의외인 모양인지 태준에게 물었다.

“아니.”

표정을 굳힌 태준이 딱 잘라 부정했다.

“그럼 네가 부탁했다던 유정이 말은 뭐야?”

태준의 표정이 차갑게 굳어갔다.

그 역시 알고 싶었다. 어째서 그가 없다는 걸 빤히 알면서 집을 찾아갔는지. 왜, 그런 거짓말을 한 것인지. 아니, 무엇보다 어떻게 그의 집 비밀번호를 알고 있었던 것인지를 말이다.

카페 앞에서 탄 택시가 아파트 단지 입구 앞에 멈추어 서자 태준과 연우는 택시에서 내렸다. 같은 방향인데 따로 움직일 것 있냐며 성호가 두 사람을 함께 택시로 밀어 넣었다.

"잠깐."

앞서 걸으려고 하는 연우의 팔꿈치를 태준이 붙잡았다.

"머플러 안 하고 왔어?"

태준이 그녀의 허전한 목을 가리키며 물었다. 카페 앞에서는 바로 택시에 오르는 바람에 미처 보지 못했나 보다.

"카페에 두고 왔어."

"이리 와봐."

연우를 자신에게로 돌린 태준은 손에 들고 있던 자신의 머플러를 그녀에게 둘러주었다.

"됐어."

"그냥 하고 가. 택시에서 내린 지 얼마 되지도 않았는데 네 뺨 벌써 빨갛게 언 것 같아."

연우가 머플러에 풀려는 듯 손을 올리자 태준이 그 손을 꼭 잡고 저지시켰다. 그런 다음 그녀의 손을 놓아준 그는 아파트 입구를 가리키며 말했다.

"들어가자."

태준과 연우는 그렇게 한동안 말없이 고요히 서로의 발자국 소리를 들으며 함께 나아갔다. 그리고 얼마 후 아파트 현관 입구에 거의 다다르고 있을 때쯤이었다. 연우가 무거운 마음으로 아까부터 하고 싶었던 말을 꺼냈다.

"내일부터는 카페에 오지 마."

태준의 걸음을 멈추었다. 자연스럽게 멈춰 선 연우가 그와 마주 보았다.

"오빠가 그런다고 달라지는 건 없어. 말했잖아, 우리 인연은 거기까지였다고."

"나도 말했을 텐데, 우리 인연은 끝난 게 아니라고."

태준도 자신의 뜻을 굽히지 않았다. 이대로 물러설 것 같았으면 애초부터 시작도 하지 않았을 것이다.

"오빠, 이러는 거 내 마음이 편치 않아."

겉으로는 충분히 카페로 찾아오는 그를 외면하고 무시할 수 있었다. 하지만 그녀의 신경은 온통 한 공간에 있는 그를 향해 움직이고 있었다. 항상 그가 카페로 올 시간이 가까워지면 심장이 조금씩 두근거리기 시작했다. 시선은 자신도 모르게 카페 문을 쳐다보고 있었다. 그런 감정을 느낄 때마다 그녀는 스스로가 너무 밉고 원망스러웠다.

"그러니까 앞으로는 카페로 찾아오지 마."

연우가 단호하게 다시 한 번 말했다.

"그럼 집으로 찾아갈까?"

추운 날씨 때문일까? 되돌아온 그의 목소리가 차갑게 들려왔다.

"그러지 마. 우리, 예전으로 되돌리기엔 이젠 너무 늦었어."

"아니, 되돌릴 필요 없어. 처음부터 다시 시작하면 돼."

"오빠."

"넌 아무것도 하지 마. 그냥…… 그 자리에만 있어. 내가 다가갈게. 서두르지 않고 천천히 다가갈게. 넌 기다리기만 해. 내가 다시 네 마음으로 들어갈 때까지. 그러니까…… 무작정 밀어내지만 마."

그 순간, 차갑게 부는 겨울바람이 두 사람을 스치고 지나갔다. 목에 둘러진 머플러에 남아 있는 그의 향기가 그녀의 코끝으로 스며들었다. 변하지 않은 그의 향기에 그녀의 심장이 욱신거렸다.

그리고…… 애원과도 같은 그의 음성이 그녀의 가슴을 아프게 건드렸다.

소연에게 걸려온 전화를 받으며 연우는 커피잔을 들고 창가로 다가갔다.

"응, 소연 씨."

연우는 뜨거운 커피를 한 모금 마시며 유리창 너머로 시선을 두었다. 나뭇가지가 겨울바람에 흔들리고 있었다.

─언니, 저 오빠 땜에 속상해 죽겠어요.

민호와 다투기라도 한 것인지 소연은 잔뜩 성이 난 듯했다.

"왜?"

─오빠가 외박했어요.

"외박?"

연우의 고운 눈썹이 살짝 찌푸려졌다.

─네. 이제야 집으로 가고 있대요.

"지금?"

시계를 보니 9시가 조금 지나 있었다. 소연은 이미 출근을 했을 시간이었다.

─전화라도 받던가. 분명 새벽 2시까지 온다던 사람이 연락도 안 되고 오지도 않으니까 얼마나 걱정했다고요. 잠도 한숨 못 자고.

저런, 밤새도록 얼마나 속을 끓였을까. 화가 난 소연의 마음이 이해되었다.

"왜 안 들어온 거라는데?"

─술 마셔서 그렇죠 뭐.

대체 술을 어느 정도 마셨기에. 연우는 한숨을 푹 쉬었다.

"잠은 어디서 잔 거래?"

─같이 마신 선배네 집에서 잤대요. 제가 이번이 처음이면 이러지도 않아요. 벌써 두 번째라니까요.

“그랬어?”

—그렇다니까요. 결혼도 하기 전부터 이러면 안 되는 거 아니에요? 언니가 좀 따끔하게 한마디 해주세요.

“그래, 알았어. 아침은 챙겨 먹고 출근한 거야?”

연우가 걱정이 담긴 어조로 물었다.

—아뇨. 별로 생각없어서요. 그냥 병원에 와서 우유 하나 마셨어요.

하긴, 밤새 민호 걱정 때문에 속을 태워 입맛이 없었을 것이다. 결혼을 앞둔 여자들의 심리는 예민하고 불안하다고 하던데, 잘해줘도 모자랄 판에 벌써부터 외박을 하고 걱정을 시키다니. 정말 민호를 만나면 한마디 해줘야겠다는 생각이 들었다. 덧붙여 소연의 마음도 잘 다독거려 주라고 말이다.

—언니는 아침 식사 하셨어요?

“아니, 아직. 이제 먹어야지.”

커피가 거의 바닥을 드러내고 있었다. 창가에서 등을 돌린 그녀는 천천히 주방으로 향했다.

—아침부터 죄송해요, 이런 전화 드려서.

“그게 무슨 소리야, 괜찮아.”

—언니 아니면 하소연할 데가 없어서.

“잘했어. 앞으로도 속상하다던가 할 때 언제든지 해도 돼.”

연우는 일부러 더 소연의 마음을 달래주듯 말했다.

—감사해요. 아, 언니. 저 이만 들어가 봐야 해요.

“그래, 수고해.”

전화를 끊은 연우는 커피잔과 휴대폰을 나란히 식탁 위에 올려두었다. 그리고 아침으로 먹을 식빵을 꺼내 토스트기에 넣으려는데 초인종이 울렸다.

누구지?

우선 식빵을 내려놓고 다시 거실로 나간 연우는 방문자를 확인했다. 단정하게 다물어진 그녀의 입술에 힘이 들어갔다. 태준이었다.

아침부터 무슨 일일까.

카페가 아닌 집으로 찾아온 것은 처음이었다.

딩동, 딩동.

태준이 다시 한 번 초인종을 눌렀다. 잠시 망설이던 그녀는 작게 숨을 몰아쉬며 현관으로 걸어갔다. 현관문을 열자 말끔하게 차려입은 옷차림으로 그가 싱긋 미소를 지어 보였다.

“무슨 일이야?”

연우는 그의 미소를 외면하며 건조한 목소리로 물었다.

“아직 아침 전이지?”

“……”

“내 거 하면서 같이 만들었어.”

연우가 순순히 받지 않을 거라는 걸 예상하고 있던 태준이었다. 그래서 연우의 팔목을 잡아 올린 그는 직접 접시를 그녀의 손으로 넘겨주며 거절할 틈을 주지 않았다.

얼떨결에 접시를 받게 된 연우의 눈동자가 아래로 내려갔다. 접시 위에는 갓 구운 듯한 토스트 두 쪽과 계란프라이와 베이컨이 가지런히 놓여 있었다.

"꼭 먹어."

태준이 접시를 가리키며 당부하듯 말했다.

"난 이제 나가봐야 돼."

오늘 남양주 부모님 댁에 가구들이 들어오기로 한 날이었다. 가구를 들이기 전에 정리할 것도 있고 해서 서둘러 출발해야 했다.

"그럼, 저녁에 카페에서 보자."

이어 연우의 어깨를 가볍게 한 번 토닥이고 돌아선 그는 자신의 집으로 돌아갔다.

거실로 들어온 연우는 접시를 테이블 위에 내려놓으며 소파에 앉았다. 그가 주고 간 접시를 바라보고 있는 그녀의 얼굴 위로 짙은 어둠이 드리워졌다.

"넌 그 자리에만 있어. 내가 다가갈게. 서두르지 않고 천천히 다가갈게. 넌 기다리기만 해. 내가 다시 네 마음으로 들어갈 때까지. 그러니까…… 무작정 밀어내지만 마."

이틀 전 그가 한 말을 되새긴 연우의 가슴이 먹먹해져 왔다. 그가 그렇게 내뱉은 이상 그녀가 밀어내도 그는 다가오는 것을 멈추지 않을 것이다.

이대로는 안 돼.

솔직히 그동안 흔들린 적이 없었던 건 아니다. 하지만 아무리 생각을 해보아도 그녀는 그를 다시 받아들일 자신이 생기지 않았다. 다시 사랑을 시작할 용기가 나지 않았다. 그럼에도 앞으로 계속 지금의 일상이 반복된다면 그녀뿐이 아니라 그 역시 지금보다 더 힘들기만 할 뿐이다. 서로 아픔만 더 깊어질 것이다. 마음을 굳게 먹어야 했다. 그를 받아들일 자신이 없다면, 더는 이대로 그가 물러서기만을 기다려서는 안 되었다.

오늘도 어김없이 하루의 끝이 다가오고 있었다. 마지막으로 앉아 있던 손님들의 테이블을 치우고 카운터에 앉은 연우는 주머니에서 휴대폰을 꺼내 들었다. 그녀의 손가락이 메시지버튼을 클릭했다. 그리고 한 시간 전 태준에게서 들어온 문자를 다시 한 번 확인했다.

[오늘은 조금 늦을 것 같네. 남양주에서 출발해 지금 가고 있는 중이야. 먼저 가지 말고 기다려. ^^]

조금 있으면 그가 도착할 것이다. 마지막 손님도 돌아가고 정리도 끝났으니 카페 문을 닫고 집으로 돌아갈 일만 남아 있었다. 하지만 그녀는 먼저 가지 말고 기다리라는 그가 보낸 메시

지대로 그를 기다리고 있는 중이었다.

"하아."

연우는 천천히 숨을 골랐다. 그와 마주해야 할 시간이 다가올수록 마음이 점점 더 무거워져만 갔다.

지이이잉, 지이이잉.

연우의 손바닥 안에 있던 휴대폰이 진동을 일으켰다. 액정에 민호의 이름이 뜨자 그녀의 눈이 가늘게 변했다.

"나야."

—전화했었어?

"그래."

—자느라고 못 들었어.

전화를 받지 않았을 때, 그럴 것이라 생각은 하고 있었다.

"대체 술을 얼마나 마셨기에 집에도 못 들어가고 외박을 해?"

—소연이한테 들었어?

연우의 타박에 수화기 너머에서 피식거리는 소리가 들렸다.

"잠도 한숨 못 자고 밤새 걱정 많이 한 모양이야. 들어온다던 사람이 연락도 안 되고 오지도 않으니 속이 얼마나 탔겠어?"

—그렇잖아도 죽겠어. 집에 와서 눈도 안 마주쳐 주더니 지금은 방에 들어가 문까지 걸어 잠그고 있어. 아무리 불러도 나와 보지도 않아. 아, 더 마시는 게 아니었는데. 같이 일하게 될 선배가 술을 더 시키는 바람에. 그거 마시고 그냥 잠이 들어버린 거, 선배가 자기 집으로 데리고 간 거야.

민호의 말투에 후회가 가득 담겨 있었다.

"처음도 아니고 두 번째라며? 결혼 앞두고 벌써부터 속 썩이면 어떻게 해? 여자들 결혼 전에 무척 예민하다던데, 이럴 때 소연 씨 보살펴 줄 친정 식구들이 있는 것도 아니잖아. 그럴수록 네가 잘해야지."

—알았어.

"소연 씨 마음 잘 달래주고……."

달랑, 거리며 울리는 종소리에 연우가 잠시 말을 멈추고 고개를 돌렸다. 기다리고 있던 태준이 카페 안으로 들어서고 있었다.

—연우야?

갑자기 그녀가 말을 멈추자 민호가 그녀의 이름을 불렀다.

"미안. 언제 한번 둘이 시간 내서 카페로 오라고. 할 말이 있어."

—그래, 그럴게.

"그만 끊자."

민호와 통화를 마치고 연우는 가까이 다가와 있는 태준을 바라보았다.

"왔어?"

"응."

그가 입매를 씨익 늘어뜨렸다.

"커피 가지고 갈게, 앉아 있어."

“응?”

그녀의 말이 의외였는지 태준의 눈동자가 약간 커졌다. 카페에 드나든 이후로 처음이었다, 그녀가 먼저 그와 함께 커피를 마시려고 하는 것은.

잘못 들은 건 아니겠지? 생각하고 있는데 그녀에게서 같은 말이 재차 흘러나왔다.

“커피 가지고 갈 테니까, 먼저 앉아 있으라고.”

잘못 들은 것이 아니었다. 단순히 커피 한 잔 함께 마시는 것뿐인데, 그의 마음은 조금씩 벅차오르고 있었다.

피어오른 미소를 감추지 못하고 고개를 한 번 끄덕인 태준은 창가 쪽으로 가 자리에 앉았다. 그리고 잠시 후 연우가 커피 두 잔이 올려진 쟁반을 들고 와 그의 맞은편에 앉았다.

“하진 씨는?”

“일이 있어서 먼저 갔어.”

대답을 하면서도 연우는 웃고 있는 그의 얼굴을 보니 마음이 편치 않았다. 하지만 모질게 마음먹기로 다짐한 이상 망설이지 말아야 했다.

“저녁은 먹었어?”

“…….”

“안 먹었으면 나가서…….”

“언제까지 이럴 거야?”

그녀의 차가운 음성에 태준의 표정에서 웃음기가 서서히 거

두어졌다. 들떠 있던 마음도 한순간에 착 가라앉았다.

"이제 그만해. 그만하자, 우리."

"이연우."

"전에도 말했듯이 우린 달라지는 거 없어. 되돌리기엔 너무 많이 왔어."

"되돌릴 필요 없다고 했잖아. 처음부터 다시 시작하자고. 내가 다가갈 테니까 넌 그 자리에만 있으라고 했잖아."

이연우. 커피를 마시자고 했던 이유가 이거였던 거야? 그만두라는 말을 하고 싶어서?

태준의 눈이 어둡게 흐려졌다.

"아니, 다가오지 마. 난 처음부터 다시 시작할 생각 없어. 그러니까 그만해."

"나도 말했을 텐데, 그만둘 생각 없다고. 이 정도에서 포기할 거였다면 시작도 하지 않았어."

"나는……."

연우는 지그시 두 눈을 감고 다시 한 번 마음을 가다듬었다.

"또 상처받고 싶지 않아."

"……."

"오빠 떠나고, 나 너무 아프고 괴로웠어. 지금도 다 아물지 않았어. 그런데 그런 나더러 다시 사랑을 시작하라고?"

아픔이 배인 그녀의 음성에 그의 눈빛이 흔들렸다.

"그 상처, 내가 아물게 해줄게. 네 가슴에 맺힌 아픔, 내가 다

치유해 주고 싶어."

"난 이제 오빠를 믿을 수가 없어."

연우가 단호하게 말했다.

"연우야."

"어떻게 믿어? 사랑을 믿지 못했던 내가 오빠의 사랑은 믿었어. 근데 오빠마저 내 믿음을 저버렸어. 내가 세상에서 유일하게 의지하고 사랑했던 오빠가. 그런 오빠를 내가 또 어떻게 믿어? 결국 오빠도 날 믿지 못하고 떠난 거잖아. 우리가 지금 여기까지 온 건 서로에 대한 믿음이 부족해서야. 우리 서로에게 두 번은 상처 주지 말자. 믿음이 깨진 사랑은 다시 붙일 수가 없어."

그녀에게서 고스란히 전해지는 아픔에 그는 가슴이 터질 것처럼 고통스러웠다. 지난 시간들이 후회스러워서 미칠 것만 같았다.

"다신 네 믿음, 저버리지 않아. 너에게 두 번 다시는 상처 주지 않을 거야. 그러니까 연우야……."

"오빠 얼굴 보는 거 힘들어."

"……뭐?"

"괴롭다고, 오빠하고 이렇게 마주하고 있는 거. 오빠만 보면 지난 3년 동안 내가 고통스러웠던 기억들만 떠올라."

그녀의 말이 비수가 되어 태준의 심장에 박혀왔다. 그만 보면 아프다고 한다. 그를 마주하고 있는 것이 괴롭다고 한다, 그녀가. 그런데도 그녀에게 계속 다가가는 건 이기적인 걸까? 그녀

가 다시 돌아봐 주길 원하는 건 헛된 바람인 걸까? 하긴, 그 자
신도 자신을 용서 못하겠는데 그녀는 오죽할까.

하지만 그럼에도 그는 물러설 수가 없었다. 그녀를 놓을 수가
없었다. 이기적이라고 해도 어쩔 수 없었다. 이대로 그녀의 상
처를 조금도 보듬어주지 못한 채 돌아설 순 없었다.

이내 태준은 결연한 표정으로 그녀를 바라보았다.

"나에게 다시 한 번만 기회를 줘."

"오빠."

"5일. 아니, 3일만. 그래, 3일만 내게 시간을 내줘."

"그런다고 달라지는 건 없어."

"달라지기를 바라서 그러는 거 아니야. 네 가슴에 내가 새긴
상처들, 아물게 해주고 싶어서 그래. 물론 단 3일 만에 그 상처
가 다 아물진 않겠지만, 기회를 줘. 지금 너에겐 지난 3년의 아
픈 기억만 남아 있어. 그럼, 행복했던 우리의 또 다른 3년은?"

순간, 감정을 숨기고 드러내지 않았던 그녀의 눈동자가 일렁
거렸다.

"난 네 가슴속에 아픈 상처 대신 조금이라도 우리가 행복했던
시간으로 다시 채워주고 싶어, 연우야."

태준이 간절함을 담아 애원하듯 그녀에게 마음을 전했다.

"그러니까 3일만 내게 네 시간을 내어줘."

10

후두둑, 후두둑.

하늘에서 빗줄기가 주룩주룩 쏟아지고 있었다. 태준을 처음 만난 그날, 그날도 늦은 가을비가 내렸었는데. 오늘도 그날처럼 비가 내리고 있었다.

참으로 거짓말 같은 우연의 일치였다.

연우는 지금 그가 말한 세 번의 기회 중 첫 번째 시간을 내어 주고 있었다. 차마 간절한 그의 마음을 외면할 수가 없었다.

"지금 너에겐 지난 3년의 아픈 기억만 남아 있어. 그럼, 행복했던 우리의 또 다른 3년은? 난 네 가슴속에 아픈 상처 대신 조금이라도 우리가 행복했던 시간으로 다시 채워주고 싶어, 연우야.”

태준의 말이 맞았다. 지금 그녀의 가슴속에는 3년의 아픈 기억만 남아 있었다. 아픈 상처 때문에 그녀가 세상에서 가장 행복했던 순간들을 지운 채 살고 있었다.
그래서일까. 그의 그 말을 듣는 순간, 애써 다잡았던 마음이 흔들렸다.

[연우야, 앞으로 딱 3일 동안은 네가 받은 상처 다 잊었으면 좋겠어. 그리고 태준 씨와 즐거운 시간 보내.]

오늘 아침 하진이 보낸 문자 메시지의 내용이었다. 연우는 그러겠다는 답장을 보내주었다. 그럴 것이다. 앞으로 3일간은 모든 상처를 잊으려고 해볼 것이다. 잊고 그를 만날 것이다. 그녀 역시 사랑한 남자에게 받은 아픈 상처보다는 사랑하는 남자와 사랑했던 순간들을 가슴속에 남기고 싶었다. 사랑하는 남자와 행복했던 기억들로 다시 가슴을 채우고 싶었다. 그것이 그녀가 그에게 시간을 내어준 또 다른 이유였다.
“우산이 없습니까?”
점심 식사를 마치고, 태준이 계산을 하는 사이 먼저 레스토랑을 빠져나와 비를 감상 중인 연우의 등 뒤로 다정한 남자의 음성이 들려왔다. 돌아보지 않아도 태준이라는 것은 빤히 알고 있었다.

“우산이 없으신 것 같은데, 방향이 같다면…….”

“아뇨, 괜찮아요.”

이어진 태준의 멘트를 그녀가 잘라 버렸다.

“제가 수작 거는 걸로 보입니까?”

그가 짐짓 언짢은 척하며 말했다.

“그게 아니라.”

“아니면?”

“오늘은 우산이 있거든요.”

연우는 씨익 입꼬리를 말아 올리며 가방 안에서 우산을 꺼내
들었다.

“아, 저런…….”

그녀의 손에 들린 우산을 보며 그가 낭패 어린 얼굴을 지어
보였다. 그러다 곧 웃음을 터뜨렸다.

“우리 처음 만난 날도 비가 왔었는데.”

태준의 음성이 빗소리에 섞여 나직하게 울렸다.

“응.”

연우가 쓸쓸하게 웃었다. 비를 보면 저절로 되새기던 첫 만남
의 기억을 그와 나누고 있다는 사실에 기분이 이상했다.

“이건 압수.”

“어?”

연우가 방심하고 있는 사이에 태준이 그녀의 손에서 우산을

쏙 가로채더니 옆구리에 끼었다.

"방향도 같은데, 우산 하나면 되잖아?"

"각자 쓰고 가. 옷 젖어."

"그러니까 내 걸 쓰려는 거야. 네 우산보다는 내 우산이 더 크니까. 물론 내 입장에서는 네 우산이 더 좋긴 하지만."

태준이 능청스런 얼굴로 어깨를 으쓱거리며 자신의 우산을 활짝 펼쳤다.

"어차피 주차장까지만인데 뭐. 이리 와."

강인한 그의 손이 머뭇거리는 그녀를 우산 속으로 이끌었다. 하는 수 없이 연우는 그와 한 우산을 나눠 쓰고 주차장으로 향했다. 주차장은 그리 멀지 않았다. 레스토랑 건물의 코너를 돌아 약 5분쯤 걸어가면 되었다.

주차장에 도착한 태준은 우선 연우를 조수석에 태웠다. 그리고 차체를 돌아 운전석에 오르자마자 시동을 걸고 히터를 틀었다.

"춥지? 조금만 기다려."

오른손을 뒷좌석으로 뻗어 무릎담요를 집어 올린 그는 담요를 그녀의 몸에 덮어주었다. 겨울 날씨라 조금만 밖에 있어도 금세 몸이 꽁꽁 얼었다.

"고마……."

고맙다는 말을 전하기 위해 고개를 돌린 연우의 이맛살이 약간 찌푸려졌다.

"외투 벗어."

"응?"

태준이 뜬금없이 무슨 소리냐는 듯 돌아보았다.

"옷 젖었잖아."

태준의 오른쪽 어깨가 비에 흠뻑 젖어 있었다. 그의 옷이 젖은 것에 비해 그녀의 옷은 빗방울만 조금 튕긴 정도였다. 아마 우산을 그녀 쪽으로 잔뜩 기울여 들었던 모양이다. 미련스럽게. 그러다 감기라도 걸리면 어쩌려고.

"얼른 벗어. 감기 걸리고 싶지 않으면."

"나, 걱정하는 거야?"

그녀의 타박이 싫지 않은지, 그가 벗은 외투를 뒷좌석으로 던지며 빙긋이 웃음을 지었다. 되돌아오는 대답은 없었지만 그의 입가에 떠오른 미소는 그대로였다.

얼마 지나지 않아 차 안에는 따뜻한 기운이 감돌았다.

태준은 서서히 차를 출발시키며 CD플레이어의 버튼을 눌렀다. 곧이어 흘러나온 아름다운 피아노 선율이 그녀의 귓가로 스며들었다.

"어?"

약간 동그랗게 뜨인 그녀의 눈동자가 반짝 빛났다. 지금 흘러나오고 있는 음악은 그녀가 가장 좋아하는 곡이었다.

이루마의 Kiss The Rain.

특히 오늘처럼 비가 내리는 날이면 더 생각나 찾아 듣곤 했었다.

"이 곡, 아직도 좋아해?"

"……."

"비 오는 날에는 꼭 이 곡 들었었잖아."

"기억해?"

그가 기억하고 있을 줄은 몰랐다. 흐른 시간만큼 그녀가 좋아하는 음악 정도는 잊어버렸을 줄 알았다.

"그럼, 다 기억해. 네가 뭘 좋아하는지 싫어하는지, 사소한 것 하나하나까지 다 기억하고 있지."

"왜……."

"안 되더라고. 아무리 잊으려고 애를 써봐도 안 잊히더라고, 이연우라는 여자에 관한 것은. 그런데 다행이야, 아무것도 잊은 게 없어서."

쓸쓸함이 담긴 독백과도 같은 그의 말이 그녀의 심장에 잔잔한 파동을 일으켰다.

연우는 한동안 아무 말 없이 운전을 하고 있는 그의 옆모습을 바라보았다.

다음 장소는 영화관이었다. 연우는 태준이 왜 영화관으로 온 것인지 알 수 있을 것 같았다. 첫 데이트를 시작한 날, 저녁 식사를 마치고 간 곳이 영화관이었다. 그가 좋아하는 게 무엇이냐고 물어오는 말에 그녀는 망설임없이 영화 보는 것을 즐긴다고 했다.

거짓말이 아니라 그녀는 정말로 영화를 좋아했다. 액션, 멜로, 코미디, 장르는 가리지 않았다. 시간상 자주 관람하지는 못했지만, 보고 싶었던 영화가 개봉하면 혼자 가서 보고 오기도 했다. 하지만 태준을 만난 후부터 영화를 볼 때면 늘 그가 곁에 있었다. 아, 이 영화가 보고 싶다, 라고 생각을 하고 있을 때면 어떻게 알았는지 그는 미리 예매한 표를 그녀에게 내밀었다.

늘 보던 영화였지만 그와 함께 본 영화는 느낌이 달랐다. 언제나 설레고 즐거웠다. 영화를 보는 재미도 몇 배 이상이었다. 사랑하는 사람과 좋아하는 것을 함께 나눈다는 것, 참 행복한 일이었다.

연우의 입가에 쓴 미소가 걸렸다. 그러고 보니 잊고 있었다. 태준이 떠난 후 영화를 볼 때면 이젠 더 이상 그가 곁에 없다는 사실에 아파하기만 했지 설레고 즐거웠던 순간들은 기억 저편에 묻어두고 있었다.

연우는 고개를 들었다. 얼마 남지 않은 영화 시간을 기다리며 팝콘을 사러 갔던 태준이 그녀에게 다가오고 있었다. 전보다 야위긴 했지만 여전히 멋지고 근사한 모습으로. 그녀와 시선이 마주친 그가 싱긋 웃어 보였다.

그 미소에 가슴이 제멋대로 요동을 쳤다.

"냄새 좋지?"

태준이 그녀의 옆에 앉으며 음료수 하나를 건넸다.

“밥 먹어서 배도 부른데, 팝콘까지 먹을 수 있어?”

“팝콘 먹을 배는 또 따로 있지. 영화에 팝콘은 기본이잖아. 자, 하나 먹어봐.”

그가 팝콘 하나를 그녀의 입속에 쏙 넣어주었다. 냄새만큼이나 팝콘의 고소한 맛이 입안에 감돌았다. 그의 말대로 팝콘 먹을 배는 따로 있나 보다. 배가 부른데도 자꾸 팝콘으로 손이 가는 걸 보면 말이다. 그렇게 팝콘을 먹으며 대화를 나누고 있는데 입장하라는 소리가 들려왔다.

“안으로 들어가.”

컴컴한 극장 안으로 들어가 좌석을 찾은 태준이 그녀를 먼저 안쪽으로 들여보냈다. 그래서 먼저 안으로 들어간 연우가 좌석에 앉으려는데 그가 팔을 붙잡았다.

“잠깐만.”

“왜?”

“내 자리에 앉아.”

“뭐?”

“옆에 다른 남자 앉는 거 싫어.”

태준의 미간이 좁혀졌다. 그녀를 먼저 들여보낼 때는 미처 보지 못했던 젊은 남자 두 명이 나란히 앉아 있었다. 두 시간 남짓한 시간 동안 그녀가 다른 남자 옆에서 영화를 보는 꼴은 볼 수 없었다. 그의 말에 연우는 어이없다는 듯 헛웃음을 흘리며 자리를 바꾸어 그의 좌석에 앉았다. 그제야 그녀를 대신해 다른 남자의 옆에 앉게 된 것이 만족스러웠던 그는 흐뭇한 미소를 지으며 영화가 시작하기 전에 나오는 광고로 눈을 고정시켰다.

하지만 잠시 후, 그의 얼굴이 못마땅하다는 듯 잔뜩 일그러지는 일이 생겨 버렸다. 나중에 입장한 관람객 역시 남자였던 것이다. 눈앞에 보이는 남자만 생각했지, 후에 비어 있는 그녀의 오른쪽 옆 좌석에 누가 앉게 될 거라는 건 생각하지 않고 있었다.

젠장!

결국 오늘, 그녀는 그와 다른 남자 사이에 껴서 영화를 볼 운명이었던 것이다.

영화가 끝나고 연우가 화장실에 간 사이 태준은 영화를 보기 전에 꺼두었던 휴대폰의 전원을 켰다. 액정에 불이 들어오고 기다렸다는 듯 휴대폰에서 메시지가 도착했다는 진동을 울렸다. 확인해 보니 성호였다. 영화를 보는 동안 전화를 했었나 보다. 그는 성호의 번호를 찾아 통화버튼을 눌렀다.

─뭐하는데 휴대폰까지 꺼놓으셨을까?

얼마 지나지 않아 성호가 웃음이 섞인 빈정거림으로 전화를 받았다.

"전화한 이유나 말해."

─어딘데?

"영화관."

─에? 고작 영화관?

고작? 고작이라니? 앞으로 3일 동안 연우와 무엇을 할까 고민하고 또 고민하고 택한 장소인데.

태준의 이마가 확 구겨졌다. 고작이란 단어로 이렇게 심기가 불편해질 줄은 몰랐다.

―야, 이럴 땐 이벤트 같은 걸 해줘야지. 영화가 뭐냐, 영화가. 그래서야 연우 마음 돌릴 수나 있겠냐?

“암것도 모르면 조용히 하고.”

태준이 딱딱한 목소리로 말했다. 그는 그녀의 마음을 돌리기 위해 3일의 시간을 내어달라고 한 것이 아니다. 그녀의 마음이 돌아서기를 원하는 건 사실이지만 기대는 하고 있지 않았다. 다만, 그가 3일 동안 시간을 달라고 한 이유는 그녀의 깊은 상처 위를 그와 그녀가 즐거웠던 순간들로 덮어주기 위해서였다. 아픈 상처만 남아 있는 그녀의 가슴속에 행복했던 추억들로 다시 채워주며 그 상처가 조금이라도 아물기를 바라서였다. 지금 당장 바라는 건 그것뿐이다. 그래서 고민고민을 하다가 그녀와 자주 갔던 곳, 또 평범했던 데이트 속에서 그중 그녀가 가장 행복해했던 순간들을 떠올리며 계획을 세운 것이다. 3년을, 세 달도 아니고 단 3일로 압축시키는 것은 어려운 일이었다.

“전화한 용건이나 말해.”

―그냥, 뭐하나 궁금해서.

“그런 시답지 않은 이유라면 그만 끊어라.”

그러자 수화기 저편에서 성호가 콧방귀를 뀌었다.

─하! 방해하지 마라?

"알면 끊지?"

연우가 걸어오는 게 그의 시야에 들어왔다. 여전히 아름다운 모습으로 그에게 다가오고 있었다.

─너, 내 도움은 벌써 잊은 게냐?

성호의 도움? 물론 받긴 받았다. 그녀와 오해를 풀 수 있었던 계기도 성호였고, 매일같이 카페로 찾아가는 그를 외면하던 그녀가 성호와 함께 갈 때는 외면하지 않았으니까.

하지만!

고마운 건 고마운 거다. 그는 이 귀중한 시간을 성호에게 단 1초도 방해받고 싶은 생각이 없었다.

"끊는다."

그녀가 그의 앞에 섰을 때 태준은 가차없이 전화를 끊어버렸다.

"통화 중이었어?"

"응, 성호."

"아……."

"그럼, 우린 다음 장소로 이동해 볼까? 자."

태준이 그녀에게 불쑥 손을 내밀었다. 하지만 그가 내민 손을 그녀가 선뜻 마주 잡아올 리 만무했다. 역시 그녀는 그가 내민 손을 모른 척하고 먼저 등을 돌렸다.

"음."

조금 민망한 듯 그가 손으로 턱을 문지르며 그녀의 뒷모습을 바라보았다. 그러다 긴 다리로 성큼성큼 몇 걸음 앞서 있는 그녀를 단숨에 따라잡은 그가, 그녀의 손을 확 낚아채듯 잡고 걷기 시작했다.

"가자."

그녀의 작고 보드라운 손이 그의 큰 손에 쏙 들어왔다. 그녀가 그에게 잡힌 손을 빼내려고 비틀었지만, 그럴수록 그는 더 단단히 그녀의 손을 잡았다. 그리고 차마 입 밖으로 내지 못한 말을 그녀의 눈을 보며 전했다.

이 손…… 다시는 놓고 싶지 않다, 연우야.

즐겨 갔었던 남산타워에 이어 인사동에서 한정식으로 저녁을 먹고 아파트에 도착하자, 시간은 어느덧 밤 9시를 향해 달려가고 있었다. 하루의 시간이 이토록 빠르게 지나간다는 느낌이 든 건 참 오랜만이었다.

엘리베이터가 10층에 멈추어 섰다. 연우는 그와 나란히 엘리베이터에서 내렸다. 그때까지 그녀의 손은 그의 손안에 있었다.

"피곤할 텐데, 푹 쉬어."

그제야 아쉽다는 표정으로 그가 그녀의 손을 놓아주었다.

"내일은 아침 일찍 움직여야 하니까, 일찍 자고. 7시까지 나와."

"어디 가는데 7시까지 나오래?"

내심 궁금해진 연우가 물었다.

"그건 내일 아침에 알려줄게."

"알았어. 들어가 쉬어."

연우는 고개를 끄덕이며 더 묻지 않고 돌아섰다. 그리고 현관문의 비밀번호를 누르고 문을 여는데 그가 이름을 불러왔다.

"연우야."

연우가 돌아서자, 어느새 가까이 다가와 선 그가 그녀의 두 볼을 감쌌다. 그리고 그의 뜨거운 입술이 그녀의 이마를 꾹 눌렀다. 갑작스런 그의 행동에 놀라 부풀어 오른 그녀의 동공이 흔들렸다. 입술을 뗀 그가 엄지손가락으로 그녀의 두 볼을 부드럽게 어루만지며 속삭이듯 말했다.

"잘 자."

연우는 아무 말 없이 집 안으로 들어왔다. 닫힌 현관문에 기대어선 그녀의 입에서 깊은 숨결이 흘러나왔다.

"하아."

내내 태준에게 잡혀 있었던 그녀의 손이 잠시 그의 입술이 머물렀던 이마로 올라왔다. 아직까지 그의 뜨거운 입술의 기운이 남아 있는 느낌이었다. 이어 그녀는 손을 내려 가슴으로 가져다 대보았다.

두근두근……. 심장이 뛰고 있었다.

예정보다 30분 늦게 출발해 도착한 곳은 정동진이었다. 평일이고 계절이 겨울이다 보니 바다는 한적했다.

차에서 내려 바다를 바라보며 연우는 조용히 미소를 지었다. 그녀가 그와 처음으로 함께 여행을 떠나온 곳이었다. 그 이후 처음 여행을 떠난 그날을 기념일로 만들어 해마다 같은 날 정동진을 찾았다. 첫 여행을 포함해 세 번이었고 같은 곳이었지만 그래도 그때마다 행복의 느낌은 달랐다. 하긴, 그 당시에는 그와 함께하는 모든 순간순간이 행복이고 즐거움이긴 했다.

문득 푸른 바다와 모래사장을 바라보고 있던 연우의 머릿속에 한 장면이 그려졌다.

"그건 왜 들고 와?"

정동진으로 첫 여행을 왔을 때, 그녀의 손을 잡고 맨발로 모래사장 위를 걷고 있던 그가 갑자기 어디론가 뛰어가더니 나무 막대기 하나를 들고 돌아왔다.

"기다려 봐."

그러더니 그 막대기로 넓은 모래사장 위에 무언가를 쓰기 시작했다.

"오빠, 뭐하는 거야?"

그녀의 물음에 그는 대답도 해주지 않고 쓰는 것에만 몰두했다. 도대체가 뭔가 하고 그가 쓰는 글귀를 바라보던 그녀가 하도 기가 막혀 입을 쫙 벌렸다. 그는 유치하게도 모래사장 위에 그녀의 이름을 적고 있었던 것이다.

“그만해. 창피하게 그게 뭐야?”

그녀는 재빨리 그의 팔을 붙잡고 말려댔다. 하지만 그는 그녀의 만류에도 불구하고 하던 것을 멈추지 않았다.

“창피하긴 뭐가 창피해. 다른 연인들은 다 하는구만. 저쪽 봐봐.”

그녀가 고개를 돌리자, 그의 말대로 한 커플이 그와 같은 상황을 연출해 내고 있었다. 하지만 한 가지 다른 점이 있다면, 그 커플 쪽의 여자는 남자가 하고 있는 짓을 좋아라 하며 박수까지 쳐대고 있던 것이다.

“남들 다 한다고 다 해? 어차피 지워질 건데.”

“그래도 기분이잖아. 이럴 때 아니면 언제 해봐.”

역시나 이번에도 두 손 두 발을 들어 보인 그녀는 그의 행동을 지켜볼 수밖에 없었다. 그는 언제나 그랬다. 진지할 땐 진지했지만 또 유치할 땐 아이처럼 한없이 유치했다. 어디를 가면 그녀와 다녀갔다는 흔적을 남기고 오는 것을 좋아했다. 그때마다 그녀는 말리는 입장이었지만 그는 말을 듣지 않았다.

“자, 봐봐.”

쓰고 싶은 글귀를 다 적었는지 그가 허리를 쭉 펴고 일어났다. 그다음 자랑스럽다는 듯 그녀에게 보라고 말했다. 그녀는 못 말리겠다는 얼굴로 고개를 내저으며 아래로 시선을 내렸다.

그가 남긴 글귀는,

─이연우! 환장하게, 그리고 미치도록 사랑한다!

그 뒤로 하트 세 개가 이어졌다.

그녀는 피식 웃음이 터져 나왔다. 말리긴 했지만 기분은 나쁘지 않았다. 아니, 크게 표현하지는 않았지만 솔직히…… 좋았다.

"무슨 생각해?"

태준이 여유분으로 챙겨온 코트를 연우의 어깨 위로 걸쳐 주며 물었다. 바다에서 부는 겨울바람은 한층 더 매서웠다.

"그냥."

"내가 맞혀볼까?"

연우가 돌아보자 그는 마치 그녀가 무슨 생각을 하고 있었다는 걸 안다는 듯 자신만만한 표정을 짓고 있었다.

"음. 난 저 모래사장 위에 막 널 사랑한다고 적고 있고, 넌 그런 날 유치하니까 그만두라고 말렸던 생각."

정확히 맞히는 태준의 말에 속이 뜨끔한 그녀였지만, 겉으로는 내색하지 않으며 다시 바다로 눈을 돌렸다.

"내가 어떻게 알았는지 알아?"

무언의 침묵을 긍정으로 받아들인 그녀의 얼굴을 내려다보았다.

“……”

“나도 그 생각 하고 있었거든.”

“……”

“너도 왠지 나랑 같은 생각을 하고 있을 것 같았어.”

어쩐지 쓸쓸함이 묻어 있는 음성이다. 연우는 그를 살며시 올려다보았다. 그녀의 시선이 느껴졌지만, 그는 그저 아무 말 없이 조용히 그녀의 어깨를 감싸 안았다.

눈앞에 펼쳐진 바다와 모래사장을 보며, 지난 과거의 행복했던 기억이 두 사람의 가슴속으로 스며들어 왔다.

“배고프지 않아?”

고요하게 파도치는 바다의 전경을 바라보던 태준이 먼저 입을 열었다. 두 사람이 오늘 먹은 건 휴게소에서 아침으로 먹은 우동이 전부였다.

“응, 점심 먹으러 가자.”

사실 연우는 아직 배가 고프지 않았다. 하지만 아침 일찍부터 운전을 하고 이곳까지 온 그는 많이 출출할 것이다.

다시 차를 타고 점심을 먹기 위해 달려온 곳은 정동진에 올 때마다 늘 들렀던 한 횟집이었다. 바다가 한눈에 내려다보이는 이 횟집을 그녀가 무척 마음에 들어했다.

횟집의 주인도 바뀌지 않았고 인테리어도 그대로였다. 하나도 변하지 않았다. 변한 게 있다면 지금 그와 그녀의 관계뿐이었다.

회를 주문하면 기본으로 나오는 음식들을 모두 먹고 나자 회 접시가 상 위에 올려졌다.

"음, 맛있겠는걸?"

태준이 회 한 점을 집어 그녀의 접시 위에 올려주었다. 연우는 그가 준 회를 집어먹었다. 싱싱한 회가 입안에서 살살 녹았다.

"콜록콜록."

회 접시가 거의 비어갈 때쯤 그가 또 기침을 했다. 아침에 운전을 하고 내려오면서도 기침을 몇 번 했는데, 감기가 오는 게 아니냐고 물으면 그때마다 그는 아니라는 대답만 했다.

"정말 감기 아니야?"

연우가 걱정스러운 얼굴로 물었다. 아까까지는 못 느꼈는데 이렇게 마주 보고 앉아 있으니 안색도 별로 좋아 보이지 않았다.

"아니라니까?"

역시 그는 이번에도 부정하며 고개를 저었다.

"자꾸 기침을 하니까 그러지."

"그냥 좀 따끔거릴 뿐이야. 감기 아냐. 걱정하지 말고 얼른 먹어."

태준은 그녀를 안심시키며 회를 그녀의 앞으로 밀어주었다. 사실 이틀 전부터 목이 따끔거리긴 했어도 기침까진 하지 않았다. 어제까지도 괜찮았었다. 그런데 오늘 아침부터 기침을 시작하더니 약간의 두통 증세도 찾아왔다. 그래도 다행히 증세는 심하지 않았고, 이 정도쯤은 얼마든지 참을 수 있었다. 어떻게 얻은 시간인데, 다음으로 미룰 순 없었다.

주문한 음식들이 한 상 가득 차려졌다. 성호는 젓가락을 들어 하나하나 맛을 보며 앞에 앉아 있는 유정을 쳐다보았다.
"통 연락이 없으시더니?"
날이 어두워지고 퇴근을 할 무렵, 그동안 잠잠하니 소식이 없던 유정이 함께 저녁을 먹자는 연락을 해왔다.
"지방에 출장을 다녀왔거든."
"그랬구나."
"근데 태준이는 휴대폰이 꺼져 있던데?"
유정이 고기 한 점을 입속으로 집어넣으며 지나가듯 슬쩍 물었다. 얼마 전 비 오는 날 밤, 연우와 함께 한 우산을 쓰고 오는 태준과 다툰 후로 처음 한 연락이었다. 그렇게 아파트를 나왔는데 지금껏 아무런 연락도 없는 그에게 마음이 상했다. 그래도 언제까지 이대로 지낼 수 없다는 생각에 먼저 전화를 걸었는데, 휴대폰 전원은 하루 종일 꺼져 있었다.
"꺼져 있어?"
"그렇던데?"
"훗, 자식. 꽤나 방해받기 싫었나 보네."
성호가 피식하고 웃음을 흘렸다.

“무슨 말이야? 방해라니?”

유정의 눈썹이 휘어졌다.

“아, 맞다. 넌 모르겠구나?”

“뭘?”

“태준이랑 연우 다시 시작할 것 같아.”

“……뭐?”

순간 유정의 심장이 쿵 떨어졌다.

태준이가 연우랑 다시 시작을 하다니……?

“요즘 태준이, 연우 마음 돌리려고 애 무지하게 쓰고 있거든.”

도대체 왜? 유정은 조금씩 떨려오는 손을 천천히 상 아래로 내렸다.

“그…… 래?”

“응. 아참, 너한테 물어볼 거 있었는데.”

“뭔데?”

“3년 전에 태준이 미국으로 떠나고 너, 그 자식 아파트에 갔었냐?”

“어?”

전혀 예기치 못한 성호의 물음에 유정의 가슴이 다시 한 번 철렁 내려앉았다.

그건…… 왜 묻는 거지? 아니, 어떻게 알았지? 설마, 연우가…….

“너, 그 자식 집 정리해 주러 갔었다며?”

“음, 그건…….”

유정은 입안이 바싹바싹 마르기 시작했다. 너무 예상치 못한 것이라 어떻게 말을 해야 하나 머리를 빠르게 움직였다.

“태준이가 갑자기 미국으로 떠났잖아. 아무래도 집 정리를 제대로 못하고 갔을 것 같아서, 조금 정리해 주러 간 것뿐이야.”

유정은 그저 머릿속에 떠오르는 대로 대충 말을 늘어놓았다.

“그래? 연우 친구 말로는 태준이가 부탁했다고 했다면서? 태준인 그런 부탁 한 적 없다고 하던데.”

성호의 말에 연우의 뒤를 따라 들어왔던 사내 같은 차림의 여자 한 명을 떠올렸다.

“그건, 그때 연우 씨가 갑자기 들어오는 바람에 당황스러워서 나도 모르게 그렇게 둘러댄 거야.”

“그래?”

“왜? 연우 씨가 그 일로 뭐라고 해?”

유정은 최대한 담담한 말투를 만들어내며 불끈 솟는 감정을 가까스로 억누르고 있었다.

“아니, 연우가 그런 일로 뭐라고 하는 애는 아니지.”

성호는 더 묻지 않고 넘어가려는 듯했다. 현관 비밀번호를 어떻게 알고 들어갔는지까지 물어보면 어쩌나 하고 가슴을 졸였는데, 다행이었다. 그녀가 태준의 집 현관 비밀번호를 알게 된 계기는 순전히 우연이었다. 밖에서 태준과 성호와 저녁을 먹고

2차로 태준의 집에서 간단히 맥주 한잔을 한 날이었다. 그렇게 따라갔다가 태준이 비밀번호를 누르는 걸 옆에서 보게 된 것이다. 하지만 결코 태준이 떠난 날 외에는 단 한 번도 직접 비밀번호를 누르고 그의 집을 들어간 적은 없었다.

"근데 왜 태준이는 연우 씨랑 다시 시작하는 건데?"

더 이상 물어오지 않는 성호를 보고 한시름 놓은 유정은 이제 자신이 알아야 할 것에 대해 물었다.

"그거야 아직 마음이 있으니까 그런 거지 뭐겠어."

"태준이는 그 일을 용서할 수 있대? 자기 없는 동안에 다른 남자를 만나고 다녔는데도?"

"아, 그거?"

성호는 그제야 유정이 아직 태준과 연우의 사이에 있었던 깊은 오해를 아직 모르고 있다는 걸 알아차렸다.

"사실은……."

그때였다. 성호가 막 둘의 오해에 대해서 입을 열려고 하는데, 그의 주머니에서 휴대폰이 울려댔다.

"잠깐만."

유정에게 양해를 구한 성호가 전화를 받았다. 발신지는 회사였다.

"뭐? 알았어, 내가 사무실로 들어갈게."

몇 분간 통화를 계속하던 성호가 전화를 끊더니 자리에서 일어났다.

“미안하다, 유정아. 나 사무실에 들어가 봐야 해.”

“급한 일인가 봐?”

“응. 미안, 천천히 먹고 가. 전화할게.”

정말 급한 일이 생긴 건지, 성호가 급히 식당을 빠져나갔다. 성호가 돌아가고 홀로 남은 유정의 표정이 급속도로 굳어지기 시작했다.

결국 또…… 이연우인 거야, 서태준?

어떻게 연우를 용서하고 그녀와 다시 시작할 준비를 하고 있는지 유정은 태준을 도무지 이해할 수가 없었다.

말도 안 돼, 그건.

유정의 눈빛이 표독스럽게 변해갔다. 태준을 다시 이연우의 옆으로 가도록 내버려 둘 순 없었다.

연우는…… 태준의 곁에 설 자격이 없는 여자였다.

11

하진이 카페 안으로 들어서는 연우를 밝게 웃으며 맞이했다.

"왔니?"

"응."

연우는 카운터 밑 서랍에 가방을 넣어두고 의자에 앉았다. 그리고 하진을 향해 미안한 빛을 내비치며 말했다. 그녀가 그와 3일의 시간을 갖는 동안 카페의 모든 일을 하진에게만 맡겼기 때문이다.

사실 오늘까지이긴 하지만 오늘 그와의 약속 시간은 오후에 잡혀 있었다. 그래서 남는 시간에 조금이나마 일을 거들기 위해 나온 것이다.

“혼자 많이 힘들지?”

“힘들긴. 대신에 연희가 종일 나와서 거들었잖아.”

연희는 시간제 아르바이트생이었다.

“그래, 어제 정동진은 잘 다녀왔어?”

“잘 다녀왔어.”

“재밌었어?”

“그렇지 뭐.”

연우의 눈가에 엷은 미소가 어렸다.

“계집애, 그렇긴 뭐가 그래? 얼굴이 다 좋아 보이는구만.”

하진이 그녀를 보며 슬쩍 눈을 흘겼다.

“좋긴 뭐가.”

“아니야, 정말 그래. 밝아 보이면서 편안해 보여. 보기 좋아.”

하진의 말이 쑥스러운 듯 그녀가 손바닥을 자신의 볼에 가져다 댔다.

“뭐했는데?”

“그냥, 돌아다녔지 뭐.”

연우는 대강 말을 얼버무렸다. 특별히 한 것은 없었다. 아니, 오히려 특별했다고 해야 하나? 그들이 행복했던 순간들의 흔적을 찾아다니며, 그때의 소중했던 기억을 다시금 되새기는 시간을 가졌으니 말이다.

“오늘이 벌써 3일째네?”

“응.”

어느덧 훌쩍 이틀이 지나갔다. 그리고 바로 오늘, 3일의 시간 중 마지막 날이었다. 이상하게도 그와 함께 보낸 이틀의 시간이 눈 깜짝할 사이에 지나간 느낌이 들었다. 오늘이 마지막이라는 것 역시 그녀의 기분을 착잡하게 만들었다. 참…… 우습게도 말이다.

"연우야."

잔에 커피를 따르며 하진이 다소 진지한 음성으로 그녀의 이름을 불렀다. 연우는 말없이 하진을 바라보았다.

"넌 앞으로 어떻게 할 생각이야?"

"……."

"오늘이 네가 태준 씨한테 준 3일 중의 마지막 날이잖아."

연우의 입가에 머물러 있던 미소가 서서히 거두어졌다. 하진이 무얼 묻고 싶은 것인지 알 것 같았다. 그리고 마지막이라는 단어가 그녀의 가슴에 아프게 박혔다.

"너도 이제 마음의 결정을 해야 하지 않을까? 태준 씨를 다시 받아들이든지 아니면 오늘로 깨끗이 정리를 하든지."

하진이 커피 한 잔을 그녀의 앞에 놓아주며 말했다. 연우는 가만히 김이 모락모락 올라오는 커피잔으로 시선을 두었다. 어떻게 해야 할지 아직 모르겠다. 어떻게 해야 좋을지, 마음의 갈피를 잡을 수가 없었다.

어쩌면 쉽게 결정하지 못하고 이런 고민을 하고 있다는 것은 그에게 흔들리고 있다는 것일지도 모른다. 태준과 3일이라는 시간을 갖기 전까진 그를 다시 받아들일 수 없다던 그녀의 마음이 지금 흔들리고 있는 것이다.

"그래, 쉽지는 않겠지."

연우의 얼굴에 복잡한 심경이 고스란히 드러나 있었다. 그런 연우를 하진이 안쓰러운 눈빛으로 바라보며 한숨을 쉬었다.

"하지만 연우야."

"……."

"난 네가 무슨 선택을 하든 후회하지 않는 쪽을 선택했으면 좋겠어."

연우가 태준과 다시 시작한다고 하면 다시 시작하는 사랑에 응원을 해줄 것이고, 그 반대의 선택을 한다고 하면 묵묵히 어깨를 다독여 줄 것이다. 다만 하진이 바라는 건, 연우가 무슨 결정을 내리던 조금이라도 덜 후회하는 쪽을 선택했으면 하는 것이다. 이젠 더 이상 그녀가 아파하는 모습을 곁에서 지켜보고 싶지 않았다.

"근데 왜, 오늘은 약속 시간이 그렇게 늦어?"

하진이 밝은 목소리로 기분을 전환시켰다.

"글쎄, 모르겠어."

"태준 씨가 아무 말 안 해주든?"

"어제 정동진 가는 것도 가면서 알았어."

"그래?"

연우가 대답 대신 고개를 한 번 끄덕였다. 정동진에서 저녁을 먹고 출발해 서울에 도착하니 거의 밤 12시가 다 된 시간이었다. 엘리베이터에 올라 10층으로 올라가면서 태준이 마지막 날 일정에 대해 알려주었다. 하지만 알려온 건 오후 5시에 데리러 오겠다는 말뿐이었다. 집에 있으면 집으로, 카페에 있으면 카페로 데리러 온다는 말에 어차피 약속 시간이 늦은 시간이라면 카페에 가 있겠다고 대답했다.

“무슨 다른 약속이 있는지도 모르지.”

연우는 어쩌면 그럴 수도 있겠다는 생각이 들었다.

“그건 아니라고 봐.”

하진이 고개를 절레절레 저었다.

“태준 씨한테는 너랑 보내는 3일이 그 어떤 것보다 중요한 일일 텐데 그 시간에 다른 약속을 잡았을 것 같아? 그건 아닐 거야. 태준 씨 나름대로 무슨 계획이 있을 거야. 좀 궁금한데? 하긴 뭐, 이따 만나보면 알겠지.”

어깨를 으쓱이는 하진을 보며 연우는 피식 웃었다. 어째 그녀보다 하진의 기분이 더 들뜬 것 같아 보였다.

그렇게 두 시간이 흐르고 12시 무렵 아르바이트생이 도착했다. 하진과 알바생과 함께 간단히 점심을 먹은 연우는 책 한 권을 꺼내 들고 읽기 시작했다. 하지만 글자가 눈에 들어오지 않아 한 페이지를 넘기기가 힘들었다. 아직 태준과의 관계에 대해 아무 결정도 내리지 못한 마음이 어수선한 탓이었다.

Rrrrr. Rrrrr.

그때, 카운터 위에 올려두었던 휴대폰이 울렸다. 성호였다.

"여보세요."

―연우야, 어디니?

"카페야, 왜?"

―저기 그게…… 나, 부탁 하나만 해도 되냐? 너한테는 아무 말 말라고 했는데.

무슨 부탁인지 성호가 조금 망설이는 기색을 보였다.

"뭔데?"

―그게 말이야, 태준이 녀석이 몸살이 난 모양이야.

"뭐?"

연우의 이마가 찌푸려졌다.

―11시쯤 전화가 왔더라고. 약을 좀 사가지고 와달라고.

"심한 것 같아?"

연우가 걱정스런 낯빛으로 물었다.

―목소리가 잔뜩 쉰 거 보면 그런 것 같아. 내가 금방 가겠다고 하긴 했는데, 현장에 일이 터져 버려서 여태 못 가고 이러고 있다. 그 자식 웬만해서는 약 사가지고 오라는 전화 같은 건 안 하는데, 몸이 안 좋긴 안 좋은가 봐.

성호의 목소리에도 걱정이 가득 배어 있었다. 그렇잖아도 어제 안색이 별로 좋지 못하긴 했었다.

그렇게 감기가 아니라고 하더니.

연우는 그의 미련함에 울컥한 감정이 치밀어 올랐다.

─그래서 말인데…… 나 대신 네가 좀 가보면 안 될까? 내가 지금으로선 도저히 시간을 못 낼 것 같아. 안 그래도 너희 오늘 만나기로 했으니까, 조금만 더 일찍 만난다고 생각하고. 하긴, 그 몸으론 나오지도 못하겠다.

잠시 망설이던 연우는 성호에게 알았다며, 가보겠다는 말을 전하고 통화를 마쳤다. 사람이 아프다는데 갈 수 없다고 매정하게 거절할 수가 없었다. 그리고 그녀 또한 그가 걱정되었다.

"누군데?"

옆에서 통화하는 하는 걸 지켜보고 있던 하진이 물었다.

"성호 선배."

"근데? 어딜 가보겠다는 거야?"

"오빠한테. 몸살이 났나 봐."

"감기?"

"응. 어제도 안색이 안 좋아 보이긴 했거든. 기침도 조금 하고. 그런데 그렇게 괜찮다고 하더니만."

속상한 듯 연우가 가라앉은 목소리로 말했다.

"너, 걱정시키기 싫어서 그랬겠지. 얼른 가봐."

연우는 고개를 끄덕이며 가방을 챙겨 일어섰다. 그 순간, 아직 그녀의 손에 들려 있던 휴대폰이 또 한 번 짧게 울렸다. 이번엔 메시지가 도착했다는 소리였다. 연우는 휴대폰을 집어 메시지를 확인했다. 태준이었다.

[연우야, 미안한데. 우리 오늘 약속, 내일로 미뤄도 될까? 내가 급한 일이 좀 생겨서. 정말 미안해. 답장 줘.]

"하아."

메시지를 확인한 연우의 잇새로 한숨이 새어 나왔다. 답장을 보내는 대신 휴대폰을 코트 주머니에 집어넣은 그녀는 서둘러 카페를 나섰다.

땡!

10층에서 멈춘 엘리베이터가 스르르 열렸다. 아파트 앞에서 죽을 포장해 온 연우는 그의 집 현관 앞에 섰다.

[연우야, 내가 아깐 급해서 미처 말 못했는데, 태준이가 비밀번호 누르고 들어오라고 가르쳐 줬어. 번호가 네 생일이더라. 0302.]

택시 안에서 받은 성호의 문자 메시지였다. 문도 못 열어줄 정도로 몸이 안 좋은 건가. 연우는 마음이 무거워졌다.

디지털 도어락으로 뻗어나간 그녀의 손가락이 비밀번호 네 자리를 하나씩 눌러 나갔다. 너무나도 익숙한 번호. 그가 이 집으로 이사를 왔을 때 그녀의 생일로 설정해 놓은 비밀번호는 아직 그대로였다. 돌아와서는 바꾸었을 줄 알았는데.

3년이라는 세월이 흐르고 다시 그의 현관 앞에서 자신의 생일을 누르고 있는 그녀는 새삼 기분이 묘했다.

띠리릭.

도어락의 잠금장치가 해제되는 소리가 울렸다. 연우는 현관문을 열어젖혔다. 집 안은 적막했다. 거실로 들어서자 열려 있는 방문 사이로 침대에 누워 있는 그의 모습이 시야에 잡혔다. 포장해 온 죽을 거실 테이블 위에 올려놓은 그녀는 우선 그의 상태부터 살펴보기 위해 방으로 들어갔다.

"……왔냐?"

인기척을 느낀 모양이다. 이불을 뒤집어쓰고 한쪽 팔을 이마에 올린 채 눈을 감고 있는 태준에게서 잔뜩 갈라진 음성이 흘러나왔다. 그는 지금 그녀를 성호라 착각하고 있었다. 그녀는 조용히 그의 곁에 다가가 섰다.

"많이 안 좋아?"

걱정이 스민 그녀의 눈길이 그를 내려다보았다.

"연…… 우?"

"응."

태준은 이마에 올린 팔을 내리고 힘겹게 눈꺼풀을 들어 올렸다. 당연히 성호일 거라고 생각했는데. 반쯤 뜨인 눈으로 희미하게 연우의 모습이 보이자 미간의 찌푸림이 한층 깊어졌다.

분명 연우한테는 아무 말 말라고 했건만.

태준은 무거운 몸을 일으켜 침대에 기대앉았다.

"성호한테 연락받고 온 거야?"

연우는 힘들게 말을 뱉어내는 그를 바라보며 말없이 고개를 끄덕였다. 좀 전에는 팔로 가리고 있어 보지 못했는데 그의 얼굴이 식은땀으로 흠뻑 젖어 있었다. 손으로 이마를 짚어보니 역시 불덩이였다.

"만지지 마."

태준이 연우의 손을 밀어냈다.

"감기 옮아."

어제 잠자리에 들 때만 해도 몸이 이렇게 안 좋아질 줄은 몰랐다. 기침을 하고 두통이 있긴 했어도 심하진 않았으니까. 그런데 아침에 눈을 뜨니 침대에서 일어나기가 힘들었다. 몸이 으슬으슬 떨리고 기운이 하나도 없었다.

집에 약 같은 게 있을 리 만무했다. 그래서 성호에게 전화를 걸어 약을 부탁했던 것이다. 성호가 사다 준 약을 먹고 조금 자고 일어나면 나을 것 같아서였다.

하지만 성호는 두 시간이 지나도록 오지 않았고, 그동안 그는 생각을 바꾸었다. 약을 먹는다고 몇 시간 만에 몸이 나을 것 같지가 않았다. 오늘은 그녀를 만나기 전 그에게 혼자만의 시간이 필요한 날이었다. 하지만 이 몸으로는 제대로 준비를 할 수가 없었다.

또 준비를 한다 하더라도 이런 모습을 보이면 그녀의 걱정만 살 게 분명했다. 아픈 모습을 그녀에게 보여주고 싶지 않았고, 무엇보다 그녀에게 감기가 옮아갈지도 모른다는 것이 제일 염

려스러웠다.

"그래서 약속 미루자고 한 거야? 나 옮을까 봐?"

"……응."

그녀는 그가 무슨 심정으로 약속을 미뤘는지 모를 것이다. 어떻게 얻은 3일인데, 하필 제일 중요한 순간에 몸살이 나다니. 마지막 계획도 다 세워놨는데. 그는 하늘이 다 원망스러웠다.

"그러니까 돌아가."

"지금 나 걱정할 때야?"

아픈 자기 몸이 아니라 그녀를 걱정하는 그가 못마땅한 듯 연우가 퉁명스럽게 쏘았다.

"병원 가봐야 하는 거 아니야? 열이 많은데."

그러면서 다시 그의 이마를 짚어보았다. 손바닥으로 뜨거운 기운이 스며왔다.

"괜찮아."

태준은 고개를 저었다.

"죽 사 왔어. 약 먹기 전에 우선 죽부터 먹자. 기다려."

"아니야."

태준이 돌아서려는 그녀의 팔을 붙잡았다.

"내가 나갈게."

"걸을 수 있겠어?"

연우의 말에 그는 한쪽 입꼬리를 씩 올리며 이불을 걷어내고 침대에서 내려왔다.

“못 걸을 정도까진 아니야.”

터덜터덜, 그가 방을 빠져나갔다. 그의 뒷모습이 상당히 지쳐 보였다. 그런데도 최대한 아픈 것을 감추려 하는 그의 모습에 그녀는 속이 상했다.

“입맛없더라도 그건 다 먹어.”

연우는 그릇으로 옮겨 담은 죽을 그의 앞에 놓아주며 식탁 맞은편에 앉았다. 그리고 물김치를 바로 앞으로 밀어주었다. 그가 고개를 끄덕이며 수저를 들고 죽을 한술 떠먹었다. 목으로 넘기기가 힘이 드는지 얼굴을 살짝 찡그렸다. 그는 그래도 겨우겨우 그녀가 덜어준 죽을 모두 비워냈다.

“들어가 누워 있어. 조금 있다가 약 가져다줄게.”

죽을 방금 먹었으니 아무래도 약은 몇 분 후에 먹는 게 나을 거다.

“그냥 여기 있을래.”

“왜?”

“네가 여기 있잖아.”

순간, 식탁을 정리하던 연우의 손이 멈칫했다. 그러나 곧 다시 손을 움직인 그녀는 그릇을 들고 싱크대로 돌아서며 슬쩍 한마디 던졌다.

“아까는 돌아가라더니.”

“그러게.”

태준은 쓰게 웃었다. 그녀가 아는 것을 원치 않았으면서도,

막상 그녀를 보니 반가운 마음이 드는 건 어쩔 수 없었다. 딱딱한 식탁 의자에 앉아 있는 것이 힘겨웠지만 눈앞에 그녀가 있어 견딜 수 있었다.

방으로 들어가 편히 눕는 것보다 힘들어도 이렇게 앉아 그녀를 보고 있는 것이 더…… 좋았다.

"내가 보낸 문자, 확인했어?"

설거지를 하고 있는 그녀의 뒷모습을 보며 태준이 물었다.

"응."

"그럼, 내일로 미뤄도 되는 거지?"

"……."

"연우야."

대답이 들려오지 않자 그가 그녀의 이름을 불렀다. 설거지를 끝낸 그녀는 수건으로 손의 물기를 닦으며 돌아섰다.

"오늘내일은 푹 쉬어."

"오늘만 약 먹고 쉬면 내일은 괜찮아질 거야."

"일요일로 미뤄."

아무리 몸이 낫더라고 내일까지는 푹 쉬는 게 좋을 것 같았다. 또 카페도 하진에게만 맡기는 것이 미안하기도 했다. 그리고 이번 주 일요일이 민호의 결혼식이었다. 그날 하루는 카페 문을 닫기로 하진과 말을 맞춰놓았고, 그가 약속 시간을 오늘처럼 늦게 잡는다면 상관없을 것이다.

연우가 상황을 설명하자, 그가 아쉬운 표정을 지으며 하는 수 없다는 듯 받아들였다.

"이제 그만 돌아가."

약을 먹고 침대에 누운 태준이 그녀를 향해 말했다.

"잠드는 것까지만 보고 갈게."

연우가 이불을 덮어주며 대답했다. 또다시 돌아가라는 걸 보니 감기를 그녀에게 옮길까 봐 걱정스러운 모양이었다.

그렇게 아프지 않은 척 보이려고 애를 쓰더니, 그는 얼마 지나지 않아 약 기운이 몰려드는지 금세 잠들었다.

연우는 그가 잠든 것을 확인했음에도 바로 돌아서지 못했다. 약을 먹고 잠들어 있는 그를 혼자 두고 돌아서자니 발길이 떨어지지가 않았다.

결국 침대 옆에 있는 의자에 앉은 그녀는 가만히 그의 얼굴을 바라보았다. 하루 만에 더 야윈 그의 모습에 심장이 먹먹하게 젖어들었다.

몸이 좋지 않은 상황에서 하루 일정으로 정동진을 다녀왔으니 병이 도질 만도 했다.

아마 성호의 전화를 미리 받지 못했다면, 그가 보낸 메시지에 서운했을 것이다. 간절하게 3일만 시간을 내어달라고 했던 그가 전화도 아니고 달랑 문자 메시지 한 통으로 사정 설명도 없이 약속을 미루자고 한 것에 대해 감정이 상했을지도 모른다. 그런데 그가 왜 문자로 보낼 수밖에 없었는지 알 것 같았다. 아프다는 걸 그녀에게 알리고 싶지 않았을 테지. 그것이 그녀의 가슴을 아리게 파고들었다.

"난 네가 무슨 선택을 하든 후회하지 않는 쪽을 선택했으면 좋
겠어."

문득 하진의 말이 떠올랐다. 후회하지 않는 선택이라……. 무
슨 선택을 해야 후회하지 않을까.
그녀는 깊은 숨을 내쉬며 눈을 감았다.
이연우. 너 이 남자, 기다리고 있었잖아.
그래, 기다리고 있었다. 바보같이 잊지 못하고 돌아오기를 바
라고 있었다.
아직 이 남자 사랑하고 있잖아.
그래, 아직 사랑하고 있다. 아파서 누워 있는 모습이 이토록
안쓰럽고 가슴이 저릿한 걸 보면 사랑하고 있음이 틀림없었다.
그런데도 너, 이 남자가 내민 손 밀어내고 후회 안 할 자신 있
어?
아니, 솔직히 자신…… 없었다. 그와 다시 사랑을 시작할 자
신이 없으면서도, 또 그를 밀어내고 후회 안 할 자신도 없었다.
지난 이틀 동안 그로 인해 잊고 있었던 설레임을 느꼈고, 짧지
만 행복했다. 그렇게 그와 함께 보낸 짧은 시간은 그녀에게 더
혼란만 안겨주었다. 그를 받아들일 수도, 놓을 수도 없는.
그럼 그가 내민 손, 다시 잡으면 되잖아. 지금 이 남자, 네 상

처를 치유해 주려고 많이 노력하고 있잖아. 너에게 애쓰고 있잖아. 보내고 후회하지 말고 그에게 한 번 더 기회를 줘봐. 그를 한 번 더…… 믿어봐.

감겼던 그녀의 두 눈이 서서히 열렸다. 그리고 그 시선은 그의 얼굴에 가 닿았다.

그래도…… 될까?

이 남자를 다시 한 번…… 믿어봐도 될까?

하진은 마지막 하나 남은 참치김밥을 입안으로 쏙 집어넣었다. 입술을 오물거리며 배불러 행복하다는 듯한 표정을 지어냈다. 카페로 오면서 하진과 연우가 저녁 식사 전인 것을 확인한 소연은 참치김밥과 쇠고기김밥을 두 줄씩 포장해 왔다. 그중 세 줄이 하진의 입으로 들어간 것이니 배가 부를 만도 했다.

"소연 씨, 잘 먹었어요."

"뭘요, 고작 김밥 몇 줄 가지고요."

하진의 말에 소연이 멋쩍다는 듯 대답했다. 언제 화가 났었냐는 듯, 여느 때와 같이 민호와 다정하게 손을 붙잡고 해맑게 웃고 있었다. 아무래도 민호가 싹싹 빌고 달래서 소연의 화를 풀어준 모양이었다.

"그나저나 할 말이란 게 뭐야?"

민호가 연우를 보며 물었다. 얼마 전에 통화를 하면서 두 사람에게 할 말이 있다며 카페로 부른 것이 그녀였다. 그리고 오늘 낮에 저녁에 들르겠다는 전화를 받고 미리 은행을 다녀왔다.

"아, 잠깐만."

자리에서 일어나 카운터로 걸어간 연우는 자신의 핸드백 안에서 하얀 봉투를 꺼내가지고 다시 돌아왔다. 그리고 그 봉투를 민호와 소연의 앞에 놓아주었다.

"이거 받아."

"이게 뭔데?"

봉투를 손에 든 민호의 눈에 의아한 빛이 떠올랐다.

"얼마 안 되지만, 신혼여행비에 보태."

"이러지 않아도 돼. 괜찮아."

"그래요, 언니. 저희 돈 있어요."

민호에 이어 소연도 사양을 하며 봉투를 되돌려주려고 하자 연우가 고개를 저었다.

"두 사람에게 돈이 없어서 주는 거 아냐. 내 마음이야. 나 명색이 민호 누나야. 이제 소연 씨는 내게 하나밖에 없는 올케고. 동생이 결혼하는데, 누나가 이 정도는 해줄 수 있는 거야. 결혼 전에 필요한 것도 많을 텐데 없다고만 하고. 두 사람, 이것마저 안 받으면 나 진짜 섭섭해."

연우는 정말 서운하다는 얼굴로 민호와 소연을 바라보며 말했다. 그러자 두 사람 모두 난감하다는 듯 선뜻 받아 넣지를 못했다.

"이 두 사람, 답답하네. 망설일 것이 따로 있지, 이런 건 받아두는 거예요. 다른 것도 아니고 결혼 선물이잖아. 누나가 동생에게 주는."

하진까지 중간에서 거들고 나서자 망설이던 민호가 어색하게 웃어 보였다.

"그럼 잘 쓸게. 고마워."

"감사해요, 언니."

그제야 두 사람은 연우가 결혼 선물로 준 봉투를 감사의 마음을 전하며 받아 넣었다. 연우의 입가에 다정한 미소가 떠올랐다.

이제 민호와 소연의 결혼도 4일밖에 남지 않았다. 두 사람 모두 가슴속에 아픈 상처가 있는 만큼 서로가 그 상처를 사랑으로 보듬어주며 이제부터는 누구보다 행복하기를 바라고 또 바랐다.

"오빠, 우리 이제 그만 가야지. 우리 준비할 것도 많잖아."

한참 대화를 나누다가 시간을 확인한 소연이 민호를 향해 말했다.

"아, 벌써 시간이 이렇게 됐네? 그래, 일어나자."

민호와 소연이 코트를 챙겨 입으며 자리에서 일어났다. 결혼을 코앞에 두고 있으니 이것저것 준비할 것이 많을 것이다.

"민호야."

따로 할 말이 남아 있던 연우가 민호를 잠시 불러 세웠다. 소연과 하진은 일부러 자리를 비켜주려는 듯 먼저 카페 문 쪽으로 향해 갔다.

"응?"

"네 어머니는 언제 오셔?"

하나뿐인 아들의 결혼식이니 민호의 어머니가 오시는 것은 당연했다. 일본에서 일을 하고 계시기 때문에 아들의 결혼 준비를 직접 해주지 못해 많이 미안해하신다고 들었다.

"내일 오셔."

"그렇구나. 그럼 혹시……."

연우가 말을 쉽게 꺼내지 못하고 머뭇거렸다. 그러자 그녀의 머뭇거림에서 생각을 읽은 듯 민호가 먼저 말을 꺼냈다.

"아버지 말하는 거야?"

그녀와 달리 민호에게서는 '아버지'라는 단어가 참 쉽게도 흘러나왔다.

"넌 아버지라는 말이 잘 나오는구나."

"밉든 싫든 아버지는 아버지니까."

민호의 말이 옳았다. 아무리 용서를 할 수 없다고 해도, 끔찍스러운 존재여도 아버지는 아버지였다.

"그래. 그분에게도 연락드렸니?"

자주는 아니라도 민호가 가끔씩 아버지와 연락을 하고 있는 건 알고 있었다.

"아니."

민호가 고개를 저었다.

"엄마가 아버지를 보고 싶지 않아 하셔."

당연히 그럴 것이다. 민호의 모친 역시 아버지란 사람에게 평생 지울 수 없는 지독한 상처를 안고 살아왔으니까.

"그리고 너도 아버지 보고 싶지 않잖아."

연우는 씁쓸하게 웃었다. 민호는 이번에도 그녀의 마음을 정확히 읽었다. 민호의 모친만큼이나 절대로 아버지를 마주하고 싶지가 않은 그녀였다. 그래서 민호에게는 미안하지만, 만에 하나 아버지가 오신다면 결혼식에는 참석하지 않을 생각이었다.

"처음에 내가 말했지? 아버지란 존재보다 나에게 누나가 있다는 것이 더 행복했다고. 그 마음 지금도 변함없어."

민호의 진심 어린 말이 연우의 가슴속으로 전해졌다.

민호와 소연의 결혼식은 아주 가까운 지인들과 친지들만 참석한 가운데 간소하게 치러졌다.

순백색의 웨딩드레스를 입은 소연은 세상의 그 어떤 신부보다도 더 눈부시게 아름다웠다. 식이 끝나고 민호와 소연이 신혼여행을 떠나는 것을 지켜보며 연우는 진심으로 두 사람이 행복하게 잘살기를 마음으로 빌어주었다.

고맙게도 결혼식에 와서 이것저것 도와준 하진을 먼저 보낸 연우는 태준에게 전화를 걸었다.

―결혼식은 잘 마쳤어?

수화기 너머로 태준의 목소리가 들려왔다.

"응, 끝났어."

―음식, 많이 안 먹었지?

"응."

도대체 무엇 때문인지 모르겠지만, 그는 그저께부터 오늘 아침까지 결혼식장에선 최대한 음식을 적게 먹어달라고 신신당부를 했다. 어찌나 거듭 당부를 하는지 안 들어줄 수가 없어서 그녀는 먹는 시늉만 할 뿐 음식을 거의 먹지 않았다. 때문에 지금 배가 약간 고픈 상태였다.

"어디로 가면 돼?"

오늘은 일요일, 며칠 전에 가지지 못한 시간을 보내기로 한 날이었다. 그와 만나기로 한 시간은 5시였고, 현재 시간은 5시가 되기 30분 전이었다. 그런데 그는 아직까지 약속 장소를 그녀에게 알려주지 않았다. 그저 식이 거의 끝나면 전화를 달라고 했을 뿐이었다.

—예식장이 홍대라고 했지?

"응."

—그럼 거기서 조금만 기다려. 데리러 갈게.

"번거롭게 뭣하러. 장소 알려주면 그리로 갈게."

—여기서 15분이면 갈 텐데 뭐.

"그럴 필요 없어. 택시 타면 돼."

그리고 주말이라 차도 밀릴지 몰랐다.

—그럼…… 내 집으로 와.

"집?"

—응. 오늘은 집에서 보내자.

"집에서…… 뭐하려고?"

─와보면 알 거야. 기다릴게, 빨리 와.

끊겨진 휴대폰을 바라보는 연우의 눈빛에 의아함이 서렸다.

대체 집에서 뭘 하려는 걸까?

생각해 보았지만 도무지 감이 오질 않았다. 우선 택시를 잡아 탄 연우는 기사 아저씨에게 목적지를 알려주었다. 역시 주말이라 차가 조금 밀리긴 했다. 거의 20분 만에 아파트에 도착한 그녀는 그의 집으로 가는 대신 먼저 자신의 집부터 들렀다. 어차피 집에서 보낼 거라면 옷을 갈아입고 싶었다. 아무래도 결혼식을 다녀온 터라 입고 있는 옷이 조금 불편했기 때문이었다.

그렇게 블랙진과 아이보리색의 니트로 옷을 편하게 갈아입고 나서야 연우는 그의 집으로 향했다.

"어서 와."

태준이 환한 미소로 연우를 반겨주었다. 그의 집 안으로 들어서자, 그녀가 오기 전까지도 음식을 만들고 있었는지 맛있는 냄새가 집 안 가득 진동했다. 안 그래도 허기졌던 배가 더욱 고파 왔다.

"배고프지?"

태준이 그녀의 손을 잡고 주방으로 데려갔다. 주방으로 들어선 연우의 두 눈이 보름달처럼 휘둥그레졌다. 식탁 위에는 잡채, 갈비찜부터 시작해서 세 종류의 전과 해파리냉채, 김치를 포함해 두어 개의 밑반찬들로 푸짐하게 차려져 있었다.

"이게…… 다 뭐야?"

연우가 묻자 태준이 말없이 씩 웃었다. 그리고 그녀의 어깨를 다정하게 잡아 식탁 의자에 앉혀주었다.

"이걸 다 오빠가 한 거야?"

이 음식을 직접 다 만드느라고 약속 시간을 늦게 잡은 건가 보다.

"그럼, 나 한 요리 하잖아."

알고 있다. 태준은 요리 솜씨가 좋았다. 요리를 못하는 편이 아닌 그녀보다도 더 맛깔스럽게 음식을 잘 만들었던 그였다.

"밥하고 국만 뜨면 돼. 기다려."

잠시 후 연우의 앞으로 밥과 막 데운 미역국이 놓여졌다.

"먹어."

"웬 미역국이야?"

연우는 미역국을 한술 떠먹으며 맞은편에 앉은 태준을 보며 물었다. 물론 국이 한 가지쯤 필요해 끓였을 수도 있지만 마치 생일상처럼 푸짐하게 차려진 음식에 미역국은 뭔가 의미가 있어 보였다. 하지만 두 사람 모두 이맘때가 생일은 아니었다. 그는 여름이었고, 그녀의 생일은 아직 한 달도 더 넘게 남아 있었다.

"그리고 내 국그릇은 왜 더 큰 거야?"

무심코 두 개의 국그릇을 번갈아 보던 연우의 물음이 또 이어졌다. 그의 일반 국그릇에 비해 그녀의 국그릇이 1.5배는 커 보였던 것이다.

"3년 치 미역국이야."

마침내 태준에게서 대답이 나왔다.

"……응?"

이해를 하지 못한 연우의 눈동자가 태준에게 닿았다.

"3년 동안 네 생일날, 끓여주지 못했잖아."

순간, 연우의 동작이 정지되었다. 뛰고 있는 심장의 속도가 서서히 빨라지기 시작했다.

태준을 사귄 후부터 그녀의 생일이 돌아오면 그가 미역국을 끓여주고 생일상을 차려주었었다. 엄마가 돌아가시고 처음이었다. 엄마 외에 다른 누군가가 그녀의 생일 아침에 그녀를 위해서 미역국을 끓여주었던 것은. 그래서 그가 처음 미역국을 끓여주었을 땐 괜스레 눈물까지 나왔었다.

"많이 늦었지만 끓여주고 싶었어. 맛있는 음식, 해주고 싶었어."

이어 들려오는 태준의 말에 연우는 아무런 말도 하지 않은 채 다시 국을 떠먹었다. 지난 기억이 떠올라서일까. 목이 메었다. 오로지 그녀만을 위해서, 그녀를 생각하며 하루 종일 이 많은 음식을 만들었을 그의 모습을 그려보니 새삼 가슴이 벅차올랐다. 바보처럼.

"이것도 먹어봐. 너, 이거 좋아했잖아."

해파리냉채를 그녀의 앞으로 밀어주며 그는 가만히 그녀가 먹는 것을 바라보았다. 마음 같아서는 곧 돌아오는 그녀의 생일에 상을 차려주고 싶었지만, 애초부터 그에게 주어진 시간은 3일이었고, 오늘이 지나고 내일이 되면 그녀는 그를 다시 밀어낼지도 몰랐다. 그렇다면 진짜 그녀의 생일인 3월 2일은 장담할 수가 없었다. 그때는 그가 해준 밥을, 그가 끓여준 미역국을 그녀는 먹지 않을 테니까. 때문에 그는 그날을 미리 앞당겨 마지막 날의 계획을 세운 것이다. 새벽에 24시간 오픈하는 대형 마트로 가서 장을 보고, 아침 일찍 일어나 준비했다. 많이 늦었지만, 그래서 너무 미안하지만 예전의 기억을 되살리며 오직 그녀만을 위한 음식을 만들어주고 싶었다.

"맛은 어때?"

"……맛있어."

"다행이다, 오랜만에 해본 건데. 아직 내 요리 실력 녹슬지 않았지?"

연우가 인정한다는 듯 고개를 끄덕였다.

"어? 국 거의 다 먹었네?"

태준이 그녀의 국그릇을 보며 말했다.

"응."

그의 말에 연우는 슬며시 웃어 보였다. 적지 않은 양이었지만 미역국만큼은 남기고 싶지 않았다.

"잠깐."

태준이 자리에서 일어서더니, 또 다른 국그릇에 미역국을 담아왔다. 그래도 이번엔 일반 그릇이라는 것이 그나마 다행이라고 해야 하나, 양도 그리 많지 않았다.

"나, 더 달라고 안 했는데."

연우가 미역국을 내려다보며 중얼거렸다.

"한 그릇만 더 먹어줘."

"배불러."

연우는 고개를 저었다. 미역국에다 밥도 한 공기 다 비웠고, 요리들도 많이 먹었다. 더는 배불러서 들어갈 자리가 없었다.

"이건 곧 돌아올 네 생일 미역국이야."

"……뭐?"

연우의 표정이 굳어졌다.

"그땐 내가 끓여줄 수 있는 기회가 없을지도 모르니까."

목이 잠긴 듯한 그의 음성에 연우는 가슴이 조여드는 기분이 들었다.

"나……."

연우는 조용히 수저를 내려놓고 그를 바라보았다. 그녀는 이미 마음의 결정을 한 상태였다. 그가 내민 손을 놓아버리고 후회 안 할 자신이 없으니 그의 손을 잡기로, 그를 다시 한 번 믿어보기로 마음을 굳혔다. 그리고 지금이 그 마음을 그에게 보여줄 때인 것 같았다. 하지만 한 가지, 그전에 그의 생각을 듣고 싶은 게 있었다. 그건 결혼에 대한 문제였다.

"결혼에 대한 내 생각, 3년 전과 다르지 않아."

"……."

"그래도 상관없어?"

뜻밖의 물음에 순간 태준의 눈동자가 흔들렸다.

"뭐라고?"

"난 여전히 결혼은 하고 싶지 않아. 그래도 상관없냐고 물었어."

"상관없어."

태준은 망설임없이 바로 대답했다. 진심이었다. 상관없었다. 결혼, 3년 전에는 하고 싶었다. 그녀를 사랑하고 헤어지는 순간이 아쉬워 결혼해서 함께하고 싶었다. 그래서 마지막 순간까지도 그의 프러포즈를 거절하는 그녀에게 상처를 받았다. 그러나 지금은 아니다. 그에게 결혼은 그녀가 아니면 의미가 없었다. 그녀이기에 결혼을 원했던 것이다. 그녀를 떠나고 혼자 보낸 3년의 세월이 그 증거였다.

"그럼 이 미역국은, 내 생일에 다시 끓여줘."

"너, 그럼……."

목소리만큼이나 태준은 가슴이 떨리기 시작했다. 심장박동이 주체할 수 없을 정도로 빨라졌다.

"그래. 나, 오빠를 다시 한 번 믿어보기로 했어."

"연우야."

"오빠가 내민 손 잡지 않으면 후회할 것 같아서, 다시 한 번 잡아보기로 했어."

"정말이야?"

태준이 두근거리는 마음으로 그녀에게 확인하듯 물었다.

"응."

바로 흘러나오는 그녀의 대답. 태준은 믿을 수가 없었다. 기다리고 기다리던 이 순간의 현실이 믿겨지지가 않았다. 가슴이 터져 버릴 것처럼 벅차올랐다.

태준은 그녀의 앞으로 다가갔다. 그녀의 양쪽 어깨를 잡고 일으켜 세웠다.

"고마워."

태준의 긴 손가락이 그녀의 볼을 부드럽게 어루만지며 속삭이듯 말했다. 고개를 올려 그와 시선을 맞춘 연우의 입가에 은은한 미소가 피어났다.

"내 상처, 아직 다 아물지 않은 거 알지?"

연우의 눈가가 촉촉이 젖어들었다.

"그래."

태준의 눈시울 또한 뜨거워졌다.

"내 상처, 오빠가 보듬어줘. 오빠 가슴에 내가 준 상처는 내가 어루만져 줄게."

"그래, 그럴게."

태준은 힘껏 그녀를 품에 안았다. 힘들게 마음의 문을 연 그녀에게 두 번 상처 주는 일은 없을 것이다. 어렵게 자신의 손을 잡아준 이 여자의 손, 다신 절대로 놓지 않을 것이다.

그는 그렇게 하늘에 다짐하고 또 다짐하며 그녀를 더욱 깊숙이 가슴에 끌어안았다.

12

오늘 아침 눈을 떴을 때, 매일 맞는 아침이지만 태준은 여느 때와는 기분이 다르다는 걸 느꼈다. 그녀와 다시 사랑을 맹세하고 새로이 시작되는 아침, 마치 세상을 다 얻은 듯한 기분이었다.

"점심은 먹었어?"

―이제 먹어야지. 하진이가 사러 나갔어. 오빠는?

휴대폰 너머로 단정한 연우의 음성이 들려왔다. 태준은 이렇게 언제든 연우의 목소리를 듣고 싶을 때 들을 수 있다는 것도 꿈만 같았다.

"나도 먹으려고. 지금 식당이야."

─혼자?

"아니, 성호랑. 잠깐 현장에 들렀었거든."

─아, 그래? 맛있게 먹어.

"너도. 남양주에 갔다가 저녁에 카페로 데리러 갈게. 집에 같이 들어가자."

─알았어. 조심히 다녀와.

"응."

연우가 먼저 전화를 끊자 '띠링' 소리를 내며 휴대폰이 끊어졌다.

"아주 입이 귀에 걸렸네, 걸렸어."

연우와 통화를 끝내기를 기다렸다는 듯 태준이 휴대폰을 내려놓자마자 성호가 놀림 섞인 말투로 말했다.

"그렇게 좋냐?"

그러면서도 모처럼 밝게 웃는 친구의 얼굴이 좋아 보여 성호의 입가에도 덩달아 미소가 걸렸다.

"좋아."

태준은 그저 고개만 한 번 까닥해 보였다. 세상을 다 가진 이 마음을 말로 어떻게 설명하겠는가.

"그래도 적당히 해라."

"왜, 부럽냐?"

태준이 한쪽 입꼬리를 들어 올리며 피식 웃었다. 그런 그를 보며 성호가 얄밉다는 듯 눈을 흘겼다.

"조만간 연우랑 저녁이나 같이 하자."

"저녁 가지고 되냐? 술도 사라."

"알았다, 그래."

성호의 말에 태준이 아주 흔쾌히 대답했다.

"어머님은 모레 오신다고 했나?"

"응."

원래는 윤희와 매제가 먼저 한국으로 들어올 예정이었다. 하지만 일주일 전 윤희에게 걸려온 전화의 내용은 매제가 그곳에 남아 아버지를 도와드리고 대신 어머니가 윤희와 함께 먼저 돌아오신다는 것이었다.

"그럼, 모레는 공항에 나가봐야겠네?"

"그래야지."

"그래서 오늘 남양주에 가는 거야?"

"응. 해야 할 게 끝이 없네."

그래도 남양주 집은 태준의 손으로 거의 다 정리를 해놓은 상태로, 이젠 사람이 들어가서 살기만 하면 되었다.

"참. 유정이 만났다, 며칠 전에."

유정의 이름이 나오자 태준이 입가에 머금고 있던 미소를 거두어들였다.

"안 그래도 내가 그 일에 대해 물어봤었어."

"그런데?"

"너 갑자기 미국으로 가는 바람에 집 정리 제대로 못하고 떠났을 것 같아서 갔던 거라더라. 정리해 주려고.”

태준의 눈썹이 한껏 찌푸려졌다. 그런 가운데 성호의 말이 계속 이어졌다.

“그래서 너는 부탁한 적 없다는데 연우한테는 왜 태준이가 부탁해서 온 것처럼 했냐고 물었더니, 그때 연우가 갑자기 들어오는 바람에 너무 당황해서 저도 모르게 둘러댄 거라더라.”

“…….”

“왜, 사람이 당황스러우면 거짓말하게 될 때도 있잖아.”

갑자기 당황스러울 때면 자신도 모르게 거짓말을 할 수도 있다는 성호의 말은 이해하지만, 그것을 유정의 상황으로 두고 봤을 때는 납득이 되지 않았다.

“내 집에는 어떻게 들어간 거래?”

“글쎄, 그것까지는 못 물어봤네.”

태준이 묻자 성호가 이마를 긁적거렸다.

“우연히 알게 됐겠지. 아님 네가 한참 연우랑 죽고 못 살 때 연우 앞집으로 이사를 했으니 뭐, 연우와 관련된 번호로 설정해 놨을 거라 생각하지 않았을까? 실제도로 그렇잖아. 나는 얼마 전에야 알았지만.”

태준의 눈에 의문이 서렸다. 연우의 생일을 알고 있을 정도로 연우와 유정과의 사이가 그렇게 가깝지 않다는 걸 알고 있었던 탓이다.

“어쨌든 유정이가 딴에는 너 생각해서 간 거고, 거짓말한 건

실수했지만 나쁜 뜻이 있었던 건 아닌 것 같으니까 너무 나무라
지는 마."

"……."

"그리고 이미 3년이나 지난 일이잖아. 지난 일로 친구끼리 얼
굴 붉히는 거, 별로 보고 싶지 않다."

태준은 아무 말 없이 표정을 차갑게 굳혔다. 성호는 대수롭지
않게 넘겼지만, 반대로 그는 이상하게 유정이 한 행동이 기분
나쁘게 거슬렸다. 무엇보다 거짓말로 연우에게 불필요한 오해
를 주었다는 게 몹시 불쾌했다.

어느새 하루가 지나고 밤이 어두워져 카페 문을 닫을 시간이
다가오고 있었다. 아직 두 시간 남짓 남아 있긴 했지만 지금 테
이블에 앉아 있는 손님들이 돌아가고 나면 오늘은 일찍 정리할
생각이었다.

"태준 씨는 언제 온대?"

카운터에 앉아 인터넷 웹서핑을 하고 있던 하진이 연우를 돌
아보았다.

"곧 있으면 도착할 거야."

연우가 시계를 한 번 확인하며 대답했다.

"그래? 그럼 나는 먼저 들어갈까?"

"왜?"

"둘이 오붓한 시간 보내라고."

하진이 음흉한 미소를 지어 보였다. 그러자 연우가 가늘게 뜬 눈으로 하진을 슬쩍 노려보았다.

"또 쓸데없는 소리 하지?"

"계집애, 좋으면서."

이어지는 하진의 놀림에 연우의 두 볼이 불그스름해졌다.

오늘 아침, 연우에게 태준과의 일을 듣고 난 하진은 환하게 웃으며 어렵게 다시 시작한 사랑이니 누구보다 행복한 사랑을 하길 바란다고 축하해 주었다. 솔직히 그동안은 그녀에게 상처를 준 태준이 밉기만 했었는데, 오해가 풀어지면서 그 후로 그녀에게 지극정성을 보인 모습을 지켜봤더니 남자가 듬직하니 괜찮아 보인다고 했다. 물론 '더 두고 봐야 알겠지' 란 말을 덧붙이긴 했지만.

"너……."

하진에게 이제 그만 놀리라는 말을 하려고 연우가 입을 여는 순간, 종소리가 울렸다. 연우는 당연히 태준이겠지 생각하고 돌아보았지만 태준이 아니라 한 중년 부인이었다. 중년 부인은 누구를 찾는 듯 카페 안을 두리번거리더니 카운터 근처에 서 있는 연우에게서 시선을 멈추었다. 그리고 중년 부인을 본 연우의 눈동자 역시 놀란 듯 조금 벌어졌다.

놀라긴 했지만 그녀는 그 감정을 감추며 중년 부인에게 다가갔다.

"안녕하세요."

연우는 중년 부인에게 고개를 숙여 인사했다. 예기치 못한 손님이긴 했지만, 자신을 찾아온 손님이라는 것은 알고 있었다.

"그래…… 요."

연우의 인사를 받는 중년 부인의 입가에 엷은 미소가 어렸다.

"내가 너무 늦게 온 건가요?"

"아니에요, 이쪽으로 오세요."

연우는 고개를 살며시 고개를 내저어 보이며 중년 부인을 조용한 자리로 안내했다.

"차, 어떤 걸로 드릴까요?"

"커피 줘요."

"잠시만 기다리세요."

돌아서서 커피 바로 온 연우는 크게 숨을 한 번 몰아쉬었다.

"누구셔? 낯이 익은데."

옆으로 다가온 하진이 고개를 갸웃거리며 물었다.

"민호 어머니."

"아……!"

그제야 생각나는 듯했다. 짧게 인사를 나눈 연우와는 달리 멀리서 스치듯 본 게 전부인 하진이기에 바로 기억이 나진 않았을 것이다.

잠시 후 따뜻한 커피 한 잔을 쟁반에 받쳐 들고 온 연우가 민호 어머니의 맞은편에 자리했다.

"드세요."

“고마워요.”

민호 어머니는 가만히 커피를 한 모금 들이켰다. 약간의 침묵이 흐르고 민호의 어머니가 연우를 바라보았다.

“만나보고 싶었어요.”

“……네.”

“어제는 인사만 나누고…….”

연우가 옅게 미소를 지었다. 어제는 경황이 없어서 제대로 된 인사는 나누지 못했다. 그저 민호에게 자신의 어머니라는 소개만 받은 터였다.

“날 보고 싶지 않을 거란 걸 알면서도 찾아왔어요.”

“…….”

“미안해요.”

민호 어머니의 음성에서 조심스러움이 느껴졌다.

“아닙니다. 그리고 말씀 낮추세요.”

민호 어머니에게 계속 높임말을 듣는 것이 편하지가 않았다.

“그래도 될까요?”

“네, 제가 불편해서요.”

“음.”

잠시 망설이던 민호 어머니가 불편하다는 연우의 말에 고개를 가볍게 두어 번 끄덕였다.

“집을 물었더니 민호가 이곳을 알려주더라고.”

“……네.”

“내일 일본으로 돌아가는데, 가기 전에 꼭 한번 보고 싶었거
든.”

연우는 아무 말 없이 민호 어머니를 바라보았다. 민호 어머니
가 그녀를 궁금해하는 건 어쩜 당연한 것인지도 몰랐다.

“늦었지만…… 정말 미안하다.”

너무 급작스러운 민호 어머니의 사과. 연우의 표정이 흠칫 굳
어졌다. 단순히 아들과 피를 나눈 누이가 어떤 사람인지 궁금해
서 찾아온 거라 생각했는데.

“저…….”

호칭을 어떻게 해야 좋을지 떠오르지 않아 연우는 잠시 머뭇
했다. ‘민호 어머니’ 라 부를 수도 없고, ‘어머니’ 라는 호칭은 더
더욱 쓸 수가 없었기 때문이다.

“여사님.”

그나마 제일 적절한 호칭을 찾았다는 생각이 들었다. 연우는
작게 숨을 내쉬며 민호 어머니를 불렀다.

“네게 지울 수 없는 상처를 주어서 정말 미안하다. 용서해 다
오.”

또르르, 민호 어머니의 두 눈에서 눈물 한줄기가 떨어졌다.
연우의 가슴은 점점 더 무거워지고만 있었다.

한때는 지독하게 원망했던 분. 지금은 동생으로 받아들인 민
호의 어머니라는 이유로 원망에 대한 감정이 상당히 희석되어
있었다. 그런 민호의 어머니가 고개를 숙이며 용서를 비는 모습

에 가슴이 먹먹해진 그녀는 한동안 아무런 말도 할 수가 없었
다.

민호 어머니가 돌아가고 난 후, 연우는 카운터 옆에 있는 파
티션 안으로 들어왔다.
"하아."
길게 떨리는 한숨을 토해내며 무너지듯 소파에 주저앉았다.

"네 엄마에게, 그리고 너에게 너무 큰 죄를 지었어, 내가."

민호 어머니의 말을 되새기던 연우의 검은 눈동자에 물기가
차올랐다. 찌르르한 통증이 그녀를 아프게 파고들었다.
엄마.
엄마는 연우에게 있어 늘 그립고 언제나 보고 싶은 존재였다.
하지만 민호의 어머니를 만나서일까, 오늘따라 유독 더 엄마가
그리워 가슴이 조여들었다.
엄마…….
보고 싶어도 이제는 사진이 아니면 만날 수 없는 엄마. 엄마
의 품에 안겨 엄마만이 가지고 있는 향기를 느끼고 싶어도 이제
더 이상은 느낄 수가 없다. 이미 10년이 지났음에도 한 번씩 이
렇게 엄마에 대한 그리움이 사무치게 밀려들 때면 그녀는 심장
이 갈기갈기 찢어지는 것만 같았다.

조금만 더 내 옆에 있어주지.

조금만 더…… 내 곁에 머물러 주지, 엄마.

"흐흑."

끝내 참고 참았던 눈물이, 애써 꾸욱 누르고 있던 눈물이 연우의 볼을 타고 주르륵 흘러내렸다.

"오셨어요?"

하진이 카페 안으로 들어서는 태준을 무거운 표정으로 맞이했다.

"네. 근데 연우는."

태준이 카페 안을 둘러보다가 눈에 보이지 않는 연우를 찾았다. 어딘가 어두워 보이는 하진의 얼굴이 이상하게 마음에 걸렸다.

"저 안에 있어요."

하진은 연우가 들어간 파티션 안을 가리켰다. 민호 어머니가 돌아가시고 새하얘진 낯빛으로 '혼자 있고 싶어'라는 말을 남긴 터라 그저 걱정만 하고 있었을 뿐 연우에게 다가가지 못하고 있던 하진이었다.

"혼자 있고 싶다고……."

태준은 하진의 말을 들으며 파티션 쪽으로 천천히 걸어갔다. 파티션 너머로 연우가 숨죽인 채 울고 있는 모습이 시야에 잡히자 그는 가슴이 철렁 내려앉았다.

“무슨 일이 있었습니까?”

하진이 뒤에 다가와 서는 것을 느낀 그가 돌아보지 않고 물었다.

“방금 전에 민호 씨 어머니가 다녀가셨거든요. 아마, 돌아가신 엄마 생각이 났을 거예요.”

“아…….”

눈물로 흥건하게 젖은 그녀의 얼굴에 태준은 가슴이 미어졌다. 돌아가신 어머니가 연우에게 어떤 존재인지 잘 알고 있었기 때문이다.

조용히 파티션 안으로 들어간 태준이 연우의 곁에 다가가 앉았다. 그러자 서서히 고개를 돌린 연우가 물기가 묻은 눈으로 그를 바라보았다.

태준의 두 손이 연우의 얼굴을 따스하게 감쌌다. 이어 그녀의 두 볼을 적시고 있는 눈물을 닦아주며 속삭였다.

“아프면 소리 내어 울어. 참지 말고.”

“흐흐흑!”

마침내 연우가 그리움에 사무쳤던 울음소리를 한꺼번에 쏟아내자, 태준이 그녀를 품에 안았다. 그는 그렇게 아무 말 없이 자신의 가슴에 안겨 흐느끼는 그녀의 어깨를 어루만지며 아픔을 달래주었다.

이제 다시는, 너 혼자 울게 두지 않을게.

짙은 어둠이 내려앉은 밤.

태준과 연우의 발자국 소리만이 어둠 속에서 퍼져 나갔다. 겨울의 차가운 바람이 코트 속으로 스며들었고, 두 사람은 손을 꼭 잡은 채 서로의 따뜻한 온기를 느끼며 한 발 한 발 앞으로 나아가고 있었다.

"내일부터 며칠은 바쁠 거야."

한적한 아파트 단지 안, 태준의 목소리가 고요하게 울려 퍼졌다.

"응."

연우가 짧게 대꾸했다. 내일 그의 어머니와 여동생이 미국에서 돌아온다는 말을 미리 전해 들어 알고 있었다.

"매일매일 같이 있고 싶은데. 차라리 어머니도 아버지와 같이 다음 달에 오시라고 할 걸 그랬나 봐. 윤희도 그렇고."

"무슨 말이 그래."

연우가 태준을 향해 곱게 눈을 흘겼지만, 그래도 그만큼 자신과 함께하고 싶어하는 그의 마음이 느껴져 싫지만은 않았다.

"어머니 오시면 친척집에 인사 다니실 텐데, 내가 모셔야 하잖아."

"당연히 그래야지."

"그럼 시간을 많이 낼 수가 없으니까 그러지. 레스토랑 오픈하면 더 바빠질 텐데, 그전에 너랑 데이트 많이 해둬야 하는데."

마치 어린아이처럼 투덜거리는 태준을 보며 연우가 피식 웃었다.

“참, 동생은 신혼여행에서 언제 돌아와?”

엘리베이터에 나란히 오르며 태준이 물었다.

“내일.”

“언제 한번 인사시켜 줄래, 네 동생?”

“그럴게.”

행여나 동생을 소개시켜 주는 것에 대해 부담을 느끼는 건 아닐까 싶었는데, 흔쾌하게 흘러나오는 연우의 대답에 태준은 흐뭇한 미소를 지어 보였다.

“벌써 도착했네.”

엘리베이터에서 내려서자 태준이 아쉽다는 듯 한숨을 쉬었다.

“얼른 들어가 쉬어.”

연우가 말했지만 태준은 잡고 있는 그녀의 손을 놓아줄 생각이 없는 듯 보였다.

“이런 기분 참 오랜만이야.”

“무슨?”

“헤어지기 싫은 거.”

나직하게 울리는 태준의 음성에 연우는 마음이 두근두근 설레었다.

“같이 맥주 한잔할까?”

“맥주?”

"내일은 이렇게 같이 못 있는다고 생각하니까 그런가? 더 같이 있고 싶어. 이대로 헤어지면 잠이 안 올 것 같아."

"맥주, 있어?"

태준의 말에 잠시 고민을 하던 연우가 물었다. 그녀 역시 요즘 들어 매일같이 보아온 그가 내일은 시간을 낼 수 없다는 소리를 들으니 약간의 아쉬움이 남았다.

"당연하지."

"그럼, 한 캔씩만 마시자."

아쉬움으로 물들어 있던 태준의 얼굴이 그녀의 한마디에 금세 환해졌다.

"집에 들어가 있어. 내가 얼른 가지고 갈게."

5분도 채 지나지 않아 연우는 작은 종이가방을 들고 집 안으로 들어서는 태준을 바라보았다. 그 짧은 시간에 옷까지 갈아입었는지 편한 차림으로 바뀌어 있었다.

"한 캔씩만 마시자니까."

종이가방 안에는 캔 맥주가 무려 여섯 개나 들어 있었다.

"솔직히 캔 하나는 간에 기별도 안 가지. 넌 한 캔만 마셔."

"그럼 나머진 오빠가 다 마시겠다고?"

"응."

"내일 공항에 가야 하잖아."

"겨우 다섯 캔인데 뭐."

태준의 말에 연우가 기막히다는 듯 웃음을 터뜨렸다. 하긴,

예전에도 그는 언제나 캔 맥주 여섯 개는 기본으로 마시곤 했었다.

"잠시만 기다리고 있어."

태준이 소파에 앉는 것을 보며 연우는 주방으로 들어갔다. 그리고 오늘 아침에 씻어서 통에 담아둔 딸기를 접시에 담아왔다.

"이리 와 앉아."

연우가 접시를 테이블 위에 내려놓으며 바닥에 앉으려고 하자, 태준이 그녀의 손을 잡아 자신의 옆자리로 데려와 앉혔다.

치이익.

맥주 캔 따는 소리가 연거푸 두 번 울렸다. 태준은 캔 하나를 그녀에게 건넸다.

"건배하자."

태준과 가볍게 캔을 부딪친 연우는 맥주를 한 모금 쭈욱 들이켰다. 시원한 맥주가 목을 타고 넘어가자 싸한 느낌이 몸으로 퍼져 나갔다.

"자."

연우는 안주 삼아 딸기를 하나 입안에 집어넣고, 태준의 입속에도 하나 넣어주었다. 그가 그녀가 넣어준 딸기를 오물오물 씹어 먹으며 기분 좋다는 듯 웃었다.

"내일 공항에는 몇 시까지 가야 해?"

"12시쯤?"

연우가 묻자 시간을 가늠해 본 태준이 대답했다.

“그럼, 아침에 들러서 밥 먹고 가. 밥 해줄게.”

“정말?”

“응. 어차피 밥 먹고 나가봐야 하잖아.”

“알았어.”

태준의 입가에 핀 미소가 가실 줄을 몰랐다. 그저 밥 한 끼 해준다는 것인데 뭐가 그리 좋은지 싱글벙글이었다.

한 캔만 마시겠다던 연우는 두 캔을, 나머지 맥주는 태준이 모두 비웠다. 그렇게 웃으며 대화를 나누는 사이 시간은 어느덧 새벽 1시를 넘어가고 있었다.

“그만 가볼게. 너, 자야지.”

태준이 아쉬움을 뒤로하고 자리에서 일어났다. 마음 같아서는 조금만 더 함께 있고 싶은 미련이 남았지만, 지금도 늦은 시간이었다. 하루 종일 카페 일로 몸이 고단할 텐데, 그녀를 푹 쉬게 해주려면 그가 이쯤에서 일어서야 했다.

“응. 오빠도 가서 씻고 바로 자. 그래야 내일 일찍 서두르지.”

태준을 따라 소파에서 일어나며 연우가 말했다. 태준은 고개를 끄덕이며 연우를 품으로 끌어당겼다. 그리고 그녀를 안은 채 머리카락을 다정스럽게 쓰다듬으며 속삭였다.

“잘 자.”

“응.”

태준이 품에서 연우를 떼어내고 가녀린 두 어깨를 잡았다.

“후우…….”

태준의 잇새로 깊은 한숨이 터져 나왔다. 그만 돌아서야지 하면서도 쉽게 발길이 떨어지지 않았다. 이대로 그녀를 품에 안은 채 밤을 지새우고 싶은 마음이 하늘로 치솟았다.

"……오빠."

태준에게서 쏟아져 내려온 거친 숨결에 연우의 머리가 위로 들어졌다. 곧 한층 짙어진 태준의 시선과 얽혀들었다.

"이제 그……."

연우는 말을 이을 수가 없었다. 얼굴을 감싸온 그의 손가락이 그녀의 입술을 가볍게 쓸고 나갔다. 콩닥콩닥, 가슴이 무섭게 뛰기 시작했다.

"오……."

순식간이었다. 빠르게 다가온 태준의 입술이 연우의 입술에 닿았다. 살살 애무하듯 그녀의 입술 주위를 맴돌던 그의 혀가 노크하듯 입술을 두드렸다. 흠칫 놀란 그녀의 입술이 살포시 벌어지자, 그의 혀가 기다렸다는 듯 그녀의 입속으로 파고들었다.

이 순간을 얼마나 기다려 왔던가. 그는 그녀를 안은 손에 힘을 주고 그녀의 혀를 부드럽게 휘어 감았다. 그녀의 입술을 삼켜 버릴 듯 강하게 빨아들였다. 그대로였다. 그녀의 입술은 여전히 초콜릿처럼 달콤하고 부드러웠다. 아까부터 그녀의 앙증맞은 입술을 탐하고 싶은 마음을 꾹 눌러 삼키느라 괴로웠었는데, 품에 안고 있던 그녀가 시선을 마주쳐 온 순간 더는 참을 수가 없었다.

“하아.”

한참을 그녀의 입술을 탐하던 그가 뜨거운 숨결을 토해내며 입술을 떼었다. 온몸이 뜨겁게 달아올랐다. 그녀를 가지고 싶다는 그의 욕망이 강하게 꿈틀거렸다. 여기서 멈추지 않으면 그녀를 안고 싶은 마음을 억누르지 못할 것 같았다.

“그만 가볼게. 아침에 보자.”

태준이 욕망으로 거칠게 달음박질치고 있는 심장을 추스르고 붉게 달아오른 그녀의 볼을 어루만지며 말했다. 그리고 그녀의 이마에 입을 맞추는 것으로 마지막 인사를 전하고 집으로 돌아갔다.

“후우.”

그가 집을 나서고 현관문이 닫히는 소리가 들리자, 연우는 후들거리는 다리를 지탱하지 못하고 소파에 주저앉았다. 심장은 아직까지도 주체하지 못할 정도로 날뛰고 있었다. 그녀는 가만히 그의 입술이 뜨겁게 머물렀던 입술로 손을 가져다 대보았다.

여전히 입술엔 그가 전해주고 간 뜨거웠던 온기가 남아 있었다.

남양주 집에 짐을 내려놓자마자 태준은 어머니를 모시고 윤희와 함께 집 근처의 가까운 식당을 찾았다.

“음, 맛있다.”

윤희가 떡갈비를 한 점 입에 넣고 우물거리더니 흐뭇하게 웃었다. 집으로 오는 내내 배가 고프다고 아우성이더니 이제야 살 맛나는 모양이었다.

"밥은 먹고 다니는 거야? 어째 얼굴이 더 야윈 것 같네."

태준의 모친인 한 여사가 그의 얼굴을 보며 걱정스런 말투로 말했다.

"야위긴요, 잘 챙겨 먹었어요."

"이젠 옆에서 챙겨주는 사람이 있었으면 좋으련만."

한 여사가 은근슬쩍 이야기를 꺼냈다. 아무래도 혼기가 꽉 찬 나이이니 아들이 어서 제짝을 찾기를 바라는 마음이 컸다.

"제가 알아서 할게요."

언제나 알아서 한다는 말은 잘하지. 벌써 몇 년째인지 모른다. 차라리 누구라도 만나면 그나마 좀 마음을 놓겠는데, 그게 아니니 걱정이었다. 3년 전 미국으로 오기 전에는 그래도 누굴 사귀고 있다는 것은 알고 있었는데, 나중에 유정에게 물어보니 헤어졌다는 말을 들었다.

유정이 정도면 며느릿감으로 괜찮은데.

아들의 고교 동창생인 유정은 싹싹하고 붙임성이 좋았다. 태준이 미국으로 온 후에도 1년에 한두 번은 휴가차 놀러 왔었고, 가끔씩 전화를 걸어와 안부를 물어오곤 했다. 그저 오랜 시간 동안 친구로 가깝게 지냈으니 그런 거겠지 여기고 있었는데, 어느 날 딸 윤희가 그런 말을 했다. 왠지 유정이 오빠에게 마음이 있는 것 같다고. 아무리 가까운 친구라지만 남녀고, 휴가차 놀러 온다는 것은 둘째 치고 오빠가 아니라 엄마에게 안부를 묻는 전화를 자주 하는 것도 단순히 친구로만 생각한다면 그럴 수 없다고 말이다. 그래서 한 여사는 그 후로 내심 유정을 며느릿감으로 눈여겨보고 있는 중이었다.

"아들, 이제 네 나이를 생각해야지. 해가 바뀌고 너도 이제 서른셋이야. 네 동생이 행복한 가정 꾸린 거 보면 부럽지도 않아?"

"후훗. 어머니도 참. 쟤들 부부 싸움하는 거, 제가 본 게 몇 번인데. 쟤들 보면 별로 부럽단 생각 안 들어요."

"어머! 우리가 뭐? 다 사랑싸움이지, 사랑싸움."

태준이 장난스레 웃으며 하는 말에 윤희가 발끈하며 소리쳤다.

"유정이는 어떠니?"

한 여사는 태준의 눈치를 살피며 넌지시 운을 떼어보았다.

"뭐가요?"

한 여사의 입에서 뜬금없이 유정의 이름이 나오자 태준의 눈매가 굳어졌다.

"네 짝으로 말이야."

"어머니."

태준의 음성이 다소 딱딱해졌다.

"엄만 그저 유정이 정도면 네 짝으로 나쁘지 않을 것 같아서 하는 말이야."

“유정인 그저 친구예요, 잘 아시면서.”

“흠. 유정 언니도 오빠랑 같은 생각일까?”

잠자코 있던 윤희가 태준과 한 여사 사이에 툭 끼어들었다.

“뭐?”

“그저 내 느낌이라서 말 안 하고 있었는데, 유정 언니는 오빠를 단순히 친구로 보고 있는 건 아닌 것 같아서 말이야.”

“서윤희.”

말도 안 되는 소리에 태준이 윤희를 매섭게 노려보다가 한 여사에게 시선을 돌렸다.

“걱정 마세요. 저, 만나는 친구 있어요.”

연우의 마음이 조금 더 열리면 그때 정식으로 소개시켜 드리고 싶었는데, 솔직하게 털어놓지 않다가는 한 여사가 계속 유정과 엮을 기세여서 태준은 말을 안 할 수가 없었다.

“뭐?”

태준의 폭탄과도 같은 선언에 한 여사와 윤희의 두 눈이 화등잔만 하게 벌어졌다.

“정말이니?”

“네.”

“그럼 진작 그렇다고 말하면 될 걸 왜 아무 소리 않고 있었어?”

“기회 봐서 인사시켜 드리려고 했죠.”

“그래도 만나는 사람이 있다는 걸 알았으면 엄마가 걱정은 덜

하지.”

한 여사가 태준을 보며 나무라듯 말했지만, 아들이 만나는 사람이 있다는 사실에 걱정을 조금 덜었다.

흐음, 아무래도 유정이는 윤희가 잘못 짚은 건가 보다.

부모의 입장에서 유정이 같은 며느릿감을 놓치는 건 아까운 일이긴 하지만, 아들이 좋다는 여자가 있다는데 어쩌겠는가. 또 아들이 선택한 아이니 틀림없이 마음씨가 고울 것이다. 한 여사는 아들의 눈을 믿었다.

“어떤 아이니?”

태준의 눈을 믿으면서도 한 여사는 아들이 만나고 있는 아이가 무척이나 궁금했다.

“참한 친구예요. 결혼 서두르고 싶은 생각도 아직 없고요. 차차 소개시켜 드릴 테니, 조금만 기다려 주세요.”

“그래, 알았다.”

태준이 그렇게 말하자 궁금했지만 한 여사도 더는 물을 수가 없었다. 그러다 문득 유정이 떠올랐다.

유정이는 태준이가 만나는 아이를 알고 있으려나? 안 그래도 한국에 들어오면 꼭 연락을 달라고 했었는데.

한 여사는 유정에게 한 번 연락을 해서 혹시 아는 것이 있는지 물어봐야겠다고 생각했다.

13

태준은 설레는 마음으로 카페 앞에 섰다. 벌써 3일째 연우의 얼굴을 보지 못했다. 예상대로 모친인 한 여사는 이틀의 휴식 후 오랫동안 만나지 못한 친척들 집안으로 방문하고 다녔고, 그때마다 그가 차로 모시느라 연우를 만날 틈이 생기지 않았다.

원래는 저녁마다 한 여사를 남양주 집에 모셔다 드리고 그는 다시 아파트로 돌아올 생각을 하고 있었다. 그럼 그녀를 잠시라도 만날 수 있을 테니까. 하지만 윤희가 아직 낯선 집에 한 여사와 둘이 지내는 게 무섭다며 아파트로 돌아갈 거라면 함께 나서겠다고 하는 바람에, 할 수 없이 그는 남양주 집에서 머무를 수밖에 없었다.

당분간이라도 한 여사와 윤희가 그의 아파트에서 머물게 되면 분명히 연우와도 마주칠 테고, 그런 상황에서의 마주침은 연우가 불편할 거란 생각이 들었다. 그 역시 정식으로 인사도 시켜 드리기 전에 그런 불편한 마주침은 원치 않았다. 그래서 어쩔 수 없이 밤마다 휴대폰 너머로 들려오는 목소리를 듣는 것으로 그녀를 보고 싶은 마음을 달래야 했다.

그렇게 며칠을 보내고 마침내 오늘, 연우를 만날 수 있는 틈이 생겼다. 의논할 게 있다며 성호가 현장으로 나오라는 연락을 해온 것이다. 그렇게 볼일을 마치고 돌아서는 그를 성호가 붙잡았다. 그리고 오늘 모처럼 시간이 난다며 오랫동안 뵙지 못한 한 여사에게 인사를 드리고 싶다는 말을 해왔다. 하지만 그는 서울까지 왔는데 연우를 안 보고 갈 수는 없었다. 그래서 성호에게 조금 기다리라고 하고 잠깐 연우를 보러 온 것이다. 비록 짧은 시간의 만남이긴 하겠지만 그녀를 볼 수 있다는 기쁨에 가슴이 부풀어 올랐다.

"어? 오셨어요?"

하진이 약간은 의외라는 눈으로 카페 안으로 들어서는 태준을 바라보았다.

"네, 잘 지냈어요?"

"당분간 바빠서 못 오신다고 연우가 그러던데."

"오늘은 잠깐 시간이 나서요. 근데 연우는요?"

갑작스럽게 나타난 그를 보고 반가워하는 그녀의 표정을 보고 싶어 일부러 연락도 않고 왔는데, 정작 그녀가 눈에 보이지 않자 태준은 실망스런 마음을 감출 수가 없었다.

"저 안에서 좀 졸고 있어요."

"졸아요?"

"네. 여태 카페에서 존 적도 없는 애가 요 며칠 내내 졸더라고요. 밤새 잠을 설쳤대나?"

태준이 피식 웃었다. 만나지 못하는 대신 새벽까지 길게 전화 통화를 하는데, 아마 그래서일 것이다.

"들어가 보세요."

"네, 그럼."

태준이 하진에게 고개를 살짝 숙여 보이고, 연우가 있는 곳으로 걸어갔다. 파티션 안으로 들어가니 하진의 말대로 연우가 소파에 기대어 두 눈을 감은 채 잠들어 있었다. 혹여나 그녀의 단잠에 방해될까 싶어 태준의 발걸음은 매우 조심스러웠다.

태준은 조용히 연우에게 다가가 곁에 앉았다.

잘 자네.

그가 와 앉은 것도 모르고 자고 있는 그녀의 얼굴을 내려다보는 태준의 입가에 잔잔한 미소가 피어났다. 태준은 조심스러운 손길로 그녀의 머리를 자신의 어깨 위로 편하게 기대게 해주었다. 그리고 얼굴을 간질이는 머리카락을 뒤로 넘겨주며 그녀의 손을 따스하게 감쌌다. 이렇게라도 그녀의 온기를 느끼고 싶었다.

“으음.”

깨우고 싶지 않아 최대한 조심했는데, 연우의 눈꺼풀이 서서히 열렸다. 이어 그의 어깨에 기대고 있던 머리를 들어 올린 그녀가 다소 놀란 눈동자로 그를 쳐다보았다.

“어, 오빠…….”

“조금만 더 기대 있어.”

태준은 허전해진 어깨에 연우의 머리를 다시 기대게 했다. 그리고 잡고 있는 그녀의 손등을 엄지손가락으로 부드럽게 어루만졌다.

“언제 왔어?”

“방금.”

“연락하고 오지.”

방금 잠에서 깨어난 연우의 목소리가 약간 잠겨 있었다.

“그래도 갑자기 보니까 더 반갑지?”

“……응.”

연우가 희미하게 웃으며 대꾸했다. 우습게도 요 며칠, 매일같이 보던 그를 만나지 못했더니 보고 싶기도 하고 그립기도 했다. 그래서 그런가, 며칠 만에야 보게 된 그의 얼굴이 무척 반가웠다.

“내일부터는 아파트에서 지내야겠어.”

“동생이 무섭다고 했다며.”

“이제 적응됐을 거야. 그리고 내가 안 되겠어.”

"……."

"네가 보고 싶어서."

태준의 한마디에 연우는 심장이 간질거리는 것을 느꼈다. 이제는 익숙해질 만도 한데 여전히 그의 달콤한 속삭임을 들으면 늘 설레었다.

바로…… 지금처럼.

유정의 자동차가 작은 저택 앞에 멈추어 섰다. 유정은 조수석에 두었던 과일바구니를 챙겨 들고 차에서 내렸다. 태준의 모친인 한 여사에게 연락이 온 건 점심 무렵이었다. 처음엔 안부를 묻더니, 얼마 지나지 않아 태준이 만나는 여자를 알고 있는지를 물어왔다.

순간 유정은 심장이 절벽 아래로 떨어지는 듯한 기분을 느꼈다.

서태준, 그새 어머니에게 말을 한 거야? 연우에 대해서?

가뜩이나 성호에게 태준과 연우가 잘되어가고 있다는 말을 듣고 초조해하고 있었는데, 태준이 한 여사에게까지 연우를 언급한 것을 보면 잘되어가고 있는 것이 아니라 다시 시작했다는 뜻이었다. 그래서 더 조바심이 났다.

얼마 전 지방으로 발령을 받은 터라 곧 있으면 부산으로 내려가야 한다. 그런데 이대로 가만히 있으면 한 여사마저 태준의 짝으로 연우를 인정하고 말 것이다. 그걸 그냥 두고 볼 수만은 없었다.

한 여사는 아직 연우에 대해 아무것도 모르는 듯했다. 연우에 대해 알려준다면 한 여사는 결코 그 둘을 허락하지 않을 것이다. 한 여사가 연우를 허락하지 못하도록 만들고, 부산으로 내려가기 전 한 여사만은 자신의 편으로 만들어야 했다.

유정은 한 여사가 자신을 예뻐한다는 것을 알고 있었다. 그동안 괜히 한 여사에게 안부 전화를 자주 하고, 아무 이유 없이 미국까지 찾아가서 뵙고 한 게 아니었다.

대문 앞에 선 유정은 크게 심호흡을 한 번 하고 초인종을 눌렀다. 일부러 태준이 없는 틈을 타서 찾아온 것이다. 전화상으로 할 이야기는 아니라며 그가 없을 때 찾아뵙고 말씀드리겠다고 했더니, 마침 오늘 성호의 연락을 받고 외출 중이라고 했다. 밤늦게야 올 거라는 한 여사의 말에 유정은 망설이지 않고 주소를 받아 적었다.

—어, 유정이 왔구나.

"네, 어머니."

탈칵, 하고 대문이 열렸다. 유정은 조금은 두근거리는 마음으로 아담한 정원을 지나 집 안으로 들어갔다.

"어서 와라."

"안녕하셨어요, 어머니?"

한 여사가 반갑게 맞이해 주자 유정은 해맑은 미소로 인사부터 드렸다.

“그럼. 오느라 고생했다. 이리 와 앉아.”

“어머니, 별건 아니지만 이거.”

유정이 과일바구니를 한 여사에게 건넸다.

“이런 걸 뭐하러 사들고 와, 너도 참.”

“어머니 과일 좋아하시잖아요. 그런데 윤희는 어디 갔나 봐
요?”

“나 여기 있어요, 언니.”

유정의 말이 떨어지기 무섭게 윤희가 2층에서 내려오고 있었
다.

“오랜만이네.”

“네. 잘 지냈어요, 언니?”

“그렇지 뭐.”

유정은 한 여사에게 보여주었던 것과 똑같은 미소로 윤희를
바라보았다.

“유정아, 서 있지 말고 이리 와 앉아라.”

“네.”

유정이 한 여사의 맞은편 소파 위로 조신하게 앉았다.

“윤희 너는 따뜻한 커피 좀 내오고.”

“알았어요.”

주방으로 걸어가는 윤희의 뒷모습을 보던 한 여사의 시선이
유정에게로 옮겨왔다.

“좀 천천히 물어도 되는데, 내가 워낙 궁금해서.”

“아, 네.”

한 여사의 말의 의미를 알아들은 유정의 입가에 어색한 곡선이 그려졌다.

“그게, 어머니.”

“그래.”

“어머니께 조용히 말씀드리고 싶어요.”

“조용히?”

“네.”

한 여사의 눈썹이 희미하게 찌푸려졌다. 어쩐지 유정의 입에서 아들이 만나고 있는 아이에 대해서 좋은 말을 들을 수 없을 거란 예감이 스쳐 갔다.

그때, 윤희가 커피잔이 올려진 쟁반을 들고 돌아왔다.

“윤희야.”

“네.”

“물 거의 떨어지지 않았니?”

유정은 일부러 윤희를 밖으로 내보내려는 한 여사의 의도를 눈치채고 가볍게 숨을 몰아쉬었다.

“응, 한 병도 채 안 남았어요.”

“그럼 나가서 물 좀 사 와.”

“오빠 들어올 때 사가지고 오라고 하면 되죠.”

“네 오빠가 언제 들어올 줄 알고. 얼른.”

“알았어요.”

어깨를 으쓱이며 소파에서 일어난 윤희는 외투를 가지러 2층으로 올라갔다.

"어머니, 저 어머니 방 좀 구경시켜 주세요. 궁금해요."

유정은 윤희가 2층으로 올라가는 것을 지켜보며 한 여사에게 슬쩍 말을 흘렸다.

"그럴까? 그럼 차는 방에서 마시자꾸나."

"네."

유정은 윤희가 가져다 놓은 쟁반을 들고 한 여사의 뒤를 따라 방으로 들어갔다.

"거기 앉아라."

"네."

유정이 쟁반을 내려놓으며 한 여사가 가리킨 방석 위에 다소곳이 앉았다.

"이제 말해보렴."

"그게요, 어머니."

유정은 약간 머뭇거림을 보인 다음 천천히 말문을 열었다. 그리고 연우에 대한 말들을 꺼내놓기 시작했다.

"태준이가 지금 만나는 사람, 전에 사귀던 여자예요."

집 앞에 멈춰 세운 태준의 차 뒤로 성호의 차가 나란히 멈추었다.

"태준아, 저거 유정이 차 아니냐?"

먼저 차에서 내려 기다리고 있던 태준의 옆으로 다가온 성호가 앞에 있는 차를 가리키며 물었다.

“오늘 유정이 온다는 말 있었어?”

“아니.”

태준의 음성이 차갑게 가라앉았다. 유정이 남양주 집을 알고 찾아온 거라면 한 여사와 연락을 한 것이 분명했다.

“유정이도 인사드리러 왔나?”

성호의 말을 가볍게 무시해 버린 태준은 대문 쪽으로 걸어갔다. 왠지 모르게 불안한 기운이 느껴졌다. 유정이 그도 없는 집으로 찾아와 한 여사를 만나야 하는 일이 대체 뭐가 있을까. 성호의 말대로 단순히 인사를 드리러? 그에게 연락도 없이?

초인종을 누르는 대신 직접 열쇠를 꺼내 대문을 열고 들어간 태준은 정원에서 집 밖으로 걸어나오는 윤희와 마주쳤다.

“어? 오빠 일찍 왔네? 엄마가 늦을 거라고 했는데.”

“그렇게 됐어. 근데 어디 가?”

태준이 옷을 단단히 껴입은 윤희를 보며 물었다.

“물이 떨어져서. 저, 혹시…… 성호 오빠? 성호 오빠 맞지?”

태준의 뒤에 서 있는 성호를 발견한 윤희의 얼굴에 반색의 빛이 떠올랐다.

“오호, 이게 누구야? 서윤희?”

“어머, 오빠. 너무 오랜만이다. 엄마 뵈러 온 거야?”

“그래. 이야, 근데 너 몰라보게 예뻐졌다? 누가 시집간 아줌 마라고 생각이나 하겠어?”

성호가 미모를 칭찬하자 윤희가 호호 웃으며 말했다.

“우리 인사는 조금 있다가 정식으로 하고, 얼른 들어가서 엄마부터 봬. 아참, 유정 언니도 와 있어. 엄마랑 무슨 비밀 이야기라도 하는지 엄마 방으로 들어가더라고. 아무튼 금방 다녀올게.”

쉼없이 종알거리던 윤희가 손을 흔들어 보이며 대문을 나섰고, 집 안으로 들어온 태준은 고요한 거실을 지나 한 여사의 방 쪽으로 걸어갔다.

비밀 이야기라니, 점점 예감이 좋지 않았다.

“지금 유정이 네 말이 사실이야? 어?”

살짝 열린 방문 틈 사이로 노기가 서린 듯한 한 여사의 음성이 새어 나왔다. 그 음성에 문득 발걸음을 멈춘 태준은 손을 들어 성호에게도 걸음을 멈추도록 했다. 성호가 ‘왜’ 하고 작게 물었지만, 그때 다시 한 번 한 여사의 목소리가 들려왔다.

“하, 나원 참. 태준이가 그런 아이를 다시 만난다는 거니?”

“네, 어머니.”

태준의 눈썹이 단번에 일그러졌다. 그런 아이? 바보가 아닌 이상 한 여사 입에서 나온 ‘그런 아이’가 누구를 가리키는 것인지는 충분히 알아들을 수 있었다.

“어머니, 저 태준이 좋아해요. 친구가 아니라 남자로 좋아하고 있어요.”

이어 유정에게서 흘러나온 소리에 태준은 일그러진 눈썹에 더욱 힘을 주었다.

"유정 언니도 오빠랑 같은 생각일까? 그저 내 느낌이라서 말 안 하고 있었는데, 유정 언니는 오빠를 단순히 친구로 보고 있는 건 아닌 것 같아서 말이야."

그럼 윤희의 느낌이 맞았다는 뜻인가.

하! 태준에게서 기막히단 탄식이 터져 나왔다. 그는 오랜 기간 동안 친구라고 믿고 만났던 유정의 입에서 나온 말이 몹시 불쾌하고 거북스러웠다.

"어머니, 제가 태준이를 좋아해서가 아니라 친구로서도 걱정이 돼서 그래요. 어머니가 태준이를 말려주세요. 태준이가 없는 사이에 다른 남자와 호텔을 드나들고, 것도 모자라 집에까지 들인 여자를 어떻게 다시 만나는지……."

불끈 쥔 태준의 두 주먹에 굵은 힘줄이 돋아났다. 주체할 수 없는 화가 머리끝까지 치솟았다. 심장은 분노로 격렬하게 소용돌이치고 있었다.

"한 번 태준이를 배신한 여자가 또 그러지……."

쾅!

태준의 발이 문이 떨어져 나갈 정도로 방문을 힘껏 걷어찼다.

"엄마야!"

"태준아!"

전혀 예기치 못한 태준의 등장에 한 여사와 유정의 얼굴에 당황하고 놀란 빛이 역력하게 떠올랐다.

"태준아."

유정은 다소 겁먹은 듯한 눈으로 천천히 자리에서 일어났다. 죽일 듯한 눈으로 자신을 쏘아보고 있는 태준을 똑바로 쳐다볼 수가 없었다. 가슴이 미친 듯이 떨리고 온몸이 부들거렸다.

"다시 한 번 말해봐."

얼음장처럼 차가운 태준의 음성이 낮게 깔렸다.

"태준아."

"어디 내 앞에서 다시 한 번 말해보라고. 뭐가 어쩌고 어째?"

태준의 무서운 기세에 눌려 유정은 입만 벙긋거릴 뿐 아무런 말도 하지 못했다.

"너야말로 내가 없는 사이에 어머니를 찾아온 이유가 이거였어?"

"오해하지 마라. 유정이 내가 불러서 온 거다."

한 여사가 상황을 정리해 보려 끼어들었지만 태준의 귀에 들릴 리 만무했다.

"감히 네가, 내 여자를 모욕해? 그것도 내 어머니 앞에서!"

"내가…… 틀린 말 한 건 아니잖아."

유정이 목을 쥐어짜듯 가까스로 소리를 내어 말했다.

"사실이잖아. 연우 씨가 널 배……."

“입 닥쳐!”

“태준아, 인마! 어머니 앞에서 지금…….”

이 상황을 도무지 믿을 수 없다는 듯 멍하게 지켜보고만 있던 성호가 점점 더 사나워지는 태준을 말리고 나섰지만 소용없었다.

“내 집에서 그 더러운 입 함부로 놀리지 마!”

태준이 분노에 찬 눈길로 소리쳤다.

“서태준, 너 말이 너무 지나친 거 아니야?”

거짓말을 한 것도 아닌데, 유정은 억울했다. 한 여사를 몰래 찾아와 연우에 대해서 늘어놓은 잘못은 인정하지만, 이렇게까지 자신을 몰아세우는 태준이 무서우면서도 한편으로는 분했다.

“나는 다 널 위해서.”

“하. 날 위해서? 널 위해서가 아니라?”

태준이 비웃듯 입꼬리를 비틀었다.

“……뭐?”

“날 좋아한다고 했던가? 네가 누군갈 좋아하는 방식은 이런 건가 보지? 좋아하는 사람 집에 무단침입도 모자라, 이렇게 뒤에서 몰래 비겁한 행동을 보이는 거?”

“…….”

유정의 얼굴이 모멸감으로 잔뜩 붉어졌다.

“내가 연우 마음을 어떻게 돌렸는데, 내가 얼마나 힘겹게 연우와 다시 시작했는데. 그런데 네가 감히 내 어머니를 찾아와 연우를 모욕해? 넌 적어도 여길 오기 전에 제대로 된 상황을 알고 왔어야 해."

"무슨 뜻이야?"

유정이 떨리는 눈썹을 찌푸리며 물었다.

"너한테 설명해 줄 이유 따위 못 느껴. 그만 여기서 나가."

"무슨 뜻이냐니까?"

"내 집에서 꺼지란 소리 못 들었어? 나 더 이상 네 얼굴 보고 싶지 않아. 너, 정말 끔직해. 그리고 신유정 널…… 10년 넘게 친구로 생각했던 내 자신도 끔찍하다. 다신 내 앞에 나타나지 마라."

"서…….."

"신유정, 그만해. 그만하고 나와. 더 이상 어머니 앞에서 못 볼 꼴 보이지 말고."

성호가 실망이 가득 담긴 눈으로 쳐다보다 끝을 모르는 유정을 잡아끌고 방을 빠져나갔다.

"앉아라."

이제 방 안에는 태준과 한 여사 둘뿐이었다. 한 여사는 거칠게 숨을 몰아쉬는 태준을 올려다보며 말했다.

"제가 그렇게 못 미더우셨어요?"

태준이 그 자리에 그대로 서서 한 여사를 원망이 담길 눈길로 바라보았다.

“궁금하시더라도 조금만 기다리시라고 했잖아요. 차차 소개시켜 드린다고 했잖아요. 그런데 왜.”

“앉아, 앉아서 얘기해.”

한 여사가 다시 한 번 말했지만 태준은 그대로 등을 돌렸다. 지금의 감정으로는 한 여사하고도 마주하고 싶지 않았다. 하지만 곧 들려오는 한 여사의 음성이 태준을 붙잡아 세웠다.

“엄마 오해는 안 풀어줄 거니?”

태준이 천천히 한 여사를 돌아보았다.

“엄마가 그 아이를 계속 오해하도록 내버려 둘 거야?”

말은 그렇게 했지만 화를 억누르는 듯한 태준의 모습에 한 여사는 마음이 편치 않았다. 그녀는 태준이 오늘처럼 무섭게 화를 내는 것을 처음 보았다. 그 모습을 보는 순간 깨달았다. 자신이 뭔가 크게 실수했다는 것을. 그리고 유정에게 들은 말 또한 오해일 수 있다는 것을 태준에게서 뿜어져 나오는 분노로 느낄 수 있었다.

어미 된 입장으로서 아들이 만나는 아이가 궁금해서 그 아이를 알고 있다는 유정을 불러들인 것인데, 그 섣부른 행동이 태준에게도 유정에게도, 그리고 아직 보지 못한 태준이 만난다는 그 아이에게도 못할 짓을 한 것 같았다.

“응?”

길게 한숨을 토해낸 태준은 결국 한 여사와 마주 앉을 수밖에 없었다. 한 여사가 연우를 계속 오해하도록 내버려 둘 수는 없으니까. 원망스럽긴 하지만 다른 사람도 아니고 어머니인 한 여사에게는 연우에 대한 오해를 풀어주고, 연우의 가슴에 그 자신이 얼마나 큰 상처를 남겨주었는지 알려주어야 할 것 같았다. 한 여사가 연우를 만나게 됐을 때, 따뜻한 손길로 그녀를 감싸줄 수 있도록 말이다.

"유정이…… 부산으로 발령받아 내려갔다더라."

연우와 하진이 화장실을 간 사이 성호가 태준의 눈치를 살피며 말했다.

"그 이름, 내 앞에서 꺼내지 말라고 했잖아."

아니나 다를까, 유정의 이름이 나오자마자 바로 태준의 음성이 냉랭해졌다.

"하긴, 나도 실망스러운 마음이 어머어마한데 넌 오죽하겠냐."

술 한 잔을 입으로 털어 넣는 태준을 바라보며 성호가 푹 한숨을 쉬었다. 거의 보름이 지났는데도 아직도 성호는 믿어지지가 않았다. 유정이 어떻게 그럴 수가 있었는지. 그날의 유정은 지금껏 그가 알고 지내오던 유정이 맞나 싶을 정도였다.

태준을 유난히 각별하게 생각하는 줄은 느끼고 있었지만 그것이 우정을 넘어선 감정일 줄은 꿈에도 몰랐다. 그리고 태준의 어머니에게 연우에 대해 전하는 것을 직접 들었을 땐……. 그때 느꼈던 실망감은 이루 말로 표현할 수가 없었다.

그날 이후 유정에게선 아무런 연락도 없었다. 아니, 본인이 저지른 짓이 있으니 하지 못했을 것이다. 그런 유정이 며칠 전 연락을 해왔다. 발령받아 부산으로 내려가 있다고 알려왔다. 유정은 끝까지 태준에게 미안하다는 말 한마디를 전해달라고 하지 않았다. 물론 '미안하다' 라는 한마디로 풀어질 일도 아니고 태준의 성격상 받아들이지도 않겠지만 그래도 할 줄 알았다. 적어도 자기 잘못을 뉘우치는 모습이라도 보여야 했건만. 십년지기 친구로 유정을 잘 안다고 생각하고 있었는데……. 유정에 대해 완전히 착각을 하고 있었다. 10년이 넘은 그 오랜 시간이 너무 허탈하게 느껴졌다.

"행여 실수라도 연우 앞에서는 아무 말 하지 마라."

태준은 당부하듯 성호에게 일렀다. 그는 그 어떤 일로도 더 이상 연우가 마음에 상처를 입는 것은 원치 않았기 때문이다.

"두 분이서 뭘 그렇게 심각한 얘기를 하고 계세요?"

"심각한 얘기는요 뭘."

화장실에 다녀온 하진이 웃으면서 자리에 앉자 성호가 어깨를 으쓱이며 대꾸했다.

"괜찮아?"

태준은 옆에 앉은 연우를 돌아보며 다정하게 물었다. 술이 올라오는지 두 볼이 붉게 물들어 있었다.

"응. 난 얼마 마시지도 않았는걸 뭐."

연우는 술을 조금만 마셔도 얼굴이 벌겋게 달아오르는 체질이었다.

"우리 2차 갈 거죠?"

몸에 술이 들어가면서 기분이 업된 모양이다. 하진이 한층 들뜬 목소리로 2차를 외쳤다.

"당연히 가야죠."

성호가 하진의 말에 맞장구를 쳤다. 하지만 태준은 전혀 그럴 의향이 없는지 벌써부터 일어설 준비를 하고 있었다.

"미안한데 우리는 빼줘."

"빼달라고요?"

"이 자식 봐라. 집으로 가서 연우랑 둘만 있고 싶다, 그거냐?"

하진과 성호의 미간이 동시에 좁게 모아졌다.

"그래, 그러니까 좀 봐줘라."

어느새 연우에게 코트를 걸쳐 준 태준이 한 손에 그녀의 가방을 챙겨 들었다.

"와, 저 배신자. 하진 씨, 그냥 둘이 갑시다."

"그러자고요. 태준 씨, 완전 실망이에요."

계속 툴툴거리는 성호와 하진을 뒤로하고 태준은 피식 웃으며 난감한 표정을 짓고 있는 연우의 손을 잡고 일어섰다.

바(Bar)를 빠져나오자 매서운 바람이 두 사람을 에워쌌다. 태준은 연우의 어깨를 단단히 껴안으며 택시 정류장으로 걸어갔다. 다행히 택시가 여러 대 줄지어 있어서 기다리지 않아도 되었다.

“괜히 미안하다.”

“뭐가?”

태준이 살짝 고개를 틀어 자신의 어깨에 기대 있는 연우를 내려다보았다.

“두 사람만 두고 먼저 나와서. 조금 서운해하는 것 같던데.”

“말은 그렇게 해도 이해할 거야.”

“그럴까?”

안 그래도 몸이 노곤하던 참이라 그녀도 솔직히 2차는 빠지고 싶었는데, 서운해하는 두 사람의 얼굴을 떠올리니 조금 미안한 생각이 들었다.

“그래도 나 잘했지?”

“응.”

태준이 손등을 살살 쓰다듬으며 묻자, 연우가 입가에 슬며시 미소를 걸었다. 그런 그녀를 바라보던 그의 입가에도 덩달아 미소가 걸렸다.

태준은 어제 그동안 만나보고 싶었던 연우의 동생 민호를 정식으로 소개받았다. 연우는 민호와 소연이 신혼여행에서 돌아온 후 카페에서 잠깐 얼굴만 봤지, 식사하는 자리를 갖는 건 처음이라고 했다. 그래서 밥을 직접 해주고 싶다고 두 사람을 집으로 초대했다. 전날 밤에 함께 마트에서 장을 보긴 했지만, 음식을 만드는 것은 도와주지 못했다. 요즘 한창 레스토랑 오픈

준비로 바빠서 시간을 내지 못한 탓에 많은 음식 준비를 연우 혼자 다 하게 된 것이다. 어제도 하루 종일 바쁘게 움직이며 혼자 힘들었을 텐데 오늘은 좀 쉬게 해주고 싶었다. 내색은 하지 않았지만 아마 많이 피곤했을 것이다. 일부러 둘이 있고 싶다는 핑계를 대며 서둘러 바(Bar)를 빠져나온 것도 그 때문이었다.

"음, 벌써 다 왔네."

언제나처럼 연우와 헤어지는 순간은 늘 아쉽고 서운하다. 하루가 한 시간 같고, 한 시간이 일 분처럼 느껴진다. 지금도 그랬다. 연우를 집 안으로 들여보내야 하는 이 시간이 너무 아쉬웠다. 이제 연우가 집으로 들어가면 늘 그랬듯 내일이 올 때까지 그녀를 그리워하며 밤을 보내야 했다.

"와인 한잔할까?"

사람 마음이 참 간사하다는 걸 새삼 느낀다. 피곤할 것 같아 쉬게 해주고 싶다고 했으면서 어떻게든 헤어지는 순간을 늦춰보려 하고 있으니 말이다.

"와인?"

연우가 되묻자 후우 하고 한숨을 내쉰 태준이 이내 고개를 저었다.

"아니야."

같이 하고 싶은 마음이야 간절하지만, 애초부터 오늘은 그녀를 쉬게 해주고 싶었으니 이쯤에서 놓아주어야 했다.

"피곤할 텐데 오늘은 씻고 푹 자."

“알았어. 오빠도 푹 쉬어.”

연우가 천천히 고개를 끄덕이며 그에게서 돌아섰다. 그때까지도 태준의 마음은 생각과 달리 마구 흔들리고 있었다. 그녀의 손을 직접 놓아주고 집으로 들어가는 모습을 지켜보고 있으면서도, 한편으로는 그녀를 조금이라도 더 붙잡고 있고 싶은 마음이 강렬하게 솟구치고 있었다.

“연우야.”

“오빠.”

태준이 결국 참지 못하고 그녀를 불렀을 때, 동시에 연우가 현관문을 연 상태에서 몸을 살짝 그에게 돌려세웠다.

“왜?”

“응?”

이번에도 동시에 서로에게 되묻고 있었다. 이어 두 사람의 잇새로 풋 하고 웃음소리가 터져 나왔다.

“생각해 보니까, 굿나잇 키스를 못해서.”

먼저 연우에게 다가선 건 태준이었다. 태준의 말에 연우의 두 볼이 발그레해졌다. 태준이 그윽한 미소를 지으며 그녀의 붉어진 얼굴에 손을 가져다 댔다. 그는 엄지손가락으로 달아오른 그녀의 볼을 살살 어루만지며 천천히 고개를 내렸다.

얼굴만큼이나 그녀의 입술은 뜨거웠다. 굿나잇 키스로 짧은 입맞춤을 하려고 했지만 그녀의 입술에 입을 맞추는 순간 태준은 참을 수가 없었다.

그의 혀가 톡톡 두드리자, 그녀의 입술이 살며시 벌어졌다. 기다렸다는 듯이 얇은 입술 사이를 헤집고 들어간 그의 혀가 그녀의 혀와 만나 부드럽게 뒤엉켰다.

그는 그녀를 끌어안은 손에 더욱 힘을 주며 그녀의 입술을 힘껏 빨아 당겼다. 그녀도 그의 키스에 조금씩 반응을 보이기 시작했다. 그의 옷깃을 잡고 있던 그녀의 두 손이 서서히 올라가 그의 목을 끌어안았다. 그의 키스가 주는 짜릿한 감각이 온몸으로 퍼져 나갔다.

그와 그녀의 혀가 입안에서 맹렬하게 움직이기 시작했다. 끌어안은 손에 힘을 주며 서로의 입술을 마음껏 탐닉했다.

“하아.”

“하.”

긴 키스가 끝나고 마침내 입술이 떨어졌을 때, 두 사람에게서 뜨거운 숨결이 새어 나왔다.

“넌, 뭐였어?”

“……응?”

그의 가슴에 기대어 깊이 떨리는 숨을 몰아쉬고 있던 그녀가 슬며시 고개를 들었다.

“날 부른 이유.”

그가 흥분으로 격해진 감정을 누르고, 그녀의 얼굴을 쓰다듬으며 재차 물었다. 그제야 그녀는 자신도 그를 불러 세웠다는 걸 떠올렸다.

“와인…… 한잔하겠느냐고.”

연우도 내심 그와 헤어지는 게 아쉬워 용기를 내어본 것이다. 다시 사랑을 시작한 지 얼마 되지 않아서 그런지 그녀는 애정 표현이 예전처럼 쉽지가 않았다.

“아니.”

어렵게 낸 용기에 그가 고민도 없이 바로 거절을 하자 민망한 듯 연우의 얼굴이 붉어졌다. 민망함 뒤에 슬슬 감정도 상해지려고 하는 찰나, 낮게 갈라진 그의 음성이 머리 위로 쏟아졌다.

“와인 대신 널 마시고 싶어.”

그녀의 손을 잡고 집 안으로 들어온 그의 입술이 곧장 그녀의 입술을 부딪쳐 왔다. 다시 한 번 두 사람의 혀가 격렬하게 얽혀들었다. 그가 그녀를 번쩍 들어 안아 올리자, 그녀의 손이 저절로 그의 목에 둘러졌다.

“오늘 밤은 널 놓아주고 싶지 않아.”

아침의 햇살이 커튼 사이를 비집고 들어왔다. 연우를 뒤에서 꼭 끌어안은 채 잠이 들었던 태준이 서서히 눈꺼풀을 들어 올렸다. 자신의 품에 그대로 안겨 있는 연우를 확인한 태준의 얼굴에 행복한 미소가 띠어졌다.

그동안 이 순간을 얼마나 기다렸던가. 아침에 눈을 떴을 때 연우가 곁에 있다는 건 상상 이상으로 행복하고 좋았다. 이 행복을 너무 오랜 시간 놓치고 살아온 것이 너무 후회스러웠다.

태준은 지난날을 후회하며, 앞으로는 절대 이 행복을 놓치지 않
으리라는 마음으로 연우를 더 깊이 가슴에 안았다.

"일어났어?"

태준의 움직임을 느낀 연우가 그의 가슴에 등을 기댄 채 돌아
보지 않고 입을 열었다.

"응. 깨어 있었어?"

"좀 전에."

태준이 뒤에서 꼭 껴안고 있는 바람에 잠에서 깨어났어도 연
우는 그대로 누워 있었다. 몸을 움직이면 달게 자고 있는 그의
잠을 깨울 것 같았고, 그녀 역시 조금만 더 그의 숨결을 느끼고
싶었다.

"사랑해."

태준은 그녀의 보드라운 맨 어깨에 입을 맞추며 사랑을 고백
했다. 아침에 눈을 뜨면 꼭 사랑한다는 말부터 해주고 싶었다.

이연우라는 여자를 사랑했다. 미치도록 사랑하고 죽을 만큼
사랑한다. 원망하면서도 사랑했고, 미우면서도 사랑했다. 그녀
를 만난 그 순간부터 지금까지 한 번도 그녀를 사랑하지 않은
적이 없었다. 그 사랑은 앞으로도 평생 변하지 않을 사랑이었
다.

"사랑하다, 이연우."

귓가에 속삭이는 태준의 고백에 연우는 심장이 멎는 듯했다.
그의 고백에 가슴이 아려왔다. 아리면서도 벅차올랐다. 그의 목

소리로 흘러나오는 '사랑해'라는 말이 그동안 많이 그리웠었나 보다. 사랑한다는 그의 말 한마디에 마음이 뭉클하게 젖어들었다.

너무 설레어서, 너무…… 행복해서.

"사랑해."

연이어 들려오는 태준의 다정하고 따스한 음성에 연우의 눈가에 서서히 물기가 차올랐다. 연우는 두근거리는 마음을 그대로 끌어안고 떨리는 입술을 움직였다.

"나도 사랑해."

되돌아오는 고백에 태준이 얼굴에 행복한 빛을 띠우고 연우를 가슴 깊이 끌어안았다.

겨울의 싱그러운 아침 햇살이 따스하게 그와 그녀의 주위로 스며들었다.

Epilogue

겨울의 햇살치고는 유난히 따사로웠다.

연우는 얼마 전 돌이 지난 서연을 품에 안고 태준이 운영하는 한식 레스토랑 'Green'의 안으로 들어갔다. 자연 친화적인 인테리어로 꾸며진 'Green'은 언제 와봐도 상쾌하고 편안한 느낌을 주었다.

연우는 주위를 둘러보았다. 올 때마다 늘 손님들로 꽉 차 있던 홀에서 방금 전 브레이크타임이 시작된 터라 직원들이 분주하게 움직이고 있었다. 그리고 카운터 쪽에서 'Green'의 매니저이자 태준의 여동생인 윤희가 한 직원에게 무언가 지시를 하고 있는 것이 보였다. 그녀는 은은하게 미소를 지으며 조용히 윤희에게 다가갔다.

"어, 왔어요?"

직원이 돌아가고 고개를 돌리다가 연우를 본 윤희가 눈을 반달 모양으로 만들며 활짝 웃어 보였다.

"네."

연우와 동갑내기인 윤희의 성격은 참 쾌활하고 사교성이 뛰어났다.

천성이 그래서일까. 윤희는 첫 만남부터 스스럼이 없었다. 마치 오래 알고 지낸 것처럼 친근하고 편안하게 다가왔고 덕분에 연우도 윤희에게 마음을 열기까지 그리 오랜 시간이 걸리지 않았다. 무엇보다 윤희와는 생각도 잘 통했고, 서로 마음도 잘 맞았다. 그녀는 사람과 사람이 만나 인연을 만들기까지 제일 중요한 것은 마음이라고 생각했다. 그래서 더 윤희와 쉽게 가까워질 수 있었던 것 같았다.

"오우, 서연! 넌 하루가 다르게 쑥쑥 자라고 있구나."

윤희가 엄지로 연우의 품 안에서 곤히 잠들어 있는 서연의 보드라운 볼을 살살 어루만졌다.

"지난 주 돌잔치 때 봤을 때보다 더 큰 것 같아요."

"그렇죠? 나도 이 녀석이 하루하루가 다르게 자라는 거 보고 있으면 신기해요."

연우가 사랑이 듬뿍 담긴 눈길로 서연을 내려다보며 윤희의 말에 동조했다.

"서연이 보면 나도 이제 엄마가 되고 싶은 거 있죠?"

결혼 3년차인 윤희는 아직 아이가 없었다. 부모가 된다는 것에 자신이 생기지 않아 지금껏 미루어온 것이다. 그런데 요즘은 아기를 데리고 다니는 엄마들도 부러웠고, 서연이처럼 어여쁜 아기를 볼 때면 이제는 한 아이의 엄마가, 한 아이의 부모가 되고 싶었다.

"그럼 이제부터 노력해 봐요."

"아무래도 그래야겠어요. 오빠 보러 온 거죠?"

"네."

"그럼 얼른 올라가서 오빠부터 봐요. 내가 또 먼저 연우 씨 차지하고 있는 것 들키면 오빠한테 한소리 듣거든요. 오빠한테는 나 못 봤다고 해요."

입술을 삐죽거리는 윤희를 보며 연우는 훗, 하고 웃음을 흘렸다. 윤희만 한소리 듣는 게 아니었다. 태준에게 한소리 듣는 건 연우도 마찬가지였다. 이전에도 수없이 이곳을 찾아올 때면 자기도 만나기 전에 꼭 윤희부터 만나 인사를 나눈다고 투덜거리곤 했다. 하지만 상황이 그럴 수밖에 없었다. 2층에 있는 그의 사무실로 올라가기 전 주로 1층에서 일을 하는 윤희와 먼저 만나게 되는 건 당연한 것이니까. 먼저 마주치는 윤희를 모른 척하고 그를 만나러 올라갈 수는 없지 않은가. 그러나 이러한 상황을 설명해 주었음에도 불구하고 그는 차라리 모른 척하라고, 인사를 하더라도 그부터 만나고 인사를 하라는 말도 안 되는 앙

탈을 부렸다. 언제 어디서나, 어떤 상황이든 간에 그녀에게 있어 그 자신은 무조건 최우선순위여야 한다는 게 이유였다.

"조금 이따 봐요."

연우는 서연을 추슬러 안고 2층으로 올라갔다. 1층과 달리 2층은 룸으로만 꾸며져 있었고, 복도를 따라 쭈욱 걸어가면 태준의 사무실과 직원들의 휴식 공간이 따로 마련되어 있었다.

똑똑.

"들어와요."

연우가 노크를 하자 안에서 언제 들어도 근사한 태준의 목소리가 들렸다. 그녀는 슬며시 입가에 웃음을 띠우고 사무실 문을 열었다.

"어, 왔어?"

컴퓨터로 일을 보고 있던 태준이 사무실 안으로 들어서는 연우의 모습에 얼른 자리에서 일어났다.

"어이구, 우리 서연 양도 오셨네."

"쉿."

서연이를 보고 아주 반갑게 다가오는 태준을 향해 연우가 조용히 하라고 일렀다.

"자?"

"응. 택시 안에서 잠들었어."

"서연이 이리 줘. 팔 아프겠다."

태준이 연우에게서 서연을 받아 안았다. 그는 새근새근 숨소리를 내며 자고 있는 서연을 다정한 눈으로 바라보며 조심스럽게 소파에 앉았다.

강서연.

서연은 민호와 소연의 금쪽같은 딸이자 연우의 조카였다. 연우만큼이나 태준도 서연을 친조카처럼 아주 예뻐하고 귀여워했다.

"윤희는 봤어?"

"아니, 못 봤어. 1층에 없던데?"

태준이 슬쩍 물어오자, 연우는 어깨를 으쓱이며 윤희가 시킨 대로 천연스럽게 거짓말을 했다.

"그럼 오늘은 날 먼저 만난 거네?"

"응."

연우가 짧게 대답하자 태준이 아주 만족스러운 표정을 지었다. 그런 그를 보며 그녀는 고개를 절레절레 흔들며 한숨을 푹 쉬었다. 다른 때는 그렇지 않은데, 꼭 이런 별일도 아닌 일로 유치한 모습을 보였다.

"처남은 여행 떠났어?"

태준의 입에서 '처남'이라는 단어가 너무나도 자연스럽게 흘러나왔다. 언제부터인가 태준은 민호를 처남이라고 부르고, 또 민호는 태준을 매형이라고 부르고 있었다. 아마도 그 시점은 얼마 전 두 사람이 단둘이서만 술자리를 갖고 난 직후부터인 것 같았다.

“응. 서연이 나한테 데려다 주고 바로 갔어.”

민호와 소연은 주말을 끼고 하루 휴가를 얻어 오늘 부산 해운대로 여행을 떠났다. 결혼하고 나서 처음으로 떠나는 여행인데 아무래도 어린아이가 있으면 제대로 여행의 맛을 느끼지 못할 것 같았다. 그래서 연우가 먼저 나서서 서연을 봐주겠다는 말을 꺼내자 민호와 소연은 너무나 고마워하며 둘이서 오붓하게 여행을 떠날 수 있었다.

물론 그것은 서연이가 낯가림이 심하지 않은 편이라 가능한 일이었고, 또 두 사람은 연우가 워낙 그 누구보다 서연을 아끼고 예뻐하는 걸 알고 있기에 그녀를 믿고 서연을 맡길 수 있었을 것이다.

“금방 일어설 거 아니지?”

“왜?”

“조금만 있다가 같이 성호한테 가자고.”

“선배랑 약속 있어?”

“응, 현장에 가보려고. 나 성호 만나는 동안 넌 서연이 데리고 차 안에 있어. 오래 걸리지 않을 거야.”

태준은 곧 있으면 인사동에도 지점을 내어 ‘Green’을 오픈할 예정이었고, 지금 한창 인테리어 공사 중이었다. 이번 인테리어 역시 성호가 맡았다. 그래서 그의 일은 요즘 더욱더 바빠졌다.

“쯧. 우리 애인, 점점 더 바빠지네.”

연우는 손을 들어 태준의 볼 위로 가져다 댔다. 부쩍 바빠진 탓인지 조금 야윈 그의 얼굴이 안쓰러웠다.

"좀 쉬엄쉬엄 해. 몸 상하겠어."

"걱정돼?"

"응."

연우는 가볍게 고개를 끄덕였다.

"그럼 진하게 뽀뽀 한 번 해줘, 기운나게."

태준은 눈을 감고 연우를 향해 입술을 쭉 내밀었다.

"얼른."

태준이 재촉하자 연우는 못 말리겠다는 듯 웃으며 그의 두 볼을 부여잡고 '쪽' 소리가 나도록 진하게 입맞춤을 해주었다.

"됐지? 이제 기운이 나?"

"뭐, 나기는 하는데, 좀 더 진하게 해주면 힘이 막 솟구칠 것 같긴 해."

태준의 능청스러운 말에 연우가 그를 보며 곱게 눈을 흘겼다.

"아무튼, 성호 만나고 맛있는 거 먹으러 가자. 뭐, 먹고 싶은 거 없어? 너야말로 요즘 속 안 좋다고 제대로 못 먹었잖아."

걱정이 배인 태준의 음성이 연우의 가슴으로 따스하게 스며들었다.

하지만 그녀의 대답은…….

"말은 고마운데, 오늘은 안 돼."

"왜?"

연우가 생각도 없이 단번에 거절하자 태준은 눈썹을 일그러뜨렸다.

"어머니 만나기로 했어."

"어머니? 또?"

말없는 연우의 끄덕임에 태준은 상당히 못마땅한 표정을 지었다.

"넌 대체 나랑 연애를 하는 거야, 아님 어머니랑 연애를 하는 거야?"

"뭐?"

또 괜한 심술을 부리는 태준을 보며 연우는 기막히단 웃음을 터뜨렸다.

"어떻게 나보다 어머닐 더 자주 만나느냔 말이야."

"무슨 또 어머니를 더 자주 만나? 그래 봤자 어머니는 일주일에 한두 번 뵈는 건데. 오빠는 매일같이 얼굴 보잖아."

"난 매일 얼굴 보는 걸 말하는 게 아니라 데이트를 얘기하는 거야. 그리고 어느 여자가 애인 어머니를 일주일에 두 번씩이나 만나?"

태준의 불만은 하늘을 찌를 기세였다. 연우를 부모님께 인사시켜 드렸던 것이 작년 봄 'Green'을 오픈하고 난 직후니까 거의 2년이 다 되어간다.

처음에는 물론 이 정도까지의 불만은 없었다. 부모님이, 특히나 어머니 한 여사가 연우를 따뜻하게 감싸주시고 예뻐해 주시는 것을 지켜보면서 많이 흐뭇했고 또 감사했었다. 하지만 시간이 지날수록 연우가 한 여사와 함께 보내는 시간이 많아지자 불만은 점점 쌓여만 갔고, 어쩐지 연우를 한 여사에게 빼앗긴 기분마저 들었다.

연우도 괘씸한 건 마찬가지였다. 보고 싶은 영화가 있거나 개봉하면 그보다는 한 여사와 더 자주 보러 다녔고, 맛있는 맛집도 한 여사와 찾아다녔다. 제 애인이 음식점을 운영하는지 빤히 알면서도 말이다.

"그래서, 어머니와 약속한 장소가 어디야?"

태준이 퉁명스럽게 물었다.

"집. 맛있는 거 해주신다고 하셨거든."

"뭘 해주신다고 했는데?"

"만두."

"만두?"

"응. 내가 집에서 만든 김치만두가 먹고 싶다고 말씀드렸더니, 바로 오라고 하시던데? 해주신다고."

"요새 통 먹지를 못하더니, 김치만두가 먹고 싶었어?"

불만스러웠던 태준의 목소리가 한풀 꺾였다.

"응."

태준의 말대로 연우는 요즘 제대로 음식을 먹지 못했다. 음식 냄새만 맡아도 속이 메스껍고 구역증이 나 먹을 수가 없었다. 그런데 이상하게 어젯밤부터 김치만두가 눈앞에서 아른거리기 시작한 것이다. 순간 번뜩, 연우의 머릿속으로 한 가지 생각이 스쳐 지나갔다. 그것은 바로 임신. 그러고 보니 그제야 생리 날짜가 지났다는 것을 깨달았다. 게다가 얼마 전부터 그녀에게 찾아온 증상과 맞춰보면 임신 가능성이 있었다.

연우는 아침에 눈을 뜨자마자 근처 약국으로 달려가 임신테스트기를 사 왔다. 떨리는 심정으로 테스트를 한 결과 선명하게 나타난 두 줄, 양성반응이 나온 것이다.

그 순간부터 연우는 심장에서 강한 두근거림을 느꼈다. 아직 결혼도 하지 않았으면서 우습게도, 언제부터인가 윤희처럼 그녀 역시 서연을 보면서 엄마가 되고 싶다는 생각을 은연중에 가지고 있었던 것이다.

그와 그녀를 닮은 아이가 있으면 어떤 기분일까. 세상을 다 얻은 행복한 기분이겠지?

산부인과에 가서 다시 정확하게 진단을 받아봐야겠지만, 연우는 벌써부터 가슴이 막 설레었다.

"연우 왔니?"

한 여사가 집 안으로 들어서는 연우를 다정히 반겨주었다.

"네, 어머니."

"서연이도 왔구나."

한 여사는 동글동글한 눈동자를 끔뻑거리며 자신을 보고 있는 서연을 반기는 것도 잊지 않았다. 연우의 동생 내외가 연우에게 딸을 맡기고 여행을 떠난 사실을 미리 들어 알고 있었다.

"아버님은 어디 나가셨나 봐요?"

연우가 집 안을 둘러보다 태준의 부친에 대해 물었다. 집에 계셨다면 분명 한 여사만큼이나 그녀를 무척이나 반갑게 맞이해 주셨을 텐데 조용한 것을 보니 안 계신 모양이었다.

"응, 모임이 있어서 나가셨단다."

"아버님도 나가시고, 어머니 혼자 적적하셨겠어요."

"적적하긴. 만두 하느라 그럴 틈도 없었어. 배고프지? 얼른 코트부터 벗고 이리 들어오렴."

벗은 코트를 거실 한쪽에 있는 옷걸이에 걸어둔 연우는 서연의 옷도 벗겨주었다. 그리고 서연을 안고 한 여사의 뒤를 따라 주방으로 들어갔다.

"어서 앉아."

한 여사가 방금 막 찐 김치만두를 접시에 담아 연우의 앞에 놓아주었다. 어젯밤부터 먹고 싶었던 김치만두를 본 연우는 저도 모르게 꿀꺽 침을 삼켰다.

"서연이 이리 주고 넌 얼른 먹어."

"어머니는 같이 안 드세요?"

"너 오기 전에 맛이 어떤가 보느라 몇 개 쪄 먹었더니 배부르구나."

한 여사는 연우에게 안겨 있던 서연을 데리고 맞은편 식탁 의자로 가 앉았다.

“어서 먹어.”

“네, 잘 먹겠습니다.”

연우는 김이 모락모락 올라오는 김치만두를 크게 한입 베어 물었다. 매콤한 김치의 향이 입안 가득 퍼져 나갔다.

“어머니, 너무 맛있어요.”

연우가 김치만두를 우물우물 삼키며 말했다. 거짓말이 아니라 정말 맛이 있었다. 며칠 내내 없었던 입맛이 그제야 돌기 시작한 것이다. 그녀는 한 여사 앞이라는 것도 잊은 채 쉬지 않고 만두를 먹어댔다.

“연우야, 물 마셔가며 천천히 먹어. 체하겠다.”

한 여사는 연우의 앞으로 물잔을 밀어주었다. 자신이 만든 음식을 아주 맛있게 먹어주는 연우의 모습에 기분이 참 뿌듯하고 좋았지만, 또 허겁지겁 만두를 먹고 있는 걸 보니 체할까 봐 걱정스러웠다.

“더 줄까?”

어느새 만두 한 접시를 다 비운 연우를 향해 한 여사가 물었다.

“아뇨, 어머니. 저 배불러요.”

연우가 고개를 저으며 사양했다. 열 개가 넘는 만두를 단시간에 먹어치웠더니 배가 무척 불렀다.

“만두 하시느라 힘드셨죠?”

김치만두를 배불리 다 먹고 나서야 연우의 얼굴에 죄송한 기색이 떠올랐다. 만두는 워낙 손이 많이 가는 음식이라 먹고 싶다고 했으면서도, 혼자서 힘들게 만두를 만든 한 여사를 생각하니 죄송스런 마음이 들었다.

"힘들긴. 누가 먹고 싶다는 한 건데, 당연히 기쁜 마음으로 만들었지. 또 먹고 싶은 게 있으면 언제든지 말해. 엄마가 다 해줄게."

고스란히 느껴지는 한 여사의 진심 어린 말에 연우의 가슴이 따뜻하게 젖어들었다.

연우는 인자한 미소를 짓고 앞에 앉아 계시는 한 여사와 그의 아버님에게 늘 감사한 마음을 가지고 있었다. 친자식 못지않게 아낌없는 사랑을 보여주시는 그의 부모님은 그녀에게도 특별한 분들이었다.

한 여사는 돌아가신 그리운 엄마의 빈자리를 채워주셨고, 친 아버지에게 한 번도 받아보지 못한 사랑을 태준의 아버지에게서 넘치도록 받고 있었다. 2년이라는 시간을 함께 보내면서 이제 두 분은 그녀에게 있어 곁에 계셔주는 것만으로도 큰 힘이 되는 든든한 존재가 되어 있었다.

"만두 넉넉하게 했으니까, 갈 때 가지고 가."

"네, 어머니."

연우가 눈가에 행복한 웃음을 띠어 보였다.

"요새 통 먹지를 못한다고 해서 걱정했는데, 그나마 만두라도 잘 넘어가는 걸 보니 다행이구나."

"네. 어젯밤부터 집에서 만든 김치만두가 눈앞에 아른아른거리더라고요. 정말 다른 건 넘어가지지가 않아 못 먹었는데, 어머니가 해주신 김치만두는 너무 맛있게 잘 먹은 거 있죠?"

"그래?"

그때, 한 여사의 눈빛이 번쩍하고 빛났다.

"저기, 혹시…… 연우야."

"네?"

"그게 말이다."

무슨 말인지 한 여사가 머뭇거리며 시원하게 말을 꺼내지 못했다.

"무슨 말씀인데요, 어머니."

"혹시 너, 아이…… 들어선 거 아니니?"

한 여사의 음성은 망설이는 듯했지만, 반면에 표정에는 기대가 한가득 차오르고 있었다. 아직 결혼식도 올리지 않은 아이한테 임신에 대한 말을 꺼낸다는 것이 아주 조심스러웠지만, 지금 연우가 겪는 증상을 보면 딱 임신이기에 물어보지 않을 수가 없었다.

"그런 거…… 같아요, 어머니."

두 볼이 붉게 달아오른 연우가 수줍게 말했다.

"뭐, 뭐라고? 정말이니?"

연우의 입에서 긍정의 말이 흘러나오자 한 여사의 얼굴에 금방 화색이 돌았다.

"네. 아침에 테스트를 해봤는데, 임신이라고……."

"세상에나, 이렇게 기쁠 수가! 근데 왜 아무 말도 안 했어?"

정말 기분이 좋은 듯 한 여사는 기쁜 감정을 그대로 드러냈다. 목소리도 한층 들떠 있었다. 한 여사의 품에 안겨 있던 어린 서연이 깜짝 놀란 눈동자로 한 여사를 올려다보았다.

"내일 산부인과에 가서 검사받고, 정확한 진단 받으면 말씀드리려고 했어요."

"그럼 태준이도 이 사실을 모르고 있겠구나."

"네. 오빠, 아니, 태준 씨한테도 산부인과 다녀와서 얘기하려고요."

연우가 얼른 태준에 대한 호칭을 바꾸었다. 부모님 앞에서는 되도록 '오빠'라는 단어를 쓰지 않으려고 노력은 하는데 쉽지가 않았다.

"연우야."

"네, 어머니."

"이리, 손 좀 다오."

한 여사는 서연을 한 손에 안고, 남은 한 손을 식탁 위로 연우에게 뻗었다. 연우가 따스한 한 여사의 손을 마주 잡았다.

"고마워. 고맙다, 연우야. 그리고 축하한다."

연우의 손등을 토닥토닥 다독여 주는 한 여사의 음성이 젖어 들었다.

"이제 드디어 우리 며느리가 되어주는 거니?"

"어머니."

연우의 눈시울도 붉어졌다.

“기쁘세요?”

“얘는, 그걸 말이라고. 암, 기쁘고말고. 아주 날아갈 듯이 기쁘구나. 네가 태준이와 결혼해 주길 얼마나 기다렸다고. 언제까지 더 기다려야 하는지 아주 애가 타고 있었다.”

“쉽게 결혼해 주지 말라고 하신 건 어머니시면서. 잊으셨어요?”

연우가 피식 웃었다. 처음 한 여사에게 인사를 드리던 날, 한 여사가 한 말이 떠올라서였다. 태준이 잠시 자리를 비운 사이 한 여사가 그녀에게 다가와 지금처럼 따스하게 손을 잡아주었다. 그리고 말했다.

“쯧쯧, 그동안 얼마나 아프고 힘들었을까. 내 아들이 그렇게 나쁜 녀석인 줄 미처 몰랐다, 나는. 어쩜 그런 말도 안 되는 오해를 하고선 제가 사랑하는 여자한테 상처까지 주고. 결혼은 미루고 싶다고 했다면서? 태준이가 네 앞에서는 결혼에 대한 얘기는 하지 말라고 아주 신신당부를 하더구나. 도망갈까 봐 무섭다고. 그래, 잘했다. 쉽게 결혼해 주지 마. 너도 태준이 고 녀석, 애 태울 만큼 태우고 결혼해 줘.”

처음 연우는 한 여사의 말이 놀랍고 의아했지만 나중에 태준의 말을 듣고 나서야 이해를 할 수 있었다. 태준은 그녀가 여러 번 프러포즈를 거절하면서 받은 자신의 상처는 꼭꼭 감추고, 그 자신이 그녀에게 주었던 상처만 한 여사에게 모두 털어놓은 것이다.

"잊기는. 안 잊었으니까 그동안 지켜보고만 있던 거 아니겠니? 나도 내가 내뱉은 말이 있으니 아무 말 못하고 그저 속만 끓이고 있었지. 태준이는 며칠 지나면 서른다섯이고, 넌 서른셋이잖니. 나이들은 차고 있는데 결혼은 안 하고 있으니 얼마나 걱정하고 있었는데."

"죄송해요. 하지만 전 어머니가 시키는 대로 했을 뿐인걸요."

연우는 농담 섞인 말을 흘리며 빙그레 웃어 보였다.

"난 네가 이렇게 오래 기다리게 할 줄은 몰랐다. 1년이면 될 줄 알았지, 2년이나 기다리게 될 줄 알았으면 내가 그런 말을 했겠니?"

"어머니, 그럼 속으로는 저 참 지독하다고 생각하셨겠네요?"

"그럼, 그걸 말이라고?"

한 여사가 장난스런 미소로 연우를 향해 곱게 눈을 흘겼다.

"어머니."

"그래."

"내일 저랑 병원에 같이 가주실래요?"

"암, 당연하지. 토요일이니까 아침 일찍 서둘러서 가자꾸나. 네 아버지가 이 소식을 들으시면 얼마나 좋아하실지 안 봐도 훤하다, 훤해."

그렇게 한 여사의 얼굴에 한 번 피어난 행복한 미소는 쉬이 가실 줄을 몰랐다.

연우는 소파에 누워 새근새근 숨을 쉬며 잠들어 있는 서연의 이마를 엄지로 살살 매만지고 있었다.

"서연아, 너에게도 사촌 동생이 생겼단다."

오늘 아침 한 여사와 함께 산부인과를 다녀왔다. 그 결과 임신 6주째라는 진단을 받았다. 한 여사는 다시 한 번 뛸 듯이 기뻐하고 행복해했다. 축하한다는 말도 잊지 않았다.

연우는 아직은 티도 나지 않는 배에 손을 가져다 대보았다. 기분이 이상했다. 이 뱃속에 그와 그녀의 아기가 자라고 있다는 사실이 믿어지지가 않았다.

엄마가 된다는 것. 너무 가슴이 설레고 또…… 말로 설명이 되지 않을 정도로 행복했다.

연우는 고개를 들었다. TV 옆, 작은 장식장 위에 올려진 사진 액자를 바라보았다.

"엄마, 지켜보고 있어? 나, 아이 가졌어. 있잖아, 엄마. 나도 엄마가 된대. 우리 엄마도 이제 외할머니가 된 거야. 많이 기쁘지?"

사진 속에서 엄마가 온화한 미소를 짓고 있었다.

"엄마, 나 이제 결혼하려고 해. 그 사람, 한결같이 날 많이 사랑해 줘. 그런 사람을 더 기다리게 하고 싶진 않아."

아이 때문에 결혼을 결심한 건 아니었다. 임신을 확인하기 전부터 결혼에 대해 진지하게 생각하던 참이었다. 시간이 흐를수록 그녀에게 변함없이 한결같은 사랑을 보여주는 태준의 아내가 되고 싶었다. 그리고 그녀를 그 누구보다 많이 아껴주시고 소중하게 여겨주시는 태준의 부모님에게 며느리이자 딸이 되어드리고 싶었다.

태준은 지난 2년간 그녀에게 결혼하자는 말은 한 번도 꺼낸 적이 없었다. 하지만 그렇다고 해서 그가 결혼을 원하지 않는 게 아니라는 것은 알고 있었다. 가끔씩 함께 갖는 식사 자리에서 결혼 생활에 대해 대화를 나누는 윤희 내외와 민호 내외를 부럽게 바라보고는 했으니까.

다만, 다시 사랑을 시작하면서 결혼에 대한 생각은 변함이 없다고 한 그녀에게 상관없다고, 결혼하지 않고 사랑만 해도 좋다고 직접 대답을 했었기에 그는 더 결혼에 대해서 말을 꺼내지 못했을 것이다. 그래서 더 그에게 미안했다.

"엄마도 하늘에서 많이 축복해 줘. 나 잘살게, 행복하게."

느낌 탓일까. 사진 속에서 엄마의 미소가 더욱 짙어지는 것 같았다.

그때, 현관 비밀번호를 누르는 소리가 들렸다. 태준이었다. 언제나 퇴근할 때면 그는 자신의 집으로 가는 대신 그녀의 집부터 들르곤 했다. 그러나 오늘은 그녀가 먼저 와달라고 연락을 했었다.

"서연아, 예비 고모부 오시나 보다."

연우는 자리에서 일어났다. 현관문을 열고 안으로 들어서는 태준의 모습이 시야에 들어왔다.

"왔어?"

"응."

태준이 코트를 벗어 한쪽에 놓으며 고개를 끄덕였다. 그리고 잊지 않고 그녀의 입술에 '쪽' 하고 입맞춤부터 했다.

"서연이는 잠들었네."

"시간이 늦었으니까. 저녁은 먹었어?"

"그럼, 먹었지. 넌?"

"나도 어머니가 싸주신 김치만두 쪄서 먹었어. 오빠도 만두 좀 쪄서 줄까? 저녁 먹은 지도 꽤 됐을 텐데 출출할 거 아냐."

"아니, 괜찮으니까 이리 와 앉아봐. 우리 지금 열두 시간 만에야 얼굴 보는 거야. 우리 애인 얼굴 좀 실컷 보자."

테이블을 살짝 뒤로 밀어내고 소파 앞 바닥에 앉은 태준은 연우의 손을 잡아당겨 곁에 앉게 했다. 그리고 팔 하나를 그녀의 허리에 감았다.

"하루 종일 서연이 보느라 힘들지 않았어?"

"힘들긴. 서연이가 워낙 순하잖아."

"클수록 처남보다는 소연 씨를 닮아가는 것 같아."

태준이 서연의 작은 손을 부드럽게 어루만지며 말했다.

"그런 것 같아."

"어쩜 이렇게 귀엽고 예쁘냐."

태준은 자면서도 앙증맞은 입술을 오물거리는 서연을 무척이나 사랑스럽다는 듯 내려다보았다.

"천사가 따로 없네. 처남은 밥 안 먹고 서연이만 보고 있어도 배부르겠어."

"……부러워?"

연우가 조심스러운 말투로 물었다.

"당연히 부럽…….."

무심코 뱉어낸 말을 태준이 아차 하며 멈추었다. 그리고 어설프게 띤 미소로 연우의 눈치를 살피며 말을 이어나갔다.

"그러니까, 그게 내 말은… 부럽다는 게 아니라…….."

"부러워하지 않아도 돼."

"부러운 게 아니라니까. 난 서연이가 귀여워서."

당연히 연우의 말속에 숨은 의미를 태준이 알 리 없었다. 그는 자신이 내뱉은 말을 부정하며 수습하려고만 했다.

"오빠."

연우는 입가에 싱긋 미소를 지으며 태준을 불렀다. 지금이 말해야 할 타이밍인 것 같았다. 그녀만큼이나, 아니, 어쩌면 그 이상으로 기뻐하고 좋아할 그의 모습을 머릿속에 그려보니 가슴이 두근거렸다.

"응?"

"부러워하지 않아도 된다는 내 말은."

"……."

"오빠도 내년 가을이 오기 전에 아빠가 되기 때문이야."

“……뭐?”

태준이 가늘어진 눈으로 연우에게 되물었다.

“오빠도 아빠가 된다고. 우리 아이가 내 뱃속에서 자라고 있다고.”

연우의 허리에 둘러져 있던 태준의 팔이 툭 하고 떨어졌다. 도무지 믿기지 않는다는 듯 커다랗게 팽창된 그의 눈동자가 그녀를 향했다.

“사, 사실이야?”

재차 확인하며 묻는 태준의 음성이 심하게 떨리고 있었다.

“응. 오늘 어머님이랑 산부인과에 가서 검사받고 왔어. 6주 됐대.”

연우의 입을 통해 다시 한 번 사실을 확인한 태준의 심장박동이 아주 빠르게 뛰기 시작했다. 임신이라니, 연우의 뱃속에 우리 아이가 자라고 있다니. 자신의 두 귀로 들었음에도 믿어지지가 않았다. 믿을 수가 없었다. 꿈만 같았다.

“연우야.”

“응.”

“정말이지? 정말 우리 아이가…….”

감격에 젖은 태준은 말을 잇지 못했다. 그의 눈가가 촉촉하게 젖어가고 있었다. 그는 쿵쾅거리는 가슴이 진정이 되지가 않았다.

“우리 아이, 오빠한테도 행복인 거지?”

묻지 않아도 알고 있었다. 그런데도 직접 확인을 해보고 싶은 마음은 세상 어느 여자들도 똑같을 것이다.

"지금, 그걸 말이라고."

태준은 덥석 연우를 품에 끌어안았다.

"너무 행복해. 좋아서 미칠 것 같아. 꿈꾸고 있는 것만 같아."

이 벅차오르는 감정을 어떻게 말로 다 설명할 수 있을까. 이 기쁨은 말로 설명할 수 있는 그런 감정이 될 수가 없었다.

"결혼하자, 오빠."

이어 들려오는 연우의 음성에 태준의 몸이 움찔 굳었다. 태준은 안고 있던 연우의 두 어깨를 잡고 밀어내 시선을 마주쳤다.

"뭐라고?"

"우리 이제 결혼하자고."

태준의 젖은 두 눈동자가 흔들렸다. 연우의 입에서 먼저 결혼이라는 단어가 나오다니. 그동안 상상도 하지 못한 일이었다. 멈추지 않고 뛰어대던 심장이 이젠 터져 버릴 것만 같았다. 아무래도 오늘, 제대로 꿈을 꾸고 있는 듯했다. 이것이 정말 현실이 아니라 꿈이라면 절대 깨어나고 싶지 않았다.

"너무한다, 이연우."

"뭐가?"

"프러포즈를 네가 하면 난 뭐가 돼."

"그래서, 싫어?"

연우가 묻자, 세상을 다 가진 듯 행복한 미소를 한가득 지어 보인 태준이 그녀의 이마에서부터 입술까지 차례대로 뜨겁게 입을 맞춰 나갔다. 그리고 더 단단히 품에 가둔 그녀의 등을 부드럽게 쓸어내렸다.

"그럴 리가. 너무 좋아서 날아갈 것 같아."

"너무 오래 기다리게 해서 미안해. 오빠가 결혼하고 싶어하는 거 알면서도 모른 척해서 미안해."

연우는 두 팔을 태준의 허리에 두르고 가슴에 얼굴을 기댔다.

그와 이별을 했던 계절에 다시 사랑을 시작했는데, 또 어김없이 돌아온 그 계절이 이번엔 세상에서 가장 아름답고 소중한 선물을 안겨주었다. 뱃속의 아기와 함께 그의 가슴에 안겨 있는 지금 이 순간, 그녀는 눈물이 나도록 행복했고 가슴이…… 벅차올랐다.

이 행복을, 이 벅참을 앞으로도 영원히 그와 함께 느끼고 나누어가며 사랑하고 또 사랑할 것이다.

"사랑한다. 사랑한다, 이연우."

"나도 사랑해, 서태준 씨."

The End

겨울에 시작한 '이별의 계절'이 무더운 여름에 끝이 났습니다.

제가 글을 쓰면서 제일 어려운 순간이 아니었나 싶을 만큼 힘든 시간이었습니다.

중간중간 수정도 여러 번. 그렇다 보니 본의 아니게 독자님들도 지치게 해드렸죠. ^^

그럼에도 긴 시간 동안 끝까지 함께 해주시고 응원해 주셨던 독자님들 너무 감사드립니다.

다음번에는 조금 더 좋은 글로, 더 많이 나아진 글로 꼭 다시 찾아뵙도록 노력하겠습니다.

감사한 분들이 참 많습니다.

제일 먼저 우리 엄마, 아빠.

존경하고 사랑합니다.

언제나 제 곁을 든든하게 지켜주셔서 감사합니다.

늘 건강하시고, 누구보다 행복하시길 바라고 또 바랍니다.

앞으로 좋은 딸이 되도록 노력할게요. ^^

하나뿐인 내 동생 준기도 사랑한다.

처음으로 후기에 마음을 전하는데, 나의 가장 소중한 친구.

주아야, 혜미야.

15년이라는 오랜 시간 동안 나와 함께 해주어서 고맙다. 사랑한다.

또 너무 애정하는 언니들.

유지니 언니, 정숙 언니, 사랑 언니, 혜진 언니.

늘 저와 함께 해주셔서 감사합니다. 사랑합니다.

'오아시스를 찾다' 의 작가님들, 독자님들 모두 감사합니다. ^^

마지막으로 청어람의 유경화 팀장님, 이수민님. 함께 작업할 수 있어서

너무 행복했고, 기뻤습니다. 감사합니다. ^^

'이별의 계절' 에는 유독 비가 내리는 장면이 많았습니다.

우연의 일치일까요?

후기를 쓰는 이 순간도 하늘에서 빗줄기가 떨어지고 있답니다.

어제부터 내린 비로 더위가 잠시 주춤해지긴 했는데, 이 비가 끝나면 무더위가 다시 기승을 부린다고 하네요.

아무쪼록 이 무더운 여름, 시원하게 또 건강하게 보내시길 바랍니다.

감사합니다.

2011년, 여름의 계절.

양희 드림.